美の万葉集

高岡市万葉歴史館論集 15

高岡市万葉歴史館［編］

笠間書院

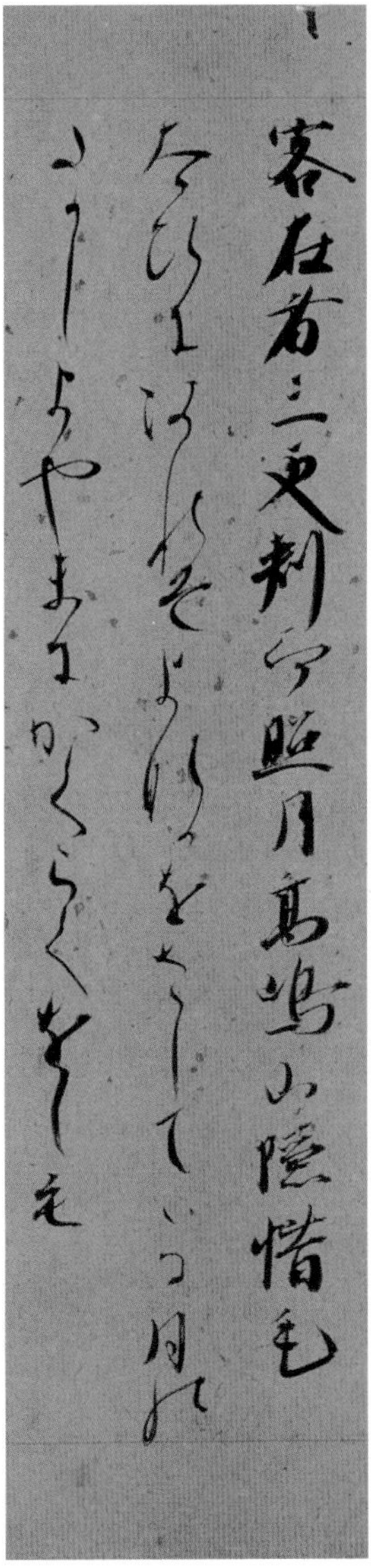
客在者三更刺而照月高嶋山隠惜毛

1 萬葉集巻第九残巻（藍紙本）〈国宝〉（京都国立博物館蔵）巻九・一六九一

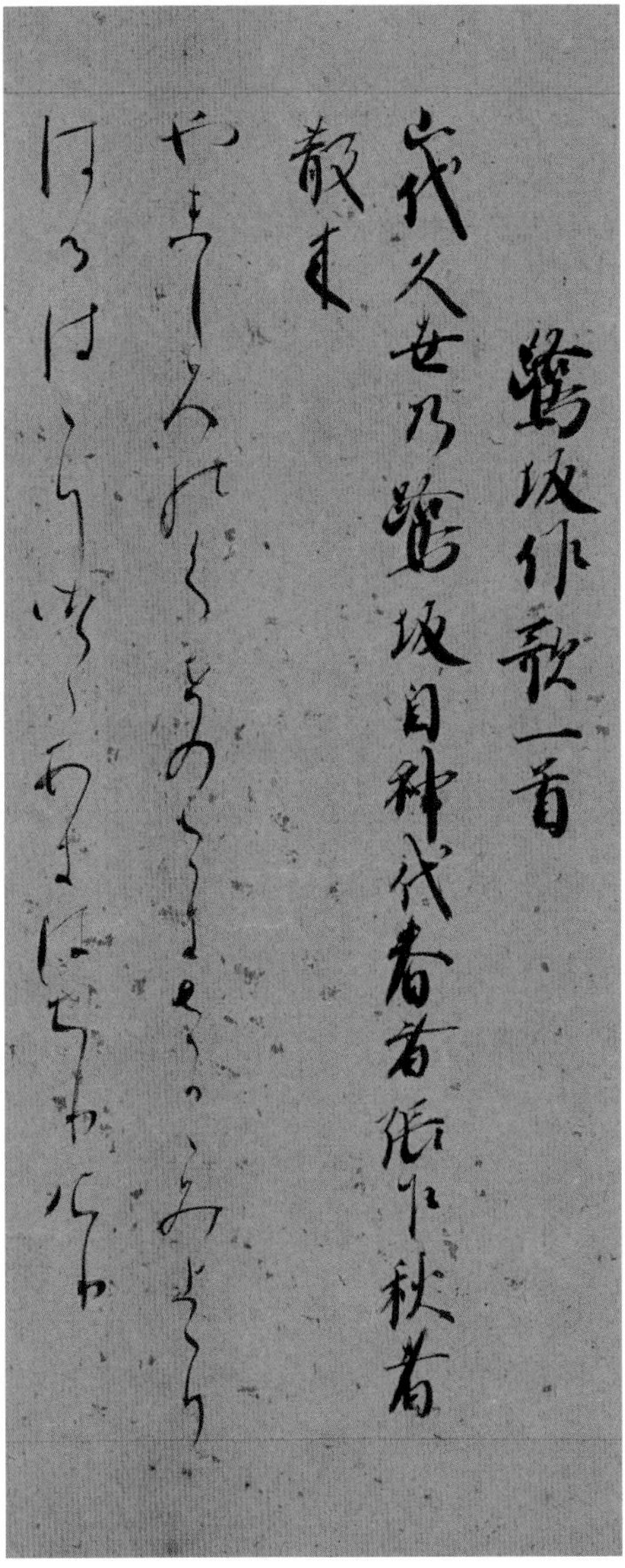
鷺坂作歌一首
山代久世乃鷺坂自神代春者張乍秋者
散来

2 巻九・一七〇七

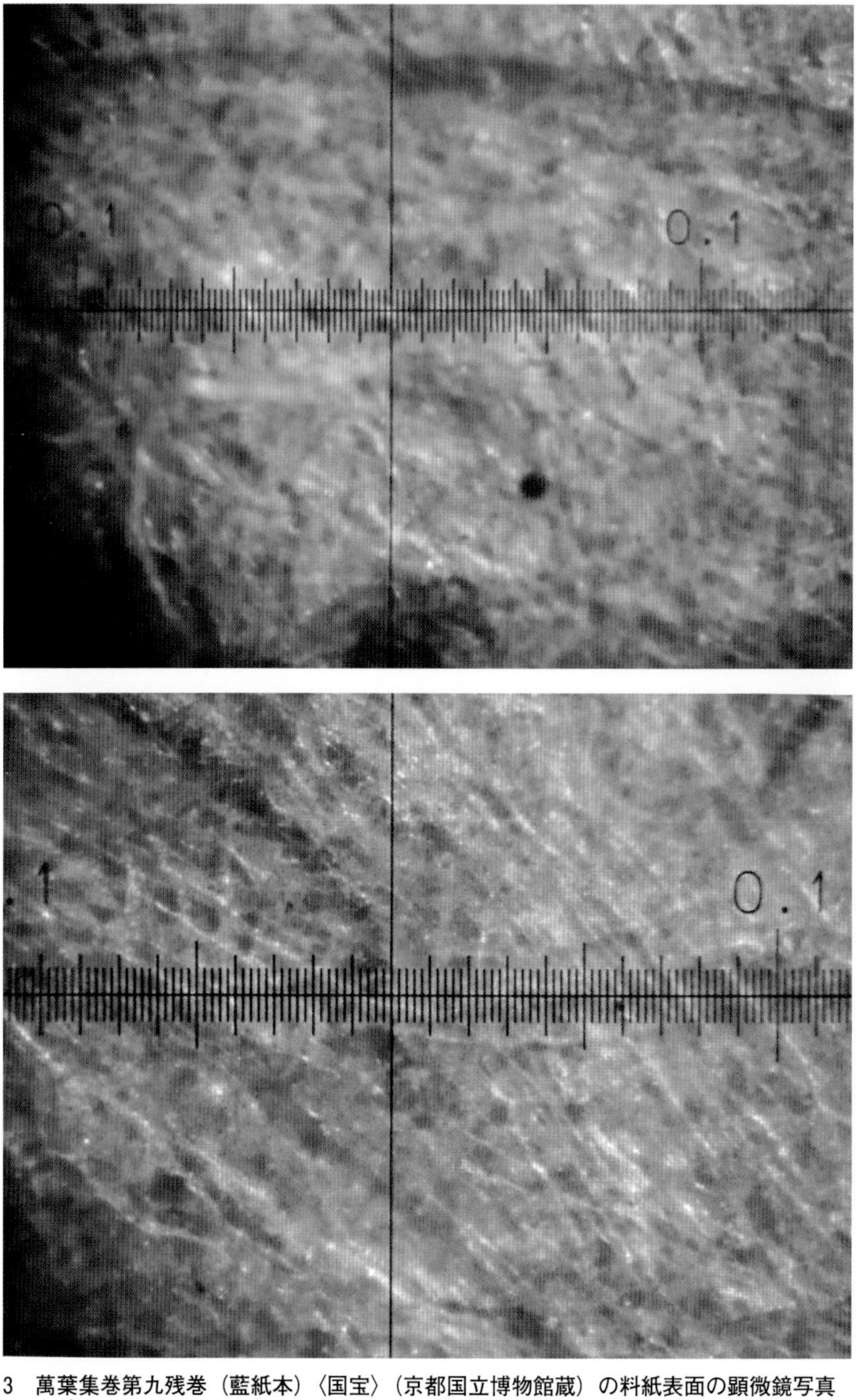

3　萬葉集巻第九残巻（藍紙本）〈国宝〉（京都国立博物館蔵）の料紙表面の顕微鏡写真
雁皮《がんぴ》（細い無染色の繊維）と楮《こうぞ》（青色に染まった太い長い繊維）が見える

赤人・ことばの美的整斉 255

森　朝男

美の万葉集

万葉集の「美」について

坂本信幸

一　はじめに

戦後の復興期の昭和三十年代、トランジスタラジオの流行とともに、小柄な女性がもてはやされた時期があった。映画が全盛の時代、シモーニュ・シニョレやミレーヌ・ドモンジョ、ソフィア・ローレン、など銀幕のスターが憧れの美となり、なかでもマリリン・モンローは美の典型であった。黒人の公民権の獲得運動の中で起こったブラック・イズ・ビューティフルと称える運動から、アフロヘアなど黒人の人種的特徴を美とする考えも生まれた。高度成長期の昭和四十一年には、ツィギーがミニスカートで登場し、スリムな女性が美となりもした。美は時代とともに変化する。

万葉の美女はどんな女性であっただろう。大伴家持に「在㆓館門㆒、見㆓江南美女㆒作歌一首」と題する「見渡せば　向つ峰の上の　花にほひ　照りて立てるは　愛しき誰が妻」（20・四三九七）という歌がある。ここには、『文選』などの漢詩文の知識によって生まれた、中国の江南地方の美女に対する憧憬がある。それは、家持の有名な「春の苑　紅にほふ　桃の花　下照る道に　出で立つ娘子」（19・四一三九）を想起させ、ペルシャやインドに源流を持ち、中国を経て我が国にも流行った樹下に美女を配する図柄を思わせる。正倉院に現存する「鳥毛立女屏風」の豊満な美女の姿は、大陸文化への憧れとともに、天平期の美女の典型であった。伝説歌人高橋虫麻呂の描いた、東国の伝説の美女真間娘子も「望月の足れる面わ」（満月のように豊かな顔）の女性と詠われた。同じく虫麻呂が詠んだ上総の美女珠名娘子は、「胸別の広き」豊かな胸の女性であり、かつ「細腰」の女性を好んだ楚王の故事の享受から、ウェストの細くくびれた娘子として詠われた。中国詩文の摂取は、また、異国の美女への憧れの摂取でもあったといえる。

二　「美」の字義と用法

「美」は、『説文解字』に「甘也、从羊大、羊在六畜主給膳也、美与善同意」（甘也。羊大に従ふ。羊は六畜に在りて主として膳に給するもの也、美と善と同意なり）とあり、段注に「甘部曰、美也。甘者五味之一而、五味之美皆曰甘。引伸之凡好皆謂之美」（甘部に曰く、「美也」と。甘は五味の一つにして、五味の美は皆「甘」と曰ふ。之を引伸して凡そ好なるを皆「美」と謂ふ）とあり、「羊大則肥美」（羊大なるは則ち肥美）などとあり、六畜（馬・牛・羊・豚・犬・雞）のうち主として料理に供される美味なるものであり、大きいのは肥って美しいとされた。そこから、「さらに移して人の徳行や自然風物の美しいことをいう」（白川静『字統』）のだという。『類聚名義抄』には、「ヨシ、ウルハシ、ホム、アマシ、コトモナシ、アサヤカナリ、カホヨシ、ムマシ」の訓が見え、引伸して凡そ好なるを皆「美」と謂う内容に関わる和語の様相が知られる。

『古事記』には、神名イザナミ（伊邪那美命）のミの仮名や、寝室クミド（久美度）のミの仮名、髪型ミヅラ（美豆良）のミの仮名、動詞ミル（美流）のミの仮名、噛むの連用形カミ（迦美）のミの仮名、女陰ミホト（美蕃登）の接頭語ミの仮名など、仮名の例を除くと、訓字表記としての「美」なる語は、以下の例である（掲出の書き下しは新編全集に拠る。『総索引』は赤猪子の箇所を「其形姿美麗」とするが、卜系本により「甚麗」の誤りとして除外する）

○「美人」

1 於是天津日高日子番能迩迩芸能命、於笠紗御前遇麗美人。（是に、天津日高日子番能迩迩芸能命、笠紗の御前にして、麗しき美人《をとめ》に遇ひき。）〈神代記条〉

2 然、更求為大后之美人時、大久米命曰……（然れども、更に大后と為む美人を求めし時に、大久米命の白ししく……）〈神武天皇条〉

3 美和之大物主神、見感而、其美人為大便之時、化丹塗矢、……（美和の大物主神、見感でて、其の美人の大便らむと為し時に、丹塗矢と化して……）〈神武天皇条〉

4　化丹塗矢、自其為大便之溝流下、突其美人之富登。（丹塗矢と化りて、其の大便らむと為し溝より流れ下りて、其の美人のほとを突きき。）〈神武天皇条〉

5　爾其美人驚而、立走伊須須岐伎。（爾くして、其の美人、驚きて、立ち走りいすすきき。）〈神武天皇条〉

6　乃、将来其矢、置於床辺、忽成麗壮夫。即娶其美人、生子名、謂富登多多良伊須須岐比売命。（乃ち、其の矢を将ち来て、床の辺に置くに、忽ちに麗しき壮夫と成りき。即ち其の美人を娶りて、生みし子の名は、富登多々良伊須々岐比売命と謂ふ。）〈神武天皇条〉

7　故、相感、共婚供住之間、未経幾時、其美人、妊身。（故、相感でて、共に婚ひ供に住める間に、未だ幾ばくの時も経ぬに、其の美人、妊身みき。）〈崇神天皇条〉

8　爾、其御子、一宿、婚肥長比売。故、窃伺其美人者、蛇也。（爾くして、其の御子、一宿、肥長比売に婚ひき。故、窃かに其の美人を伺へば、蛇なり。）〈垂仁天皇条〉

9　平群臣之祖、名志毘臣、立于歌垣、取其袁祁命将婚之美人手。（平群臣が祖、名は志毘臣、歌垣に立ちて、其の袁祁命の婚はむとせし美人が手を取りき。）〈清寧天皇条〉

○「麗美」「美麗」

①　其、所以謂神御子者、三嶋湟咋之女、名勢夜陀多良比売、其容姿麗美故、……（其の、神の御子と謂ふ所以は、三島の湟咋が女、名は勢夜陀多良比売、其の容姿麗美しきが故に、……）〈神武天皇条〉

② 答曰、有麗美壮夫。不知其姓・名。毎夕到来。供住之間、自然懐妊。（答へて曰ひしく、「麗美しき壮夫有り。其の姓・名を知らず。夕毎に到来りて、供に住める間に、自然ら懐妊めり」といひき。）〈崇神天皇条〉

③ 於是、天皇、聞看定三野国造之祖、大根王之女、名兄比売・弟比売二嬢子、其容姿麗美而、遣其御子大碓命以、喚上。（是に、天皇、三野国造が祖、大根王の女、名は兄比売・弟比売の二嬢子、其の容姿麗美しと聞し看し定めて、其の御子大碓命を遣して、喚し上げき。）〈景行天皇条〉

④ 故、到坐木幡村之時、麗美嬢子、遇其道衢。（故、木幡村に到り坐しし時に、麗美しき嬢子、其の道衢に遇ひき。）〈応神天皇条〉

⑤ 天皇、聞看日向国諸県君之女、名髪長比売、其顔容麗美、将使而喚上之時、……（天皇、日向国の諸県君が女、名は髪長比売、其の顔容麗美しと聞し看して、使はむとして喚し上げし時に、……）。〈応神天皇条〉

⑥ 故、赦其賤夫、将来其玉、置於床辺、即化美麗嬢子。仍婚、為嫡妻。（故、其の賤しき夫を赦して、其の玉を将ち来て、床の辺に置くに、即ち美麗しき嬢子と化りき。仍ち婚ひて、嫡妻と為き。）〈応神天皇条〉

⑦ 天皇、幸行吉野宮之時、吉野川之浜、有童女。其形姿、美麗。故、婚是童女而、還坐於宮。（天皇、吉野宮に幸行しし時に、吉野川の浜に、童女有り。其の形姿、美麗し。故、是の童女に婚ひて、宮に還り坐しき。）〈雄略天皇条〉

「美人」の訓は、『校訂古事記』にはすべてヲトメと訓まれており、倉野全註釈、古典集成、西郷注釈、新編古事記など諸注にもヲトメと訓まれているが、[1] 2・4の例にカホヨキヒト（鈴鹿本、前田家本、延春本、曼殊院本、猪熊本、寛永本）の訓があり、9の例にヨキヲトメ（鈴鹿本、前田家本、曼殊院本、猪熊本、寛永本）の異訓がある。

また、「麗美」「美麗」の訓は、倉野全註釈、古典集成、西郷注釈、新編古事記など諸注にウルハシ（基本活用形による）と訓まれているが、校訂古事記には、②の「麗美」はウルハシと訓むものの、①・③の「（容姿）麗美」、⑤の「（顔容）麗美」、⑦の「形姿美麗」を（カホ）ヨシ（基本活用形による）と訓み、④「麗美」・⑥「美麗」もカホヨシと訓む。①については、猪熊本、前田家本、寛永本でも（スガタ）カホヨシと、ヨシ系の訓をとるが、②〜⑦はウルハシの訓をとる。③は標注本、国民古典全書本などヨシの訓をとるものもあるが、諸本ウルハシの訓をとる。

古事記においては「美」なる文字は、②の「麗美」をウルハシと訓む例以外は、女性の美をいう表現に用いられていた。②のみをウルハシと訓んだ校訂古事記はここは男性の美の形容であることを考慮した訓といえよう[2]。

いずれにせよ、その文字自体の用いられ方は思いの外狭いといえる。

三　万葉歌における「美」

万葉集における訓字表記としての「美」の用いられ方も、古事記同様思いの外狭い。歌表記においては、訓字表記は、

美麗物《うましもの》　何所不飽矣《いづくもあかじを》　坂門等之《さかとらが》　角乃布久礼尓《つののふくれに》　四具比相尓計六《しぐひあひにけむ》　（16・三八二一）

うましもの　いづくも飽かじを　坂門らが　角のふくれに　しぐひあひにけむ

の「美麗物《うましもの》」の正訓表記の例と、

手取者《てにとれば》　袖并丹覆《そでさへにほふ》　美人部師《をみなへし》　此白露尓《このしらつゆに》　散巻惜《ちらまくをしも》　（10・二一一五）

手に取れば　袖さへにほふ　をみなへし　この白露に　散らまく惜しも

の「美人部師《をみなへし》」の借訓表記との二例にしか見えない。

5・八九四、八九六のミフネ（み船）を「美船」15・三五九三、20・四三三一の地名ミツ（み津）を「美津」、17・四〇二一のミユキ（み雪）を「美雪」とする表記には、これらが音仮名主体表記歌巻であることを考えると、ミに後接

する「船」、「津」、「雪」の正訓字表記から考えて、あるいは「美」の字義を意識していると考えられよう。

しかしながら、例えば、ミフネの例では、訓字主体表記歌巻では「三船」二例（3・二四七、8・一四五五、9・一七八〇）、「三舟」二例（10・二〇四六、二〇八二）、「大御船」二例（2・一五一、一五二）、「大御舟」一例（7・一一七一）とあり、「美」の字を用いた例がない。加えて、接頭語ミの全三九〇例中、音仮名の「美」の表記例は八五例、「弥」の表記例六例、「民」の表記例一例、訓字の「御」の表記例は一五〇例、「三」の表記例七二例、「見」の表記例一例となっている（他はオホミコトを「勅旨」「大命」と表記したり、オホクニミタマを「大国霊」と表記する例（5・八九四）や、ミコトを「命」と表記する例（1・四九、19・四二一四）、ミカドを「国家」と表記する例（19・四二四五）など正訓字の一語にミを含んでいる例である）。また、キミ（君）を「吉美」と表記する例（5・八五四、八五九他）や、ヨミ（吉み）を「吉美」と表記したり（6・九三八他）、「好美」と表記したり（10・二三四九）、キヨミ（清み）を「清美」と表記したり（6・一〇三五他）、ウルハシミを「愛美」と表記したり（10・二三一三）というミ語法の表記例も、ミ語法自体の表記の実態が、ミ語法全四七六例中、「美」の表記が一五五例、「弥」が二一例、「三」が四二例、「見」が七一例、「御」が一例という具合であってみれば、「美」の字はミの音仮名として極めて一般的なものと言え、そこに字義を汲み取ることはできないといえる。

「美麗物」については、旧訓ヨキモノノであったのを、『万葉考』でウマシモノと改訓して以来、『新考』にクハシモノと訓み、『沢瀉注釈』がそれを支持したけれども、おおむねウマシモノと諸注に訓まれている。『新大系』では新たにカホヨキハの訓を提示しているが、『新編全集』頭注に、

美味な物。「馬下乃」（二七五〇）と書いた例もある。藤原宮木簡に「味物忽賜欲」、平城宮木簡に「諸丶尓
　味有酒又味物」などと記したものがある。

と記すように、「味物」の語例があり、しかも「美麗」だけでなく「美麗物」とあることから考えて、『類聚名義抄』に「ムマシ」とある「美」の字義の一側面に拠るウマシモノの訓がよいと思われる。いずれにせよ、万葉歌中には「美」の字義に即した語はほとんど見られないのである。

四　題詞の「美」

題詞には、「美」の字は、

ⓐ　和銅四年辛亥河邊宮人見二姫嶋松原美人屍一哀慟作歌四首　（3・四三四）

ⓑ　其美好者、不レ可二勝論一。所謂徑尺璧是也。　（5・八一三）

ⓒ　昔者有二壮士與美女一也。姓名未詳。不レ告二二親一、竊為二交接一。……　（16・三八〇三）

ⓓ　……淡交促レ席、得レ意忘レ言。樂矣美矣、幽襟足レ賞哉。……　（17・三九六七）

ⓔ　為下向レ京之時、見二貴人一及相二美人一飲宴之日上述懐儲作歌二首　（18・四一二〇）

ⓕ　在二舘門一見二江南美女一作歌一首　（20・四三九七）

と六例を見る。題詞は訓読みを前提とせず、そのまま漢語として意を理解した可能性もないではないが、漢文体としては不自然な箇所があり、読み下すことを前提としていると考えられる。すると、「美人」二例は古事記の例に倣ってヲトメと訓むべきかとも思われる。「美人」の語自体は男女の別なく容姿端麗な人をいう語であるが、その対象は、四三四では左注に「娘子屍」と見え、女性であることは明確である。四二二〇については後述する。「美女」二例のうち、ⓕの「江南美女」は、小島憲之氏（『上代日本文学と中国文学』中）が「家持は中国の江南地方の美人を連想してゐたものと思われる」と指摘されたように、『文選』（巻二十九）曹植「雑詩六首」に「南国有二佳人一、容華若二桃李一」と見える揚子江の南の美人[3]への連想が働いて、難波堀江をこのように表現したものと考えられ、『古典集成』や『釈注』、『新大系』[4]のように、「江南《かうなん》ノ美女《びじよ》」と音読するのもよいかと思われる。『新編全集』では「美《うるは》しき女《をみな》」、『全注』では「美《うるは》しき女」とする。

ただ、三八〇三は、「有由縁并雑歌」を集めた巻十六の例であり、「昔者有二壮士與美女一也」という昔物語の語り出しの定型を持っており、また、平安朝の語りものに続出する係り結び「なむ」の用法に匹敵する「也」の助辞を含むことから、阪倉篤義氏（「歌物語の文章」『国語国文』二三―六号）のいう「左注的題詞」として、「歌語り」の存在を想定する伊藤博氏（『万葉集の表現と方法』上）の考えもあり、訓読することを前提としたものと考えることが妥当な例である。その場合「美女」をどう訓むかということになると、『古典集成』や『新編全集』、『全注』などの採る「美《うるは》しき女《をみな》」の訓に拠るべきかと思われる。すると、題詞の訓みの統一という観点から、四三九七においても、『文選』詩文への連想はそれとして、「江南《かうなん》の美《うるは》しき女《をみな》」と訓むのがよいという判断もできるのである。

その時オミナと訓むのは、ヲトメが「成年に達した若い女子。未婚の娘。若い盛りの女。ヲトコの対」（『時代別』）、「ヲトはヲチ（変若）と同根。若い生命力が活動すること。メは女。上代では結婚期にある少女。特に宮廷に奉仕する若い官女の意に使われ…」（『岩波古語辞典』）などと解されるのに対し、ヲミナは「ヲノコの対」で「①若い女。美しい娘。②女性。女子。おんな。女性一般を指す」（『時代別』）、「古くは美女・佳人の意であったが、後に女一般を指す」（『岩波古語辞典』）と解され、ヲトメは未婚で、若いことに中心があるのに対し、ヲミナはその美しさに中心がある女性の称呼であるからと思われる。その点では、「見二貴人一及相二美人一」と貴人と対にして用いられたⓔのみを「美人」として、他はヲミナで統一する『新編全集』の読みは整っているといえる。

万葉歌ではヲトメの用例八四例に対して、ヲミナは七例と少なく、

岩戸割る　手力もがも　手弱き　女《をみな》にしあれば　すべの知らなく　（3・四一九）
庭に立つ　麻手刈り干し　布さらす　東女《あづまをみな》を　忘れたまふな　（4・五二一）
世間の　女《をみな》にしあらば　我が渡る　痛背の川を　渡りかねめや　（4・六四三）
風吹かぬ　浦に波立ち　なかる名を　我は負へるか　女《をみな》と思ひて　（11・二七二六）

…うちひさす　宮尾見名《をみな》　さすだけの　舎人壮士も　忍ぶらひ　かへらひ見つつ…　（16・三七九一）

……老人も　女童《をみなわらは》も　しが願ふ　心足らひに　撫でたまひ　治めたまへば……　（18・四〇九四）

秋野には　今こそ行かめ　もののふの　男乎美奈《をみな》の　花にほひ見に　（20・四三一七）

と、女性一般を指す例がほとんどで、美しい女性を感じさせるのは四三一七くらいであり、ことに「美しい娘」と考えるべき用例は認められない。古事記歌謡には、

呉床居《あぐらゐ》の　神の御手もち　弾く琴に　舞する袁美那《をみな》　常世にもがも　（記95）

の一例があり、この例は前文に「天皇、吉野宮に幸行しし時に、吉野川の浜に、童女有り。其の形姿、美麗し。…中略…其の嬢子に儛を為しめき。爾くして、其の嬢子が好く儛ひしに因りて、御歌を作りき。其の歌に曰はく」とあり、美女である舞する嬢子をヲミナと歌っていることがわかる。

また、ヲミナヘシの表記に、前掲二一一五の「美人部師《をみなへし》」の借訓表記の他に、美人の意の「佳人」の字[5]を用いた「佳人部為《をみなへし》」（10・二一〇七）の表記がされており、婦人の美称[6]である「姫」の字を用いた「姫部志《をみなへし》」（8・一五三八）、「姫部思《をみなへし》」（10・一九〇五）、「姫押《をみなへし》」（7・一三四六）も見えることは、ヲミナが美女としての意味をもっていたからであろう。[7]『新撰字鏡』には、「嬢」に「婦人美也。美女也。良女也。肥大也。乎美奈」と、美

女に「乎美奈《ヲミナ》」の和訓を記す。また、「娃」に「美女貌。宇豆久志支乎美奈」とあり、ウツクシとヲミナとの結びつきが認められる。

ⓑの「美好」は神功皇后の鎮懐石を讃美する表現であり、『古典集成』『全注』『新編全集』『釈注』など諸注にウルハシと訓むのは妥当な訓といえる。ただし、『新大系』は「美好《びかう》」と音読みする。ⓓの「樂矣美矣」は、文尾に置かれ強い断定の気持や、詠嘆の気持を表す助字「矣」を伴う表現であり、諸注一致して「美《うるは》しきかも」と訓んで問題はない。

五 左注の「美」

左注には、

ⓖ 右、傳云、昔者鄙人、姓名未詳也。于レ時郷里男女、衆集野遊。是會集之中有二鄙人夫婦一。其婦容姿端正、秀二於衆諸一。乃彼鄙人之意、弥増二愛妻之情一。而作二斯歌一、賛二嘆美皃一也。
（16・三八〇八）

ⓗ 右、時有二娘子一。姓尺度氏也。此娘子不レ聴二高姓美人之所レ誂。應二許下姓媿士之所レ誂也。於レ是兒部女王裁二作此歌一、嗤二咲彼愚一也
（16・三八二一）

ⓘ　右、射水郡古江村取㆓獲蒼鷹㆒。形容美麗、鷙㆑雉秀㆑群也。…　（17・四〇一五）

の三例がある。

ⓖは、『新編全集』は「美貌《みまう》」と音読みし、『古典集成』『釈注』は「美《うるは》しき貌《かほ》」、新大系は「美《うるは》しき皃《かたち》」と訓んでいる。「貌」（「皃」に同じ）は「カタチ」、「カホ」のいずれの訓も可能な文字で『類聚名義抄』にも両訓見える。訓読するとすれば、「其婦容姿端正」という前文との関連で、新大系のように「美《うるは》しき皃《かたち》」と訓むべきであろう。

ⓗは、『古典集成』『新編全集』『釈注』は「美人《うまひと》」、新大系は「美人《びじん》」と訓んでいる。『釈注』には「ここは下の『愧士』に対して美男子の意。」とウマヒトと訓んだ理由について注している。ウマヒトは、集中

み薦刈る　信濃の真弓　我が引かば　宇真人《うまひと》さびて　否と言はむかも　（2・九六）
あさりする　海人の子どもと　人は言へど　見るに知らえぬ　有麻必等《うまひと》の子と　（5・八五三）

と見え、諸注釈にウマヒトサビテを「貴人ぶって」と口語訳しているように、美しい人と言うより、高貴な人の謂いであるが、「美」にウマシという訓があることを考えれば、ここは男性に対して「高姓美人」といっているわけでもあり、ウマヒトの訓みでよいと考えられる。「うまし、もの　いづくも飽かじ

を」の歌の訓みに対応しているのである。ただ、題詞ⓔの「見二貴人一及相二美人一飲宴之日」という表現からは、「貴人」と「美人」を区別しているわけであり、あるいは、

淑人《よきひと》の　良しとよく見て　良しと言ひし　吉野よく見よ　良人《よきひと》よく見　（1・二七）

韓衣　着奈良の里の　妻松に　玉をし付けむ　好人《よきひと》もがも　（6・九二五）

に見えるヨキヒトの訓を採るのがよいかとも考えられる。すると、題詞ⓔも「貴人《うまひと》」「美人《よきひと》」と訓ずることができることとなる。美貌をいう「顔良し」という表現が「多胡の嶺に　寄せ綱延へて　寄すれどもあにくやしづし　その可抱与吉《かほよき》に」（14・三四一一）と見えることも参考になる。高橋虫麻呂の「上総の末の珠名娘子を詠む一首」（9・一七三八）において美貌をよいことに男性と戯れる珠名を形容して「容艶縁而」と叙述した箇所を、古訓にしたがって「かほよきによりて」と訓ずべきであるということについては、かつて別に論じたことがある。(8) ヨシと形容される対象のもつ要素の顔色の美の部分を特に分出させてカホヨシと表現しているわけであり、その人はヨキヒトと言い得るわけである。さらにそのヨキヒトの美貌の部分を強調すればカホヨキヒトという表現もありうることとなる。

ただし、「婦人美」「美女貌」についてはヲミナの訓が存したので、それに拠るべきであろう。左注ⓗは美男子であるという点からヨキヒトと訓んでいいといえる。題詞ⓔの場合の「美人」が女性を指すの

か、男性を指すのか、男女ともに指すのかは不明である。しかしながら、歌には、

見まく欲り　思ひしなへに　縵蘿　かぐはし君を　相見つるかも　（18・四一二〇）

朝参の　君が姿を　見ず久に　鄙にし住めば　我恋ひにけり　一に云ふ「はしきよし　妹が姿を」　（18・四一二一）

と、「一云」を措けば二首とも「君」としており、「美人」は男性のことを（「一云」を考慮すれば男女両方）を意識しての表現と考えられ、ヨキヒトと訓ずべきと考えられる。

ⓘは『古典集成』『新編全集』『釈注』ともに「（形容《かたち》）美麗《うるは》しくして」と訓み、『全注』、新大系は「美麗《びれい》」である。「（形容《かたち》）美麗《うるは》しくして」と訓読するのがよい。

六　「美人」の訓み

ところで、「美人」をヨキヒトもしくはヲウナと訓むことが可能ということであれば、題詞ⓐの「和銅四年辛亥河邊宮人見㆓姫嶋松原美人屍㆒哀慟作歌四首」の美人も、単に古事記の例に倣ってヲトメと訓むのでなく、別の訓みをすべきではないかと考えられる。

題詞ⓐに関係する歌群は巻二（二二八、二二九）にもあり、そこでは題詞が「和銅四年歳次辛亥河辺宮人姫島松原見嬢子屍悲嘆作歌二首」となっており、諸注釈には「和銅四年、歳次辛亥、河辺宮人、姫島の松原に娘子の屍を見て、悲嘆しびて作る歌二首」と訓んでいる。しかし、巻三の題詞の原文には「和銅四年辛亥河辺宮人見姫島松原美人屍哀慟作歌四首」とあり「見」の位置に違いがある。そこで、「……河辺宮人、姫島の松原の美人の屍を見て……」と訓む注釈書（仙覚抄、槻落葉、山田講義、金子評釈、全註釈、古典集成、全注、角川文庫、新大系、釈注、全解など）と、巻三の題詞を参考として「……河辺宮人、姫島の松原に美人の屍を見て……」と訓む注釈書（全釈、総釈、窪田評釈、佐佐木評釈、古典全書、私注、古典大系、古典全集、講談社文庫、新編全集、全歌講義など）とに分かれている。しかしながら、集中の他の同型の題詞（「見」＋「場所」＋「見る対象」）を参照するに、見る対象にかかる連体修飾語として訓むべきことは明らかで、「姫島の松原に美人の屍を見て」と訓むべきではなく、「姫島の松原の美人の屍を見て」と訓むべきことについて、かつて論じたことがある。[9] その折、巻二と巻三の題詞では、「娘子屍」（巻二）と「美人屍」（巻三）と相違する点に注目すべきこと、この歌を「行路死人歌」と考える向きがあるけれども、そうではなく、真間の手児名や菟原処女の歌といった伝説歌との共通性を持つことを述べ、巻三の題詞の在り方は伝説化の事情と関係するのではないかと推定した。無名の娘子が名を伝えられ、伝説化されてゆく過程の中で、娘子は「美人」とされていったのであろう。そうすると、その訓みも、巻二は「嬢子」と表記しているからヲトメと訓むのは妥当としても、「美人」とある巻三の訓はヲトメと訓むべきではなく、ヲミナもしくはヨキヒトと訓むべきと考えられる。ここでは、女性であることが明らかであり、ヲミナと訓むのが妥当であろう。

ということになると、古事記に見える「美人」の訓についても再考する必要があるのではないか。

古事記の「美人」の例2〜6は、神武天皇が阿比良比売を娶っていたけれども、「更に大后と為む美人」を求めようとした時のこととして出てきており、

大久米命の白ししく、「此間に媛女有り。是、神の御子と謂ふ。其の、神の御子と謂ふ所以は、参島の湟咋が女、名は勢夜陀多良比売、其の容姿麗美しきが故に、美和の大物主神、見感でて、其の美人の大便らむと為し時に、丹塗矢と化して、其の大便らむと為し溝より流れ下りて、其の美人のほとを突きき。爾くして、其の美人、驚きて、立ち走りいすすきき。乃ち、其の矢を将ち来て、床の辺に置くに、忽ちに麗しき壮夫と成りき。即ち其の美人を娶りて、生みし子の名は、富登多々良伊須々岐比売命と謂ふ。亦の名は、比売多々良伊須気余理比売と謂ふ。故、是を以て神の御子と謂ふぞ」とまをしき。

是に、七たりの媛女、高佐士野に遊びに行くに、伊須気余理比売、其の中に在り。爾くして、大久米命、其の伊須気余理比売を見て、歌を以て天皇に白して曰はく、

と、大久米命のことばに「此間有二媛女一」として見えた女性を、「其容姿麗美」として美和の大物主神が見感でた後、「其美人」として、以下「美人」と表現されるのであり、高佐士野の場面でも、伊須気余理比売を含んだ七人の女性を指す場合には「七媛女」として、書き分けている。

また、例7の三輪山伝説の話では、

此の、意富多多泥古と謂ふ人を、神の子と知りし所以は、上に云へる活玉依毘売、其の容姿端正し。是に、荘夫有り。其の形姿・威儀、時に比無し。夜半の時に、倏忽ちに到来りぬ。故、相感でて、共に婚ひ供に住める間に、未だ幾ばくの時も経ぬに、其の美人、妊身みき。爾くして、父母、其の妊身める事を怪しびて、其の女に問ひて曰ひしく、

と、活玉依毘売を「其容姿端正」と描写し、男も「其形姿威儀於時無レ比」と描写した上で「故相感、共婚供住之間、未レ経二幾時一、其美人妊身」と見えるものであり、互いの容姿をめでた上でその女性を「美人」と表現している。そして、父母が問いただす箇所では、「問其女曰」と、単に「女」として描写しているのである。

例9においても、

平群臣が祖、名は志毘臣、歌垣に立ちて、其の袁祁命の婚はむとせし美人が手を取りき。其の嬢子は、菟田首等が女、名は大魚ぞ。

と、歌垣において袁祁命と婚を競う時には「美人」と表現するものの、その出自（家と名）を説明する箇所では「其嬢子者菟田首等之女、名者大魚也」と、「嬢子」としている。

このような書き分けから考えると、例8は、一夜共寝をした肥長比賣が、「美人」だと思っていたのに「蛇」だったというギャップをいうために、単にヲトメではなく「美人」としたものと考えられる。例1も、迩迩藝能命が木花之佐久夜毘売に遭遇する場面では「麗しき美人に遇ひき」とその美をいうものの、その出自を問う箇所には「爾問誰女」（爾くして、問ひしく、「誰が女ぞ」）と「女」としているのである(10)。

諸注釈では倉野全註釈と同様に、本居宣長が『古事記伝』において、

美人は、記中に、嬢子・嬢女・媛女などあると同くて、並《ミナ》をとめと訓べき例なり。

と述べているのにしたがったようであるが、如上のように、「美人」の語は、「媛女」や「女」などの、ほかの女性をあらわす表現とは区別して用いられているのであって、等し並みにヲトメと訓むことはでき

ない。
　それを、鈴鹿本、前田家本、曼殊院本、猪熊本など卜部家系統諸本のようにカホヨキヒト、もしくはヨキヲトメと訓むか、ヲミナと訓むかについては、なお検討すべきかとも考えられるが[11]、1の「麗美人」や、②の「麗美壮夫」、④の「麗美嬢子」などの例を勘案するに、「美人」をカホヨキヒトと訓むのは「麗」のカホヨシと重なってしまい、あるべき訓とは思えない。むしろ万葉集の用例から考えて、ヲミナと訓むのがいいのではないであろうか。

　「美」について、とくに文字の使用に関わって万葉集など古代文献の例を眺めてきた。「美」の字の持つ意味の幅は広く、ウルハシやカホヨシなどの例に止まらず、『名義抄』の訓にも見えたヨシ、アマシ、コトモナシ、アサヤカナリ、ム（ウ）マシなどの訓みに関わる表現のすべてを見ることによって、古代の「美」の実態は明らかになるものである。しかしながら、それには膨大な用例と叙述を要する。ここでは、ささやかに「美」という文字に限定して、その用法を考えてみたわけである。

注1　西郷注釈では、1の「麗美人」をカホヨキヲトメと訓む。倉野全註釈ではウルハシキヲトメと訓み、「麗美人」について、「麗―美か、麗美―人かを考えてみる必要がある」とした上で、「ここは記伝に

『美人は、記中に、嬢子・嬢女・媛女などあると同しくて、並をとめと訓べき例なり。』とあるに従つて『麗―美人』の方をとることにする。書紀にはすべて『美人』とある」と述べる。

2 ウルハシは「容姿などが端麗・端正である」（『時代別国語大辞典 上代編』）意を表すが、「ととのった美しさ・気高いまでに立派な美しさ、などを表わす語であり、その点においてウツクシと相違する」（『時代別』）とされる。おおむね尊敬の念をこめた賞賛の表現と言え、ここだけウルハシと訓んだ校訂古事記の意図が知られる。

3 李善注に「楚辭曰、受レ命不レ遷生二南國一。謂二江南一也」と見える。

4 『文選』（巻二十九）「古詩十九首」第十二に「燕趙多二佳人一、美者如レ玉」と見え、「佳人」は即ち「美人」の言いでもある。

5 注4参照。

6 『集韻』に「婦人美称」とあり、『漢書』文帝紀「孝文皇帝、高祖中子也。母曰薄姫」の注に「師古曰、姫者、本周之姓、貴二於衆国之女一、所二以婦人美號皆稱一レ姫焉」と見える。また『詩経』国風「東門之池」の「彼美淑姫」の疏に「黄帝姓姫、炎帝姓姜、二姓之後子孫昌盛、其家之女美者尤多、遂以二姫姜一為二婦人之美一」と見える。

7 ヲミナヘシの訓字表記には、「娘子部四」（4・六七五）、「娘部思」（8・一五三〇）、「娘部志」（8・一五三四）、「娘部四」（10・二二七九）の表記も見えるが、全九例の訓字表記のうちの五例にわたり、ことさらに「美人」「佳人」「姫」の表記を用いていることは注目すべきといえる。

8 拙稿「高橋虫麻呂の上総の末の珠名娘子を詠む歌について」（『叙説』第24号号、平成9年3月）

9 「妹が名は千代に流れむ」（『日本古典の眺望』平成3年5月、桜楓社）

10 ここは、鈴鹿本、前田本、曼殊院本、猪熊本などは「麗美」を一語として、ウルハシキヒトと訓んでいる。そのように訓むことも考えられるが、大穴牟遲神を「麗壮夫」とした例や、同じく須勢理毘賣が須佐之男命に大穴牟遲神を「甚麗神来」と紹介した例などがあって「麗美人」と見えるので、「美人」を一語と解すべきと判断する。

11　日本書紀には「美人」の用例は一例。訓は、兼夏本には「ヲムナ」と「タヲヤメ」、私説「ヲミナ」、熱田本には「ヲンナ」、一峯本「カホヨキヲンナ」、鴨脚本「オムナ」、丹鶴本「カホヨキヒト」、とある。

＊『万葉集』の引用については塙書房刊『CD-ROM版万葉集』に、『古事記』については小学館刊『新編日本古典文学全集』によった。

「天離る夷」考

――都の美と夷の情と――

岩下武彦

一　はじめに

天平二年（七三〇）十二月六日。大納言に遷任され、帰京する大宰帥《だざいのそち》大伴旅人《おおとものたびと》送別の宴が開かれ、筑前守山上憶良《ちくぜんのかみやまのうえのおくら》は「敢《あ》へて私懐《しくわい》を布《の》ぶる歌三首」を「謹上」した。その一首目

天離《あまざか》る夷《ひな》に五年《いつとせ》住まひつつ都のてぶり忘らえにけり　（巻五・八八〇）

は、老年にいたって遠国《おんごく》に赴任し、押さえがたい望郷の真情をうったえた歌として名高い。たとえば、佐藤美知子氏は、[1]「五年」に着目して、

憶良の歌に籠もる哀感は、当時の令制下に生きる地方国守の誰もが実感することで、「敢布二私懐歌

二三首」と題してはいるが、当時の官人の共通感覚であったであろう。しかも五年の語により単に長い歳月というよりは、国守四考制の上から如何なる時期に来ているかを示してもいる。つまりこの年七月末日までの考で成選したこと、さらに翌春叙位および遷替等のあるべき予想をも抱かせる時なのである……そう解して初めて、当時の令制下に組み込まれた一介の最下級貴族たる老地方国守の憶良の切なる作歌動機や、その来春に賭けたせめてもの願意が的確に把握される

という。この歌を贈られた旅人自身も、日頃

わが盛りまたをちめやもほとほとに寧楽《なら》の京《みやこ》を見ずかなりなむ　（巻三・三三一）

雲に飛ぶ薬食《は》むよは都見《み》ば賤《いや》しき我《あ》が身またをちぬべし　（巻五・八四八）

などと、望郷の念をあえて隠しはしなかった。

そういう奈良朝官人たちの歌いぶりからして、「天離る夷」について、

「万葉集」で「あまざかる」というときは、都を遠く離れた辺境の地、鄙にいるのが不本意で、都を懐かしみ、望郷の念を訴える歌であることが多く、都を中心・最高とする都人の観念が色濃く表われている。

と解される（2）のも自然と思われる。ただ、そういう心情がどのように形成され、どのように表現された

か。たとえば人麻呂の時代の意識とを同列とみなしてよいかどうかは、なお検討が必要だろう。またそれは万葉の人々にどこまで等しく自覚されていたのかとなると、また別の検証が必要と思われる。そういう観点から、あらためて歌ことばとしての「天離る夷」について、考えてみたい。

なお、「ひな」は、諸注「鄙」と記すことが多いが、平野邦雄氏ら(3)が、万葉集の歌中の訓字としては「夷」のみで、「ひな」を表す用字としては、「夷」が適切と指摘される。中西進氏(4)によれば「鄙」は、「野鄙之歌」(巻五・八二二序　房前)、「鄙歌」(巻五・八六八序　憶良)など、「自卑の表現であり『鄙』は『いやしい』意」という。本稿では、引用部分を除き、「夷」を用いる。

二　「天離る夷」の情

「天離る夷」によって表される心情とは、どのようなものか、まずそれを確かめておこう。

早くに高木市之助氏(5)が、「萬葉人の風土」の「一つの様式」として「ひなとみやこの対立」をとらえ、「みやこ」の「方処的意義乃至価値は宮殿の存在といふ事に因由し」「それは畢竟《ひっきょう》大君といふ存在と切り離して考へられない」としている。「萬葉人がそのみやこをむしろみやこの喪失によつて創造し」、「みやこ」の「喪失はそのまま『ひな』の誕生へ連な」り、「あまざかる」を冠せられた「ひな」は萬葉人にとっては、「『天地のそきへの極み』といふ成句を連想させるやうな、或る方処的情感に連なる風土であつた」

という。

「天離る夷」を、「およそ方角をいふに、王城をもと丶していふ事常なり」とか「畿内を出は、いつくにもよむへし」と、最初に律令的空間の表現として把握した契沖と異なり、この高木氏の指摘は、風土文芸の立場から、文学空間の表現として把握したものである。(6)

(二)「天離る夷」としての「遠の朝廷」

そういう立場を受け継ぎつつ、益田勝実《かつみ》氏は、(7)「旅人の望郷も、単に生まれ故郷を恋うるだけの思いではなく、地方の任についたすべての貴族たちの望郷の念をささえていた、都誇り＝鄙の蔑視にささえられている」と指摘し、「〈天ざかる鄙〉に生きねばならない」「地方官僚貴族の苦悩」ととらえている。

憶良の「敢へて私懐を布ぶる歌」の

かくのみや息づき居《を》らむあらたまの来経往《きへゆ》く年の限り知らずて　（巻五・八八一）
あが主の御霊《みたま》賜ひて春さらば奈良の都《みやこ》に召上《めさ》げ給はね　（巻五・八八二）

について、「何という望郷の歎きのはげしさ、深さ。旅人は、この年上の筑前守に、つい先日までの自己の姿を見なければならなかった」と、旅人の望郷の思いに共通することを指摘しているとおり、「天ざ

遠の朝廷—都府楼趾—

かる夷」に対する思いは、旅人と憶良、また大宰府をはじめとして、諸国の「遠の朝廷」に赴任していた多くの官人達に共有されていたと考えてよいであろう。

大久保廣行氏[8]が、

旅人は、伝統ある都の貴族の衿持を貫く姿勢を終始崩さなかったから、所詮筑紫も果てしなく広がる鄙の空間でしかなかった。それは王権のもとに統治すべき対象ではあっても、個人として親しく同化し融和すべき対象とはなりえなかった。理性的・観念的には「倭も此処《ここ》も同じ」ではあっても、心情的に二つが同等の空間領域として意識されることはなかった。

と指摘するのも、「遠の朝廷」といえども、「天離る夷」であることは打ち消しようがない、という旅人の心情を析出したものであるが、それは、「鄙に放たれた」奈良朝官人全体の思いであったろう。

(二) 家持の場合

万葉集中で最も多く「天離る夷」を用い、さらにそれをもとにして、「しなざかる越」等の表現をも生み出している大伴家持は、どのような意識で用いているのだろうか。

廣岡義隆氏(9)は、風流《みやび》の風潮盛んな天平期に育った家持が、「越中生活を通して」「真面目に鄙の風土に触れ」、「みやび」から抜け出して、「天離る夷」の「良さをも見出した」という。

新谷秀夫氏(10)が、大伴家持のこの用法について、「都とは空間的に離れた地として越中を意識しつづけたことは間違いない。当初は精神的な部分での隔絶感をも抱いて対峙していた」「越中の風土をあらためて自覚した家持」が、「越中での生活を締めくくるにあたり」うたった

しなざかる越《こし》に五年《いつとせ》住み住みて立ち別れまく惜しき夕《よひ》かも　(巻十九・四二五〇)

について、

ここに家持の越中に対する心からの惜別の情を読みとりたい。都では経験できないことを体験しつづけてきた家持の本音が、まさに「立ち別れまく惜しき」だった。それを越中に残る人に伝えるた

めに、みずから創り出した「しなざかる越」でうたい起こしたのが、この歌だった……と指摘するのは、廣岡氏と重なる方向で、家持の内面的な変化を指摘して興味深い。

越中の人々に対して「立ち別れまく惜しき夕かも」という家持にして、なお都に対するときは「天離る夷」といわざるをえないとすれば、それだけ強く「都——夷」の対立が意識されていたということでもある。四二五〇歌自体、憶良の「天離る夷に五年住まひつつ」を意識しつつ、新谷氏のいうような意識で、「天離る」を「しなざかる」と変えたものとすると、「天離る夷」の意識が、家持においてもなお拭いがたくその心を占めていたことに思い至るのである。

先掲の高木氏や益田氏に続いて、中西進氏[11]が、

単に地方にあったが故にのみ「ひな」の使用者となったのではない。この京への思いとの緊密な連結を「ひな」の背後に考えねばならない。

と指摘している。中西氏のいうように、「ひな」は「ほぼ後期万葉に発達した意識であったというべき」で、「既に前代から存した語を急速に発達せしめたのが奈良朝であった」とすると、そういう心情は、どのように形成され、どこまで普遍化できるのだろうか。

(三) 人麻呂における「天離る夷」

菊地義裕氏[12]は、人麻呂作歌の「天離る夷」は、「畿内を起点としての王土の広がり」を表現し、それは、

「律令制のもとでの均質な王土としての『地方』という統治空間」であり、「画一的」に「天離る夷」と表現されるのも、「この表現が宮廷歌人柿本人麻呂の創造による宮廷歌の表現」として「規範性」をもったからで、それは「万葉歌における『地方』の創出でもあった」という。

「夷」の表現が人麻呂作歌を通して獲得され、以後万葉歌において「地方」を意味する表現として定位されたことを確かめ、人麻呂以後、「都との対峙を通して、個的体験を媒介に望郷の念、あるいはそれにもとづく寂寥感がもち込まれ」るとともに、距離感が強く意識され「夷」に対する「負の認識がしだいに形作られる」ようになり、「夷」は「辺境の色合いを濃くし、都との文化的な格差が強く意識され、統治空間を示すというより、文化の後進性を象徴する文化空間を示すようになる」といい、「こうしたありようは、人麻呂が律令制を背景に、畿内に対する統治空間として『夷』をとらえたのとは大きく異なる」という。

人麻呂の表現の一回的性格を指摘している点、また、以後の表現の変化に言及している点注意される。ただ、「人麻呂が律令制を背景に、畿内に対する統治空間として『夷』をとらえた」面はあるとしても、それをどうとらえたかが問題であろう。ここでは、そういう観点から、まず人麻呂作歌のなかの、「天離る夷」の表現について考えたい。

対象とするのは近江荒都歌と、羈旅の歌八首中の一首である。

三　近江荒都歌の場合

近江の荒れたる都に過る時に、柿本朝臣人麻呂が作る歌

玉だすき畝傍《うねび》の山の　橿原《かしはら》のひじりの御代ゆ　あれましし神のことごと　樛《つが》の木のいや継ぎ継ぎに　天の下知らしめししを　天《そら》にみつ倭を置きて　あをによし奈良山を越え　いかさまに思ほしめせか　天離《ざか》る夷にはあれど（天離夷者雖有）　石走《いはばし》る淡海《あふみ》の国の　楽浪《ささなみ》の大津の宮に　天の下知らしめしけむ　天皇《すめろき》の神の命《みこと》の　大宮はここと聞けども　大殿はここと言へども　春草の茂《しげ》く生ひたる　霞立ち春日の霧《き》れる　ももしきの大宮所見れば悲しも　（巻一・二九）

（本文の異伝および、反歌二首　略）

まず、注意すべきは「近江の国」を「天ざかる夷」と言い、畿外の地として捉えていることである。その前後の文脈との関わりで考えると、冒頭から「天にみつ倭を置きて」まで、ここで問題となっているのは、歴代の天皇が天下を統治した「倭」を捨てて、畿外の地である「淡海の大津の宮」に遷都した、ということへの疑問・口説《くど》きである。

（一）　皇統の中心地としての「倭」

伊藤博氏[13]は、「倭の地に連綿と継承されて来た皇統譜の中に、主人公天智天皇の行為を位置づけた表現」であり、作者は天智天皇を、「神聖な皇統譜の中の敬仰畏懼すべき一人の天子として把握している」と述べている。清水克彦氏[14]の指摘するとおり、作者の目には、「橿原のひじり」以来天智に至る歴代の天皇も、天智も、等しく「神」と映っているのである。

この歌の数年後に出された、宣命第一詔（六九七年）[15]、さらに第三詔（七〇七年）など初期の宣命に、

現御神止大八嶋国所知天皇（現御神《あきつみかみ》と大八嶋国《おほやしまぐに》知らしめす天皇《すめら》）

高天原尓事始而、遠天皇祖御世（高天原に事始めて、遠天皇祖《とほすめろき》の御世）

遠皇祖御世乎始而、天皇御世御世（遠皇祖の御世を始めて、天皇《すめら》が御世御世《みよみよ》）

天豆日嗣止高御座尓坐而（天《あま》つ日嗣《ひつぎ》と高御座《たかみくら》に坐《ま》して）

など、天皇の統治・治世に関わる表現が、多様に見られるが、天皇を神格化する表現[16]の中に、「高天原」「天つ日嗣」など、神話的な「天」の表現や、「高天原に事始めて、遠天皇祖の御世」「遠皇祖の御世を始めて、天皇が御世御世」など、皇統譜に関わる表現の見られることに注意したい。人麻呂の時代が、このような表現の形成期であったことが改めて確かめられるが、人麻呂が、そういう時代の思潮を積極的

に担いつつ、自らの表現を切り拓いていったことは、諸家の指摘するとおりである。[17]従って、このような文脈で、「倭」を、「橿原のひじり」以来「神」の治めた国と讃えることは、必然的に「淡海」を「天離る夷」として位置づけることとなり、それが「いかさまに思ほしめせか」という詠嘆と結びつくことにもなる。

皇統の中心地たる「倭」を捨てることへのこだわりが、「天《そら》にみつ倭を置きて」の表現である。「天にみつ」とは、金井清一氏[18]の指摘の通り「倭が『天《そら》』に満ちている」意味で、「倭が日の御子なる天皇のもとに繁栄していることを表す」「倭讃美であり天皇讃美の枕詞」である。「天離る」は、「人麻呂の場合、『天を離《さか》る』」であって、「天」は「神話の天上界と重ね合わされた王都である」とすると、皇統の中心地としての「倭」を皇統の由来する天上の神話的世界と結びつけ、聖域として印象づける表現ということになる。その「倭」の聖性が強調されればされるほど、そこを「置き」捨てることへの疑問・口説きが印象強く受け止められることになる。その点をいま少し確かめてみよう。

（二）「天ざかる夷」としての「近江の国」

皇統の由来する天上の神話的世界に繋がる聖地「倭」。それと対比される「天ざかる夷」として「淡海の大津の宮」を位置づけることは、この文脈でどのような意味を担っているのか。

契沖の云うとおり、「天ざかる夷」は、畿外の地として位置づけた表現であるが、大化改新詔[19]の

大津京跡方面遠望

凡そ畿内は、東は名墾《なばり》の横河《よこがは》より以来《こなた》、南は紀伊の兄山《せのやま》より以来、西は赤石《あかし》の櫛淵《くしふち》より以来、北は近江の狭々波《さざなみ》の合坂山《あふさかやま》より以来を、畿内国《うちつくに》とす。

と、明日香京を中心として、主要な交通路の四至を以て区切っている段階から、持統朝において、「四畿内」といわれるように、「大和・摂津・河内・山背の四国をもって畿内国」とする「『大宝令』の畿内国制への移行が認められ、天武から持統朝にかけての畿内国制の拡充を示している」というように、人麻呂の時代は、行政区画によって規定された令制の畿内国への移行期にあった[20]。そういう制度の転換期に当たって、否応なしに畿内・畿外の境界を強く意識せざるを得なかったであろう。

近江国を畿外と捉えることは、同時に、明日香から普通には一日〜二日の行程という現実の距離にもかかわらず、天上の神話世界に連なる皇統の中心地たる聖地「倭」とは隔絶した、辺陬《へんすう》の僻地《へきち》として「天ざかる夷」と位置づけることになる。「いかさまに思ほしめせか」と詠嘆される所以《ゆえん》である。

(三)　畿外の地での治天下と「宮」

ことは、古代史の立場から平野邦雄、大津透、吉村武彦らの諸氏が論じているように[21]、古代国家のコスモロジーに関わる。例えば、吉村氏[22]は、近江荒都歌について、「本来的に都は内国《うちつくに》にあるはずのものであった」が、「天離る夷の地」でも「治天下」を「行ない得るのであって」、「治天下」とは、「夷狄支配を含みこむ世界観を随伴」しており、「夷狄の服属儀礼が王宮で挙行される」ように、「天と都との抽象的レベルの共通的位相は理解され」、「したがって、天とは天皇が居住する宮からみたてた天ということになる。都から離れた夷(ひな)が、天離る状態なのである」という。「天皇が居住する」特定の「御屋《みや》(宮)」の所在する場所が「宮処《みやこ》」であり、国府の建造物を「宮」と呼称したのは、国府が「遠の朝廷」と呼ばれたこととも関係し、「遠の朝廷」は大宰府ばかりではなく、国府も「遠の朝廷」だったからである。「こうした宮の中心に居住するのが天皇」であり、「天皇の政事、律令制支配の枠組みを地上にデザインしレイアウトしたのが、宮の構造・配置である」という。

その「宮」にかかる枕詞「打ちひさす」について、『時代別国語大辞典　上代編』は、記・雄略条の三重采女《うねめ》の天語歌「纏向《まきむく》の日代の宮は　朝日の日照《ひで》る宮。夕日の日影《ひがけ》る宮」を引用して、「日のさすことで宮（都）をほめたものであろう」と説く。吉村氏前掲稿は、天語歌の「日代の宮」は、実は景行天皇の宮であることに着目し、「（「打ちひさす」は）特別の日が照り輝くことを意味しているのであろう」。「天子南面の思想が入っていれば」「日光は十分にふりそそぐであろう」。として、「天を都と関連させて理解する立場にたてば、この枕詞の意味は現象的にはかなり明確になる」という。

朝な夕なに日光の燦々《さんさん》と降り注ぐ「宮」、その中心に南面して、大王《おおきみ》が坐《いま》す。藤原京の中心に藤原宮が造営され、その中心に大極殿が作られた[23]のは、そういうコスモロジーの表象であった。

このような「みやこ」であればこそ、統治の中心たり得たのである。

（四）「みやこ」意識の変革

人麻呂の時代が、史上初めて条坊制を備えた本格的な都城、藤原京の成立を見て、「みやこ」意識の変革期に当たっている[24]ことを思い合わせると、そのような都と対比される、「夷」との格差が、正に現前しつつある、その現場に向き合って歌われているのだということを、思い起こさなければならないだろう。時代は降るが、大宰少弐小野老が、

青丹吉寧樂《あをによしなら》の京師《みやこ》は咲く花の薫《にほ》ふが如《ごと》く今盛《さか》りなり　（巻三・三二八）

とうたったとき、丹緑色とりどりの都の美が強調されればされるほど、「遠の朝廷」大宰府にあっても、「天ざかる夷」の思いは身に沁《し》みたはずである。平城京が完成し、地方行政制度が整い、都府楼《とふろう》を中心とした条坊制の市街が整備され、「遠の朝廷」と讃《たた》えられた大宰府ですら、そのような心情を抱えざるをえなかったとすると、そういう格差の、今まさに生じる現場に立ち会った人麻呂は、一層それを如実に、深切に感じ取ったはずである。近江荒都歌は、「夷」との対比において、都の壮麗美をその喪失の体験を通してとらえた最初の表現であった。(25)

注意すべきは、同じ大津宮の廃墟をうたいながら、高市黒人が、

楽浪の国つ御神のうらさびて荒れたる都（荒有京）見れば悲しも　（巻一・三三）

と、荒都の現実を「荒れたる都」として明示するのに対し、人麻呂は、「荒れたる都」とは決してうたわないことである。「大宮はここと聞けども　大殿はここと言へども　春草の繁く生ひたる　霞立ち春日の霧《き》れる　ももしきの大宮所」と、荒都の現実にあらがいつつ、なおかつての繁栄を追い求めるようにうたう。そこには、都のあり方の変化を、目のあたりにして、それを一回的な変革ととらええた者のみが看取しうる嘆きがうかがえる。「見れば悲しも」の抒情がひとしお身に響くのは、そのためである。

これと照合したとき、境界の意識をより鮮明にうたった、人麻呂のもうひとつの「天離る夷」は、ど

のように捉えられるだろうか。

四　羈旅歌の場合

柿本朝臣人麻呂が羈旅の歌八首（一首のみ摘出）

天ざかる夷の長道ゆ（天離夷之長道従）恋ひ来れば明石《あかし》の門《と》より倭嶋《やまと》見ゆ　（巻三・二五五）

人麻呂の羈旅歌八首については、その構成の有無、また各歌の解釈を廻って論が多い(26)が、現行のテキストによる限り、東上西下の歌が錯綜しており、配列から構成を読み取ることは難しいように思う(27)。構成を念頭に置いて歌を解釈するのは、本末転倒というべきであろう。ここでは、まず一首の解釈から入ってゆきたい。

（一）旅路のはての「天離る夷」

中西氏(28)も注意しているように、「天離る夷」とうたわれる例は、ほとんどが「畿外」の具体的な土地に即してうたわれている。今、例示すれば以下の通りである。

石走る淡海の国の　楽浪の大津の宮　（巻一・二九）柿本人麻呂

筑前国（巻五・八八〇）山上憶良　土左国（巻六・一〇一九）石上乙麻呂

み越路（巻九・一七八五〜六）笠朝臣金村之歌中出

対馬島の浅茅の浦（巻十五・三六九八）遣新羅使人

越中（以下地名略）（巻十七・三九四九）大伴池主（以下「池主」と略）、（巻十七・三九五七）大伴家持（以下「家持」と略）、（巻十七・三九六二）家持、（巻十七・三九七三）池主、（巻十七・三九七八）家持、（巻十七・四〇〇〇）家持、（巻十七・四〇〇八）池主、（巻十七・四〇一一）家持、（巻十七・四〇一九）家持、（巻十八・四〇八二）家持、（巻十八・四一一三）家持、（巻十九・四一六九）家持、（巻十九・四一八九）家持

以上、歌の内容・題詞や左注・配列によって、「天離る夷」がどこを指すかは、特定の場所を明確に知られる例が圧倒的である。前述の通り、「天離る夷」の多くは、地方に赴任した官人達が、任地と都とを較べ、その格差を嘆く心情からうたうのが基本なのだから、「夷」の地が具体的に明示されるのは、当然といえば当然であろう。例外は当該歌の他、以下の三首である。

A　丹比真人《たぢひのまひと》［名欠けたり］、柿本朝臣人麻呂が心をあてはかりて、報《こた》ふる歌一首（歌略）

或本の歌に曰《いは》く

天ざかる夷の荒野に（天離夷之荒野尓）君を置きて思ひつつあれば生けるともなし（巻二・二二七）

B　……ねもころに我が思ふ君は　天皇《おほきみ》の任けのまにまに〈或本に云ふ「王《おほきみ》の命恐み」〉夷ざかる

国治めにと〈或本に云ふ「天ざかる鄙治めにと（天踈夷治尓等）」〉群鳥《むらとり》の朝立ち去《い》なば　後《おく》れたる我か恋ひむな　旅なれば君か偲《しの》はむ　言はむすべせむすべ知らず〈或書に「あしひきの山の木末《こぬれ》に」の句あり〉延ふつたの行きの〈或本には「行きの」の句なし〉別れのあまた惜しきものかも

（巻十三・三二九一）

C

遣新羅使人「当所誦詠古歌」

天ざかる夷の長道を恋ひ来れば明石の門より家のあたり見ゆ

柿本朝臣人麻呂が歌に曰く「大和島見ゆ」

（巻十五・三六〇八）

これらの内、Aは、「天ざかる夷の荒野」が具体的にどこを指すか、歌中の詞句に表現されていないし、題詞や左注にも記されていない。ただ、この前に「柿本朝臣人麻呂、石見国に在りて死に臨む時に……作る歌一首」（巻二・二二三）とあって、Aはその一連の歌群に連なるものであるから、この「天ざかる夷の荒野」は、石見国のどこかを指すことになる。どこと具体的な地名が記されていないのは、人麻呂の殯処であることが知られれば良いのだから、「石見国の荒野」というだけで、十分と判断されたのだろう。人麻呂の死の実態がどうであれ、万葉集はそう読み取るべく記しているということである。

また、Bも具体的にどこことは解らないが、本文に「夷ざかる　国治めにと」とあるから、これもどこかの国守として赴任する事をうたったものとなり、赴任先は、どこかの国と推定できる。この歌も「鄙ざかる国（天ざかる夷）」を「治めに」赴く「我が思ふ君」との隔絶感を表す文脈であり、そのことが示されればよい、ということであろう。

（二）夷の長道

そうすると、具体的な地点を特定せず漠然と「天ざかる夷の長道」と範囲を広くとってうたうのは、当該歌とCのみということになるが、Cは当該歌の異伝であるから、当該歌を分析することで、その内容と照合すれば良いと思う。

大浦誠士氏[29]は、この歌について、

「明石の門」から「大和島」を望む歌い方は、数ヶ国を隔てた二地点を歌う点で特筆すべきであろう。さらにその眺望が「天離る鄙の長道」を旅して来た末のものであるとする歌い方は、統一国家の版図としての地方の広がりを意識することを抜きには不可能なものである。逆に言えば、そうした意識によってこそ、「旅ゆくこと」が壮大なスケールで形を与えられているのである。

という。「統一国家の版図としての地方の広がりを意識する」ことを前提とした表現であることを明確にして、従うべき解釈だと思う。問題はそのような意識の変化に、形を与えることが、どのように可能であったか、ということである。このような表現は、どのようにして成り立ったのか。

（三）　羇旅歌と境界

一首のキーの一つは、うたいこまれた「明石の門」という地名にある。回り道になるようであるが、この地名の意味について確かめておきたい。ここも諸家の指摘するとおり、畿内と畿外とを分かつ、境となった地である。[30]

大浦氏[31]によれば、明石海峡を「門」と捉えるのは「羇旅歌八首に固有の発想で」明石海峡が「大門」と表現されるのも、「小さな頼りない燈火とそれを待ち構える、畿外への『大門』という構図がそこにはある」という。

そこに、現実の眺望を越えて、畿内と畿外とを分かつ境としての「明石の門（明石大門）」という意識が読み取られている通りであろう。そういう土地であるからこそ、羇旅歌八首中に二首読まれているばかりでなく、八首の大半が明石海峡を挟む地域に集中しているのも、その畿内と畿外とを分かつ境界性の自覚に基づく。しかもその自覚こそが、人麻呂の時代に特有の認識であった。大浦氏によれば、「天武・持統朝を通じて」「『京』の持つ優位性、権威性の畿内への拡大として捉えられ」「地方は、「京→畿内→畿外」という同心円の中に位置づけられ、行政区画によって掌握されてゆく」という。人麻呂の境界意識の背景にある事実として注意しておきたい。

改新詔にある交通上の四至によって分かたれる畿内外の区別から、行政区画による「四畿内」への制度の変革に伴い、人麻呂が境界ということをひときわ強く意識せざるをえなかったであろうことも、注

明石大門

意したい。畿内制の確立と都城の成立という二大制度の整備は、官人達の中に育まれつつあった、都と夷との区別意識を、否応なく明確化していったであろう。そこにおいてはじめて、都を中心とした畿内とは、異質な異郷としての「夷」が認識される。

高木氏(32)などのいう「夷の発見」である。

(四) 道行きと「夷の長道」

そこで捉えられる「天離る夷の長道」が、改めて問われなければならない。

「夷の長道」というからには、明石海峡に至る道のりがあるはずである。その場合、例えば

石《いそ》の上布留《かみふる》を過ぎて　薦枕《こもまくら》高橋過ぎ　物多《さは》に
大宅《おおやけ》過ぎ　春日《はるひ》の春日《かすが》を過ぎ　妻隠る小佐保《をさほ》を
過ぎ　……　　　　（紀歌謡　九十四）

などと、通り過ぎる土地を次々に列挙する表現がある。一つ一つの地名に枕詞が冠せられているのは、「らいふ・いんできす」[33]としての地名の列挙にはじまり、伊藤博氏[34]が、古代の「ある場所を通過するにあたってそこでのあるものを見てタマフリを行い鎮魂の歌をうたう習俗」について、「対象のとらえかたによって」、「第一は自然を見てそれを讃える歌、第二は自然を通して家郷を偲ぶ歌、第三は滅んだものを見て哀傷する歌」の三種に分類し、「三種は生命力の充足を祈誓して行路の安全を祈り、無事なる帰郷を招《お》ぐことを目的とするタマフリの行為である点で、本質を等しうした」というように、「生命力の充足を祈誓して行路の安全を祈」る表現であったからであろう。そういう観点からすれば、このような道行きの表現にあっては、一つ一つの地名がほめつつうたわれることに意味があるわけで、それを一括して「夷の長道」とくくってしまう発想は、そういう地名意識と、いささか異なる発想と言わなければならない。このような表現を可能にしたのは、どのような発想であろうか。

(五) 方法としての「夷の長道」

思い合わされるのは、人麻呂の吉野讃歌の次のような表現である。

やすみしし吾が大王《おほきみ》の　聞こし食す天の下に　国はしもさはにあれども　山川の清き河内と　御心を吉野の国の　花散らふ秋津の野辺に　宮柱太敷きませば……

（巻一・三六）

視界をはるかに超える「天の下」に広がる多くの国々を、凝縮させて「国はしもさはにあれども」と一括する。それは、そのひとつひとつが国讃め歌において讃美の対象とされる「国」であることを意識しつつ、それらを逐一列挙し、あるいは描写句によって予祝する口誦の国讃めの手法とは異なる、書くレベルでの頌詞である。その表現の背景として、個々の国を統括する「国家」意識の成立と、それを積極的に歌の表現に取り入れる、官人としての人麻呂の立場が認められよう[35]。

道行きの表現の、通り過ぎる土地を次々に列挙する方法が、古代的な地名意識に支えられた、声の表現の方法をとどめているとすれば、それらの多くの土地を「夷の長道」とくくってしまう発想は、その対極にあるといってよいだろう。これも、大浦氏[36]のいう「統一国家形成期における中央の新しい地名意識」による表現であった。同時にそれが、「統一国家の版図としての地方の広がりを意識する」表現たりえているのは、「夷の長道」の背景に、行き過ぎるそれぞれの土地土地の、国霊をになう個々の地名の積み重なりが、まだ実体としていきいきととらえうる段階だからであろう。このような表現もまた、人麻呂の時代に固有の一回的な表現であった。

そういう「夷の長道」と対峙する「倭嶋《やまとしま》」なのである。

このように見てくると、Cの「家のあたり見ゆ」は、歌の場を共有する官人達に共通の、望郷の思いを「当所誦詠」したものとして、共感を得たものであろうが、統一国家の形成期にあたり、地名に対する意識の転換を担う、当該歌の「倭嶋」とは、自ずから異なる位相のうたいかたということになろう。

五　人麻呂の「天離る夷」

そういう観点からすると、人麻呂の場合、「天離る夷」は、いずれも畿内と畿外との境界に関わって歌われていることが、とりわけ注意される。「夷の発見」という観点から、改めて考えたい。

旅人や憶良、家持らが、都から遠く離れた夷にあって「天離る夷」とうたう背景に、「都誇り」の意識に基づく「夷」の隔絶感と、それにともなう切実な望郷の思いがあったことは、諸家の説かれるとおりであろう。そういう思いは都から隔絶された「夷」にあってはじめて、切実に実感されるのであり、「天離る夷」とうたわれるのが、主に地方官として赴いた任地での作であることは、偶然ではない。

（一）羇旅と「天離る夷」

例えば、次のように、任地や配流地へ赴くに際して、「天離る夷」へ向かう嘆きがうたわれるのも、それと一体の意識としてある。

イ　石上乙麻呂卿、土左国に配さるる時の歌三首〈并せて短歌〉

石上布留の尊は……王《おほきみ》の命《みこと》恐み　天ざかる夷辺に罷る（天離夷部尓退）　古衣亦打山《まつちやま》より帰り来ぬかも

（巻六・一〇一九）

ロ　神亀五年戊辰の秋八月の歌一首〈并せて短歌〉（笠朝臣金村歌中出）

……うつせみの世の人なれば　大王《おほきみ》の命恐み　天ざかる夷治めにと（天離夷治尓登）　朝鳥の朝立ちしつつ　群鳥の群立ち去なば　留まり居て吾は恋ひむな見ず久ならば　（巻九・一七八五）

ハ　……ねもころに我が思ふ君は　大君の任けのまにまに〈或本に云ふ「大君の命恐み」〉夷ざかる国治めにと〈或本に云ふ「天ざかる夷治めにと（天踈夷治尓等）」〉群鳥の朝立ち去なば　後れたる我か恋ひむな　旅なれば君か偲《しの》はむ……　（巻十三・三二九一）

ニ　長逝せる弟を哀傷する歌一首〈并せて短歌〉

天ざかる夷治めにと（安麻射加流比奈乎佐米尓等）大王の任けのまにまに　出でて来し我を送るとあをによし奈良山過ぎて　泉川清き川原に　馬留め別れし時に……　（巻十七・三九五七）

ホ　恋緒を述ぶる歌一首〈并せて短歌〉

……大王の命恐み　あしひきの山越え野行き　天ざかる鄙治めにと（安麻射加流比奈乎左米尓等）別れ来しその日の極み……近江道にい行き乗り立ち　あをによし奈良の我家に……　（巻十七・三九七八）

などであるが、イ「古衣亦打山」、ニ「あをによし奈良山」「泉川清き川原」、ホ「近江道」「あをによし奈良の我家」など、畿内・畿外の境界となる地、「夷」との往還途上の境界の地名がうたわれていても、イは乙麻呂にゆかりの者が、流されてゆく乙麻呂を送りつつ、帰ってくるときのことを思う形(37)であり、ロ・ハは見送る者の詠。ニは、近江から北陸へ抜ける道のりをたどるが、既に下向した後に回想する形。ホも都に帰って妻と会う日を想像しているのであり、いずれも、現実に畿内と畿外との境界を目の当たりにした詠ではない。

(二) 境界と「天離る夷」

人麻呂が畿内・畿外の境界において、「天離る夷」とうたう背景のひとつとして、その時代に、明日香京を中心として、主要な交通路の四至を以て区切っている段階から、行政区画によって規定された、令制の畿内国への移行期にあったことが考えられる。そういう制度の転換期に当たって、否応なしに畿内・畿外の境界を強く意識せざるをえなかったと思われるからである。

藤原京の中心に藤原宮が造営され、その中心に大極殿が作られたのは、古代国家の同心円的コスモロジーの表象であった。そのような都と対比されて、「京→畿内→畿外という同心円」の一番外側に位置づけられる「夷」との格差が、まさに現前しつつある、その現場に向き合って歌われていることも注意される。

そういうコスモロジーに則ってみれば、平城京が完成し、地方行政制度が整い、都府楼《とふろう》を中心とした条坊制の市街が整備され、「遠の朝廷」とされた大宰府ですら、「天ざかる夷」の思いは身に沁みたであろう。そういう格差の、今まさに生じる現場に立ち会った人麻呂は、一層それを如実に、深切に感じ取ったと思われる。近江荒都歌は、畿内と畿外との境界での、「夷」との対比において、都の壮麗美をその喪失の体験を通してとらえた最初の表現であった。

もう一つの境界明石海峡でのうたも、それが「統一国家の版図としての地方の広がりを意識する」表現たりえているのは、「夷の長道」の背景に、行き過ぎるそれぞれの土地土地の、国霊をになう個々の地名の積み重なりが、まだ実体としていきいきととらえうる段階だからであり、道行きの表現の、通り過ぎる土地を次々に列挙する方法から、それらの多くの土地を「夷の長道」とくくってしまう発想・表現もまた、人麻呂の時代に固有の一回的な表現であった。

六 おわりに

以上、人麻呂のうたに固有に現れる、畿内・畿外の境界としての近江と明石海峡における、「天離る夷」の表現は、都と夷との隔絶が制度として確定し、畿内と畿外との格差を、現実として否応なく受け止めざるを得ない、人麻呂の時代にあって、切実に感得された、一回的な表現であったことをたしかめてきたのである。

「天離る夷」の、語義についても、なお検討を要する。(38) さらに、人麻呂以後、専ら空間的な距離の隔絶と、個の望郷の念が押し出されてくることについては、また別稿で検討したい。[39]

注
1　佐藤美知子『萬葉集と中国文学受容の世界』塙書房　平成十四年三月（初出　昭和五十七年三月）
2　日本国語大辞典第二版編集委員会・小学館国語辞典編集部編『日本国語大辞典』（第二版）小学館　平成十二年十二月
3　a平野邦雄「古代ヤマトの世界観」『史論』三十九号、昭和六十一年三月
b大津透『律令国家支配構造の研究』岩波書店、平成五年一月
c鬼頭清明「王畿論」（『アジアのなかの日本史　四（地域と民族）』東京大学出版会　平成四年九月）。
d浅野充「古代国家と宮都・畿内・畿外」（『古代王権と交流』五、名著出版、平成六年十二月）
e吉村武彦「都と夷（ひな）・東国　古代日本のコスモロジーに関する覚書」『万葉集研究』第二十一集　塙書房　平成九年三月など。
4　中西進『万葉史の研究』桜楓社　昭和四十三年七月（初出　昭和四十一年一月）
5　高木市之助『古文芸の論』岩波書店　昭和二十七年五月（初出　昭和二十二年）
6　契沖「初稿本総釈　枕詞」『萬葉代匠記』（築島裕他著・久松潜一監修『契沖全集　一』岩波書店　昭和四十八年）
7　益田勝実『火山列島の思想』筑摩書房　昭和四十三年（初出　昭和三十三年一月・昭和四十一年十一月）
8　大久保廣行『筑紫文学圏論　大伴旅人　筑紫文学圏』笠間書院　平成十年二月（初出　平成七年二月）
9　廣岡義隆「鄙に目を向けた家持」『人文論叢』一　昭和五十九年三月
10　新谷秀夫「家持の『天離る鄙』―越中萬葉歌の表現・少考―」『高岡市万葉歴史館紀要』十八号　平成

二十年三月

11 注4参照

12 菊地義裕『柿本人麻呂の時代と表現』おうふう　平成十八年二月（初出　平成十三年三月）

13 伊藤博『萬葉集の歌人と作品　上』塙書房　昭和五十年四月（初出　昭和四十年一月）

14 清水克彦『柿本人麻呂—作品研究』桜楓社　昭和四十年十月（初出　昭和三十三年四月）

15 青木和夫・稲岡耕二・笹山晴生・白藤禮幸　校注『新日本古典文学大系十二　続日本紀』岩波書店　平成一年三月

16 天皇の神格化表現については、
a神野志隆光『古事記と日本書紀　「天皇神話」の歴史』講談社　平成十一年一月
b同『古代天皇神話論』若草書房　平成十一年十二月
c同『古事記　天皇の世界の物語』日本放送出版協会　平成七年九月
d遠山一郎『天皇神話の形成と万葉集』塙書房　平成十年一月
などを参照のこと

17 a吉田義孝『柿本人麻呂とその時代』桜楓社　昭和六十一年三月
b同『古代宮廷とその文学』おうふう　平成十年五月
c稲岡耕二『人麻呂の表現世界　古体歌から新体歌へ』岩波書店　平成三年七月
d同『人麻呂の工房』塙書房　平成二十三年五月
e神野志隆光『柿本人麻呂研究』塙書房　平成四年四月

18 a金井清一「『天尓満』—人麻呂枕詞考」『古典と現代』五十四号　昭和六十一年九月
b金井清一「柿本人麻呂—その『天』の用例、『天離』など—」（和歌文学会編『和歌文学の世界　第十一集　論集

万葉集』笠間書院　昭和六十二年十二月）
なお、戸谷高明氏『古代文学の天と日』新典社、平成一年四月（初出　昭和五十一年三月）が、「『天離る』の『天』は景物論の立場からいえば観念的な表現であって、景物として意識された天空ではなかった……天と鄙は対峙する存在として表現されていた」というのは、「天」を都の意として、「夷」と対峙すると捉え、神話的観念と関連づけようとしている点では、金井氏などの説の先蹤と位置づけられる。

19 『新編日本古典文学全集　日本書紀』以下、『日本書紀』の引用は、これによる。

20 大浦誠士『万葉集の様式と表現　伝達可能な造形としての〈心〉』笠間書院　平成二十年六月（初出　平成九年四月）

21 注3平野、大津、吉村各論参照

22 注3参照

23 小沢毅「藤原京の成立」（木下正史・佐藤信編『古代の都一　飛鳥から藤原京へ』吉川弘文館　平成二十二年十二月）

24 岩下武彦『柿本人麻呂作品研究序説』若草書房　平成十六年二月（初出　昭和五十二年三月）

25 西郷信綱『萬葉私記』未来社　昭和四十五年九月

26 羇旅歌八首の構成を説く論として、
a都倉義孝「羇旅歌八首」（『柿本人麻呂　古代の文学　二』、早稲田大学出版部、昭和五十一年四月）
b村田正博「柿本人麻呂が羇旅の歌八首」（『和歌文学研究』三十四号、昭和五十一年三月）
c身崎壽『人麻呂の方法　時間・空間・「語り手」』平成十七年一月（初出　平成十一年）
なお、必ずしも構成体として読む必要はないという論も多い。

27 井手至「柿本人麻呂の羈旅歌八首」（『遊文録　萬葉篇　一』和泉書院　平成五年四月、初出　昭和四十七年）注17

28　注4参照
29　注20参照
30　注3平野、大津、吉村論参照
31　注16参照
32　注5参照
33　折口信夫「文学様式の発生」『折口信夫全集』第七巻　中央公論社
34　注13　伊藤博「近江荒都歌の文学史的意義　下」
35　岩下武彦「人麻呂の吉野讃歌試論—『国はしも、さはにあれども』考—」『国語と国文学』五十九巻十一号　昭和五十七年十一月）
36　注20参照
37　渡瀬昌忠「石上乙麻呂土佐国に配さるる時の歌『万葉集を学ぶ』四　有斐閣　昭和五十三年三月
38　語源・語義については、
　a福井久蔵・山岸徳平補訂『新訂増補　枕詞の研究と釈義』（有精堂　昭和三十五年）に先行説が整理されているほか、
　b田中久美「『ひさかたの天』と『あまざかる鄙』」『叙説』一号　昭和五十二年十月、がある
39　注12参照

なお、『万葉集』の本文は、特に断らない限り『万葉集　本文篇』（CD—ROM版　塙書房）により、読み下し文は、必要に応じて私に改めたところもある。

ことばの「美」―序詞―
――用語「序」の発見をめぐって――

近藤信義

一　はじめに

〈景が心を導き出す〉[1]とした和歌観が提出さたことによって、万葉歌の序詞に対する見解に変化がもたらされてきた。単なる修辞的機能を超えて、序の叙述内容の把握に豊かさを求められ、その領域を広げることとなってきた。

古代和歌において、序詞は枕詞と並んで特別な力のある表現方法であることの認識があった。ことばの美を考えるとき、その表現が持つことばの力こそ注目すべきことであろう。枕詞・序詞の持つ不思議さは古代歌謡・万葉集の長い研究史[2]の上にも示されている。

小論ではその研究史を眺めながら、このことばへの興味の方向を捉え、近年に至ってこのことばの表現上の特性を見直しつつ、和歌の叙述内容を検討し直す変化が始まっていることを述べてゆきたい。そのことによって序詞が和歌においてあらたな表現上のインパクトを持つものであることが明らかになってゆくことになろう。

テーマを単純化すると、序詞はいつ、どのように自覚的にとらえられたのか、ということになる。

二 「序」について

枕詞が特別の存在感を持つ詞として見出されていたのは、記紀、風土記といった古文献に「諺」・「古語」という認識の中にあったことは特筆すべきことだが、それに比して序詞の認識はそれほど明確ではなかった。万葉集の編纂過程においては、「寄物陳思」とする分類において、表現に序詞を用いる方法が見出されることはよく知られている。これも「正述心緒」なる表現形態に対しての、もう一方の表現形態のあることを示しているわけだが、いわゆる序詞としての表現方法の認識に基づいているか否かは微妙である。

ちなみに序・序詞・序歌という用語による認識は、中世の連歌師の中にあったようである。山口正氏（『万葉修辞の研究』[3]）は、この用語の初発的状況として、心敬・宗祇をあげながらほぼ同時代の牡丹花肖柏の「伊勢物語肖聞抄」の次の文を引用する。すなわち、

ワタノソコオキツシラナミタツタヤマイツカコエナムイモカアタリミム　（巻一・八三）

に対して、

「おきつ白波は、盗人の事に、昔よりいへり。しかあれど、是はただ、たつた山といはんとて、沖つしら浪といひ、沖つしら浪といはんとて、風ふけばとはいへる、是序也」

（続群書類従第十八輯―七〇二）

「序」とか「序の詞」とかいう用語は宗祇抄の中にも見えるのであるが、修辞用語を用いて修辞技法を明らかにしようとする態度は、万葉学の註釈面を一歩進める時期に、時代が生んだものとみてよかろう。

（山口同書九一頁）

と述べている。この「時代が生んだもの」とする緩やかなとらえ方はこの用語のあり方を見出す上で尊重すべき態度と思える。

「序」・「序の詞」あるいは「序歌」という用語は新たな名称の発見といえ、その用語が及ぼした影響が今日まで及んでいることを思えば、それへの支持が十分にあったことを示している。つまり、こうした表現上の概念を「序」の用語にまとめ上げたところに意義があったと言えよう。

ただ、何故に用語「序」の発見であったのか。万葉集には「思子等歌一首并序」「哀世間難住歌一首并序」「梅花歌卅二首并序」などの用例があるが、この場合はひとまとまりの和歌作品のためにその作歌動機・いきさつを和歌とは異なった漢文体によって叙述する形式であって、序言、序論などとよぶ字義と等しい。これらは中国詩文の一つの形式に倣った用い方といえよう。和歌においては一首の中に一句以上四句にわたって叙される例もあるわけで、そうしたあり方の特殊性については古今集以降、たとえば、よそへ、たとへ、なぞらへなどと呼んでその働きを説明してきていた。こうしたあり方をとらえ直して「序」というタームを見出した。この語が中世の文化人である連歌師らによってその名を獲得した背景には、雅楽・能楽・舞楽など時代の芸能的方面からの理解も加わってきたのではないかと考えられる。たとえば雅楽や能における「序破急」などの形式から、その歌の中のあり方を「序」とみなしたことによるのではないかと思われる。一途に歌論・歌学面からの認識によるのみのものではないように思われる。そのような意味でも「時代が生んだもの」とするとらえ方に好感をおぼえる。

右の事例を含めて、そもそも「序」字の原義は『説文』[4]において「東西牆也」とあり、段注に「堂上以㆓東西牆㆒為介」とあって、その義は「堂の東西の牆（かきね）」を意味する。つまり堂の内と外とを別ける構造物である。これを原義として、ひさし（廂）、ついで（次）、いとぐち、はし（緒）、はしがきの義が派生してくる。この原義から考えると、構造本体の付属物としての位置にあるものを指し、本体にとってはこれが端（はし）であり、端緒（はじめ）の意義となると考えられる。このような構造物を一首の詩歌のありかたに該当させてみれば、詩における序文（詩序）は詩本体にとっての端緒（はじめ）であり、和歌本体（歌意の中心）にとっては歌の端緒（はじめ）の位置づけを示していると理解することができる。字義上の合理もこのように得ることができるが、ただしこうした認識から和歌における「序」「序詞」が導かれたものではなく、そのきっかけは時代の文化的雰囲気を持つ用語が取り入れられていたと考えるべきように思われる。

ではこのタームによって修辞的な認識にどのような変化がもたらされたのであろうか。

三　古代の認識から

歌体に目を向けた嚆矢は『歌経標式』[5]（七七二）である。濱成式とも呼ばれるこの歌論は歌病論と歌体論の二つを持つ。ここでは歌病論は措き、歌体論を見ると査体と雅体に分けて論じている。雅体は十体を取り上げており、その引用例歌から判断すると、ここには序詞表現を持つ歌も見出される。修辞的な例歌は「頭古腰新《とうこえうしん》」「頭新要古《とうしんえうこ》」「頭古要古《とうこえうこ》」「古事意《こじい》」「新意体《しんいたい》」によく表れている。これらの用語において、「頭」は和歌の初句を示し「腰」は第三句を示す。「古」は古事（コジ＝ふるごと）の意で、いわゆる枕詞を指し、慣用的である表現を捉えている。「新」は新意である。

雅体の十体において説かれている句毎の解釈には異和もあるが、句間の理解、すなわち喩えるものと喩えられるものの関係は論理的な展開である。歌体論に表れる「喩」に注目する多田一臣氏は「『歌経標式』の〈喩〉とは、単なる比喩ではなく、むしろ言葉の連鎖——言葉と言葉の関係性、一つの言葉が他を引き出す——そのような連鎖のことを指しているということがわかる。[6]」とのべ、『歌経標式』の「喩」の独自性を認めた上で、「雅体」の各体を検証的に説明し、一首の構造的な理解の中に、序詞的な捉え方が認められるとする。

ただしこの『歌経標式』において、「序」とする用語が表れていると言うものではない。したがって、むしろ『歌経標式』からその用語的なエポックメイキングは、「古事（意）」および「新意（体）」となろう。この用語的な概念に注意しつつ、その句間の関係を見出すのはなかなか微妙である。たとえば「頭古腰新」の引用歌とその説明を見ておくと次のようである。

「頭古腰新」は「古事を発句に陳べ、新意を三句に陳ぶるは、是れ雅麗なり。」とする歌体で、その句毎・句間の説明はやや長いが引用すると次のようである。『歌経標式』の著者は、まず引用歌を論理的に改めてみせる（傍施△）。

梓弓《あづさゆみ》　引津《ひきつ》の辺《へ》なる　なのりそも　花は咲くまで　妹《いも》逢《あ》はぬかも……引用歌。

梓弓　引津の辺なる　なのりそが　花の咲くまで　妹に逢はぬか……改めた歌。

梓弓は是れ古事《こじ》の喩《ゆ》にして、引津は是れ喩の名《な》なり。莫乗《なのりそ》は新意の状《さま》にして、開花《さくはな》は是れ新《あらた》しき物色《ぶつしよく》なり。「妹に相《あ》はぬか」は是れ結句《けつく》とす。梓弓は絃木《ゆみつるのき》の名、引津は井《ゐ》の名、莫乗は水草《みづくさ》の名なり。以て引きの喩《ゆ》を陳《の》べまく欲りするが故に、梓弓を発句《はつく》に陳《の》べて古事《こじ》とし、弓を以て引きの名を顕《あらは》す。故、古事を初句に陳べて、二句《じく》の名を顕し、実《じつ》の草依《よ》りて出づ。故、水草の名に依《よ》りて新意の状《さま》を陳べ、三句に着《つ》けて四句の物色《ぶつしよく》を陳ぶ。三句は歌の腰とあるが故に腰新《えうしん》と曰《い》ふ。四句等に依りて結《むすび》を成すこと已に畢《をは》りぬるが故に、五句を結句《けつく》とす。余《そのほか》も亦これに准《なずら》へよ。云々

この部分は次のように整理されているのでそれを引用する。

第一句　梓弓　古事の喩　絃木の名
第二句　引津　喩の名　井の名
第三句　なのりそ　水草の名・新意の状
第四句　花の咲く　新しき物色　第五句　妹に逢はぬか　結句

右の必要な部分を以下のように語を補って読むと次のようになろう。

［古事（梓弓）を初句に陳べて、二句の名（引津）を顕し、（その）実（実態であるところの）の草（なのりそ）依り（引かれ）て出づ（導かれる）。故、水草（なのりそ）の名に依りて新意（新たな素材）の状（状態）を陳べ、三句（なのりそ）に着（続け）けて四句の物色（咲く花）を陳ぶ（陳述する）。三句（なのりそ）は歌の腰とあるが故に腰新と曰ふ。］となろう。

右は、一・二句に引き続き、三句の必然性を「依りて出づ」とのべ、その「なのりそ」と四句の関係は

「三句（なのりそ）に着（続け）けて四句の物色（咲く花）を陳ぶ（陳述する）。」と説く。三句までを序詞と見なせる和歌だが、濱成の説明は、「三句に着けて」とあって、句間の関係性が一句からの連続を云うのか、三句と四句のみの関係を云うのか、今ひとつ明確ではない点がある。

「古事意」は「凡そ是の体、但一例のみに非ずして、亦、定むる処無く四句の中に交錯す。」としその用例歌および解釈は次のようである。

風ふけば　雲のきぬがさ　たつた山　いとにほはせる　あさがほが花
雲《くも》の蓋《きぬがさ》は是れ二句、立田《たつた》は是れ三句。二句の蓋の喩《ゆ》に依《よ》りて三句の山の名を顕《あらは》す。故、古事意と曰ふ。

右の「但一例のみに非ずして、亦、定むる処無く四句の中に交錯す」は、短歌内に「古事」の用いられる場所が複数あることを認める見解と思われる。ただし、例歌では「（雲の）蓋の喩に依りて三句の山の名（立田山）」が導かれている関係の中で、二句目に「古事」が表れている例として説明するのみである。この場合も、「風吹けば雲のきぬがさ」は「立田山」の序詞と見なせる和歌だが、濱成は「雲のきぬがさ立田山」の習慣的な表現を二句三句に認めているが、その間の「喩」が「雲のきぬがさ（が顕つ）立田山」の懸詞的な音の要素か、映像的な関係であるのかが明確ではない。ただし、「古事意」が序詞的要素をはらんだ体であることは認めておきたい。

「新意体」は、「是の体、是れ古事に非ずして、亦是れ直語にも非ず。或いは相対する有り、或いは相対する無し。故、新意と曰ふ。」とし、その例歌と説明は次のようである。

(イ) しほみてば　いりぬるいその　くさならし　みるひすくなく　こふるよおほみ
(ロ) あきはぎは　さきてちるらし　かすがのに　なくなるしかの　こゑをかなしみ
(ハ) みなそこへ　しづくしらたま　たがゆゑに　こころつくして　わがおもはなくに

右の(イ)は次のように解説している。

数々《しばしば》見ぬは、譬《たと》へば、潮の盈《み》つる儀の如し。盈《み》つる時に見えず、落《お》つる時纔《わづ》かに見ゆ。故《かれ》、斂《をさ》めて喩《ゆ》とす。古《こ》に遠《とほ》くして、直《ちよく》を離《か》る。故、新意《しんい》と曰《い》ふ。「見る日少《すく》なく恋ふる夜大《おほ》み」は是《こ》れ其れ相対《さうたい》す。是《こ》の体と古・直とは相似《あひの》れり。等しくして亦別《またわ》き難《がた》し。消息《せうそく》を以《もち》てすべし。対する無《な》きは詠《うた》に曰《い》へるが如し。

(ロ)は無し、(ハ)に関して、

第一・二句は是れ直語《ちよくぎよ》に非《あら》ず、三・四句は是れ直語とす。三等《さむら》の句を以て一《いつ》・二句《じく》の情《こころ》を顕《あらは》す。故《かれ》、新意《しんい》と名づく。余も亦準《なずら》へ知れ。

右に示された「新意体」の条件は、「古事」ではないこと、「直語」（「俗人の言語に異なること無き＝（査体六）」表現のこと）ではないこと、「相対」（対句的要素の歌詞）の有無などを基準とした歌の見方である。

右の（イ）の解説を補って読むと、

「しばしば見（ないもの）は、譬へば、潮の盈（ちてくる）礒の（ありようだ）。（礒の藻は）盈（ちている）時に（は）見えず、（潮がひく）時にわずかに見（ることができる）。故、（これらの句を）斂めて喩とす。（この句の表現は）古（くからの句）に遠（い存在で）、直（俗語表現）を離（れてい）る。故、新意と曰ふ。」となろう。

この「新意」とするところの興味深い点は、上の三句にあたる部分を「斂《をさ》めて喩《ゆ》とす」とすることで、濱成が複数の句を取り集めて理解を示すのはこの体のみであることである。したがって「しほ（潮）みてば　い（入）りぬるいそ（礒）の　くさ（藻）ならし」の三句を喩とし、喩には「名」もしくは「実」が必要だから、それが「みる（海松（＝海藻）と見ル）ひ（日）すく（少）なく　こ（恋）ふるよ（夜）おほ（多）

み」の下二句の対を持つ表現で受けとめていることになる。

（ハ）は三四句の「たがゆゑに　こころつくして」が直語であって、これらの句が一二句の「みなそこへ　しづくしらたま」の「情」を「顕」しているとする。すると一二句は「喩」の部分となろう。

このように見ると（ロ）の場合も「あきはぎは　さきてちるらし」の一二句が「喩」となり、下の三句「かすがのに　なくなるしかの　こゑをかなしみ」は一二句の「情」の「顕」れと捉えていたのではないかと思われる。

この「新意体」は、それぞれ上句が下句に対して「喩」となり、下句は上句の「情」となる構造であって、このとらえ方を多田氏（前掲注）は「〈喩〉となる景＋心（情）の典型的な表現」と見て、〈喩〉部分にいわゆる「序詞」を捉えているとみる。つまり、和歌の構造的な把握が「新意体」に見いだせ、そこに「序詞」の要素を窺うことができるとする点が重要である。

古今和歌集序文

序詞がいつ、どのように自覚的に捉えられたか、の視点で古今集序(7)にふれておきたい。

和歌を分析的に捉えることが、歌の批評基準を目指したり、あるいは作歌動機の方法化を目指したり、いわば実作と評価の実際的判断に結び付いていく過程にあるのが、和歌の評論の方向といえる。古今集序に見られる表現形式に関する見解は、詩の六義に準じて策定されている。このことは、勅撰歌集の権威を背負っての方向と考える。
真名序と対応する仮名序の六義を記すとつぎのようになる。
風―そへ歌　賦―かぞへ歌　比―なずらへ歌
興―たとへ歌　雅―たゞこと歌　頌―いはひ歌
真名序と仮名序に和訓されたそれぞれの概念が、詩序と異なっていることはすでに指摘されているが、ここではその問題には深入りしない。これら六体の内、「たゞこと歌」以外は皆喩の表現方法と言えるが、修辞的な方向からの検討対象は、風―そへ歌、比―なずらへ歌、興―たとへ歌に注目すべきと思われる。この三つは、万葉集の基準でいえば、ともに寄物陳思の形式の歌である。

そへ歌―風
大鷦鷯《おほさゝき》の帝《みかど》を、そへ奉《たてまつ》れる歌。
難波津《なにはづ》に咲《さ》くやこの花冬籠《ふゆごも》り今は春べと咲くやこの花
大鷦鷯帝の、難波津にて、親王《みこ》と聞《きこ》えける時、東宮を、互ひに譲りて、位に即《つ》き給はで、三年《とせ》に成りにければ、王仁《わに》と言ふ人の訝《いぶか》り思て、詠《よ》みて、奉りける歌なり。この花は、梅《むめ》の花を言ふなるべし。

「そへ歌」は仁徳天皇に奉った歌を例としている。そのままを理解すると、「難波津に咲くやこの花」

が「大鷦鷯の帝」を「そへ」ている、すなわち同様のものとして並べている、もしくはなぞらへているの意と考えられるから、修辞上の隠喩である。したがって上二句は難波の都に今咲き始めた花を、初々しい帝とし、下の句で長い潜竜を経て見事に開花したことを讃美している歌、すなわち一首は即位を言祝ぐ歌となっていると読み得る。

しかし、構造的にみると、上の二句が序詞となり、その序の景に触発されて、下句の説明的な叙述が展開するから、典型的な序歌構造であり、題詞・細注（古注）がなければ、春の季節到来を祝った寿歌と読み得る。

しかし、「そへ歌」とみなすのはその構造的把握ではなく、一首全体が寓喩であることを認めている理解であって、ここには歌の分析的な修辞的思考、すなわち序詞・枕詞・掛詞の関わりを見出すといった思考は認められないと言うことだろう。

なお、細注には、その作歌状況が述べられている。それによると王仁が即位に逡巡する親王に決断を促す気持ちでこの歌を奉ったものだとしている。したがって親王の即位を予祝的に表した歌となる。この差異は大きなものといえる。加えて「この花は、梅の花」と注している。これによって「この花」すなわち梅の花に親王が「そへ」られるとするか。すると一首は親王が「梅の花」に喩えられたことになり、万葉歌の「寄物」とあるような歌とみなしていることになるのではないか、と思われる節も浮上する。

なずらへ歌―比

君に今朝《けさ》あしたの霜のおきて去《い》なば恋しきごとにきえやわたらむ

と言へるなるべし。これは、ものにも擬《なずら》へて、それが様《やう》になむ有ると様《やう》に言ふなり。この歌、よく適《かな》へりとも見えず。たらちめの親の飼《か》ふ蚕《こ》の繭籠《まゆごも》り鬱悒《いぶせ》くもあるか妹《いも》に逢《あ》はずて。かやうなるや、これには適ふべからむ。

たとへ歌―興

わが恋《こひ》はよむとも尽《つ》きじ有磯海《ありそうみ》の浜の真砂《まさご》はよみつくすとも

と言へるなるべし。これは、万《よろづ》の草、木、鳥、獣に付けて、心を見する也。この歌は、隠《かく》れたる所なむ無《な》き。されど、初《はじめ》のそへ歌と、同じ様《やう》なれば、少し、様《さま》を変《か》へたるなるべし。須磨《すま》の海人《あま》の塩焼《しほや》く煙《けぶり》風を甚《いた》み思はぬ方に棚引《たなび》きにけり。この歌などや、適ふべからむ。

右の「なずらへ歌」と「たとへ歌」は、その引き歌をみればともに比喩法であることは見えている。ただその概念を分別的に説明することが難しいが、比喩の表出方法の差異であるようだ。石井裕啓氏の解析によれば、この二つは「心象とその喩えとなる物象とが二つの文脈をなす構造」をとり、「二つの文脈が同化してゆくものが「なずらへ歌」、二つの文脈が対比的に働くのが「たとへ歌」ということになる。(8)」とされる。

したがって「なずらへ歌」は「朝の霜が置き」と、「君が今朝起きて（私から）去っていったならば」の二つの文脈が、「君に恋ひ（火）するごとに（霜は）消え、命も消えてしまうだろう」と、わが命がはかなくなることが表出される。あえて言えば「霜」に「なずらへて」わが恋の命が消えゆく様として言われるごとく、同化を目指す表現体といえよう。

この場合、上の二句の「君に今朝あしたの霜の」は「置き」の序詞となる構造を見せているが、そうした構造体としては理解する方向は窺われないようである。ただし、細注の引き歌、「たらちめの親の飼ふ蚕の繭籠り鬱悒くもあるか妹に逢はずて」は、万葉歌（巻十二・二九九一）の異伝と思われるが、上の三句の「たらちめの親の飼ふ蚕の繭籠り」にわが思いが「なぞらへ」られてわかりやすくなっている。ただし、それが序を持つ歌の構造として把握されていたのかは判然としない。ここもやはり喩的内容が分かりやすい故なのであって、和歌の構造体として理解する方向は窺われないとみるべきようである。

「たとへ歌」は、上二句「わが恋はよむとも尽きじ」と下三句「有磯海の浜の真砂はよみつくすとも」の二つの文脈が「詠《よ》む」と「数《よ》む」との同音異語の対比を見出すことによって、「わが恋」の優勢を表出する。内容的にも対比関係が分かりやすい例となる。この分かり易さが、細注に言う「隠れたる所なむ無き」と批判される由縁と思われる。

細注に言う「万の草、木、鳥、獣に付けて、心を見する也」は万葉の「寄物陳思」の意味と等しく思われる。その引き歌を『伊勢物語』（百十二段）[9]に沿って読めば一首全体で女の心変わりを詠んだことになる。したがって男の恨みの「心」が隠喩となっているわけで、それが「たとへ歌」のスタイルであるとみなすことになるようである。ただし、細注が示す「物」の要件として、この場合「煙」に付けてなのか「風」に付けてなのか、判然としない。あるいは両方であることも考えられる。つまり、ここにも和歌の構造体へのアプローチはないとみなすことになろう。

四　中世の認識から

僧仙覚はその著書『万葉集註釋』(10)（一二六九）において、枕詞の註釈に際して「諷詞」（よそへ、またはフウシ）という用語を用いてその機能を説いた。枕詞にとっては画期的な展開であった。その際、いわゆる序詞の認識についての見解を見出そうとすると、それは案外収穫が少ない。そうした事例の中から次のような記述を例示する。

（ニ）をみなへし咲く野に生《お》ふる白《しら》つつじ知《し》らぬこともて言《い》はれし吾が背《せ》　（巻十・一九〇五）

サクノハ、所ノ名トキコエタリ。在所可勘之。サクノ、此集ノナカニアマタミエ侍リ。ヲミナヘシサクノニオフルシラツ、シト、ツ、キタルコト、コ、ロエカタキヤウニハヘルニヤ。ツ、シハ春ノ花也。ヲミナヘシハ秋サク花ナレハ、イヒツ、クヘキニモアラサレトモ、コレハ、サクノトイハンタメノ諷詞ニ、ヲミナヘシトヲケリ、ワカミノシナニモシタカハス、サイハフモノハ女ナリ。シカレハ、ヲミナヘシサクノトツ、クルナリ。サクトハ、サカユルヲイフユエ也。シラヌコトモテト、イヒイテン、コトハノタヨリニ、シラツ、シトイヘルナリ。

右の（ニ）の歌はいわゆる上の三句が序となって、同音のシラをきっかけに下の句との関係が生じる。構造的にみれば景を描いた序と、恋人へ同情をあらわした本旨の関係である。仙覚は「ヲミナヘシサクノニオフルシラツ、シ、ト続キタルコト心得難キヤウニ侍ルニヤ」（以下、漢字を任意に補って読む）と上の三句を取り上げてその辻褄の合わない理由が、秋の花と春の花とが同時に歌中にある矛盾を指摘し、ついで「ヲミナヘシ」は地名「サクノ」の「諷詞」、すなわち枕詞であることを指摘してその矛盾を解いている。その上で「ヲミナヘシ」に女が偶喩されていると考え、その理由として「ワガ身ノ品ニモ従ハず、サ言フモノハ女ナリ」と解き、その故に「ヲミナヘシサクノト続クルナリ」としている。四句へのつながりを「知ラヌコトモテト、言ヒ出デン、言ノ葉ノ便リニ、シラツ、シト言ヘルナリ」とする記述があいまいで、「言ノ葉ノ便リ」が同音の要素を指していることは察せられるが、上の三句を引き受けているのか、単に「シラつつじ—知ラ」の関係に絞られているのかが明瞭ではない。したがって序の構造が捉えられているのか、否かが不安な説明である。

（ホ）……つるぎたち　鞘《さや》を抜《ぬ》き出でて　伊香胡山《いかこやま》……　（巻十三・三二四〇）

イカコヤマハ近江国ニアリ。イカコヤマトイヒイテムタメノ諷詞ナレハ、ツルキタチ、サヤヲヌキイテ、トハヲケル也。イカコヤマトハ、イカメシトイフコトハニ、ヨソヘテイヘル也。

（ホ）は長歌の部分的註である。「つるぎたち鞘を抜き出でて」は「伊香胡山」の序と認められる歌句である。仙覚は「伊香胡山ト言ヒ出テム為ノ諷詞ナレハ、剣刀鞘ヲ抜キ出デテ、トハ置ケル也。」と註する。この場合の「諷詞」は五・七の二句を指しており、このような成句を枕詞と同じく古語的なものと認めていたのかと思われる。ちなみに「諷詞」は註釈中の用い方から察すると、音読してフウシであろう。ヨソヘと用いられた場合はその意義内容に比喩的な要素を見出している場合のようである。

このような註釈のあり方を見ていると、「諷詞」は枕詞や成句的な慣用句を指していることが分かるのだが、いわゆる序詞がどのように把握されていたかを考えるとき、その用例の希薄さから、充分に序詞を捉えていたかの判断がつけ難い。いうなれば和歌の構造的把握に関しては未だしの観がある。

「序」の諸相

中世の歌学・歌論を覗くと、そこには和歌を構造的に把握している状況を見出すことができる。「序」のあり方に限ってみれば、藤原定家『三五記鷺本』[11]（一二一三頃か）には次の如くある。

「むかしの歌は、一句の中にも序のあるやうにて、をはりに其事と聞ゆるもあり。

（ヘ）みかの原わきて流るゝ泉河いつみきとてか恋しかるらむ　かねすけ

（ト）芳野河岩きりとほしゆく水のはやくぞ人を思ひそめてき　慣之

などいへるたぐひなるべし」

右の「むかし歌」としている（ヘ）は新古今集（九九六）所収、（ト）は古今集（四七二）に第二句「岩なみ高く」、五句「そめてし」とある慣之歌の異伝かと思われるが、（ヘ）が同音をもって異語へ、（ト）が比喩となって下句へ、いずれも上の三句が序であることを示している歌である。「をはりに其事」とあるのは末句にいたって恋の思いが表れている歌、こうした類の形式を示していると見える。

連歌師宗祇（一四二一〜一五〇二）による『万葉抄』[12]（宗祇抄とも一四八二）には「序」と注した用語が見える。すでに山口、上田氏（前掲注2）によって指摘されていることだが、万葉集註釈上の「序」の用語の初見であるという。その例は次の二つの歌の注である。

（チ）朝霞《あさがすみ》かひやか下になく蛙声《かはづこゑ》たにきかはわれ恋めやも　（巻十・二二六五）

（前略）歌の心は上十七は序にて、聲たにきかはより恋になれり。

（リ）住《すみ》よしのつもりのあまのうけのをのうかひかゆかん恋つゝあらすは　（巻十一・二六四六）

上は序の詞也。常のことし。うかひかゆかんとは、かゝる恋をせすはうかふことも有べき物をとよめり。

（チ）の場合は「朝霞かひやか下になく蛙」の上句十七字が序、「声たにきかは」より下句が恋、と明瞭に歌を構造的に捉えた注となっている。（リ）は上の三句が序となっているのは「常の如し」とある。つまり上三句の序歌構造は多くの例を見ることから常態的であることを意味している。『万葉抄』は万葉集二十巻に渉って歌を掲載しているが、施注の数は多くはない。また、枕詞への関心は払われていない。その中にあって「序」へのコメントはこの二首のみだが、きわめて「序」に関して、手慣れた物言いとなっている。

一首の歌を構造的に分解することは、連歌師にとっては自然な成り行きを持っているといえよう。上句下句の付け合いで展開してゆく連歌の流れの中で、上下の構造、句中・句間の修辞上のさまざまな仕掛けも読み取ることが求められる世界である。ここでは和歌における上下句とは異なった関係で見ることになろうし、既成の和歌を構造的に対象化する視点も生じてくることになろう。そうした目が古典和歌にも注がれることになったと言えよう。すでに連歌師らの議論の中には次のような捉えられ方があったことが見出せる。以下は用語「序」の諸相を見出せる事例である。

二条良基『筑波問答』[13]（一三五七〜一三七二の間）には、「連歌の進行のさせ方」において、

「……楽にも序・破・急のあるにや。連歌も一の會紙は序、二の會紙は破、三・四は急にてあるべし。鞠にもかやうに侍るとぞ其の道の先達は申されし。」

とあるように、連歌の展開を「楽」の流れに準じたとらえ方で説いている。おそらく、雅楽・能楽などからの影響と考えられよう。そうした中の「序」である。連歌の流れを全体的に捉え、その進行順に位置付けられた見方で、一首の歌内部の構造の例ではないが、「序」の用語のとらえ方の基本が見られる思いである。

次の心敬『さゝめごと』(13)(一四六一以降)の「篇・序・題・曲・流について」において、

「歌には篇・序・題・曲・流といふ事をかたちにして作り侍るとなむ。連歌にもあるべきにや。先達語り侍りし。この事連歌の最用なるべし。假令《けりやう》、下の句に曲の心あらば、上の句を篇・序・題になして言《い》ひ残《のこ》すべし。又、上の句に曲の心ありてもみたらば、下の句を篇・序・題になして言《い》ひ流《なが》すべし。」

とある。問いの「歌には」とあるのは、先の『三五記』に和歌の制作にあたっての構想を説く項目を踏まえた上と見られる。心敬はその「篇・序・題・曲・流」を「連歌の二句の付合の呼吸を説くために用いている」（同書頭注）と言われている。つまり、定家の応用篇ということになるが、上句・下句を「篇・序・題」と「曲・流」に分けて対応する方法を説いていると言えるだろう。そうした中に「序」がある。

また、宗祇『吾妻問答』(13)（一四七〇）には、「序の歌のように付けた句」において、

「一、連歌に序の歌の様に付けたる物とは、いか様に候哉。答へて云はく、菟玖波《つくば》集には、故人の句にさ様の句見え候。当時も時々仕り候はば、長高《たけたか》く聞こえて可然候哉。其の句の様《やう》

（ヌ）　おもふにつけてまさる戀しさ　といふ句に、

（ル）　水深《ふか》き春の山田をうち返し

など付け侍るやかなひ侍らん。古今に、

（ヲ）　荒小田をあらすき返し返しても人の心を見てこそやめ

と申す歌のたぐひに候はん哉。云々

と述べている。「序の歌の様」の例として、（ヌ）に対して（ル）を付ける。その場合、「水深き春の山田を」は「うち返し」の序となり、連歌としての連携は（ヌ）の「おもふ」を「うち返し＝くり返す」ことで受けることになる。その場合、（ル）には古今集（八一七）歌（ヲ）を本歌として踏まえていることを副

えている、とともに、その（ヲ）の二句が「返しても」の序としてあることに対して、その「たぐひに候はん哉」と述べている。序の構造を持つ歌を引用材料にしていると言えよう。

このように中世の認識には一様ではない用い方を示しているが、「序」の歌句部分が明確になってきている点が、時代の営為として重要である。

五　近世の認識から

近世に入って、契沖の枕詞・序歌の見解は研究史の上で一つのエポックメイキングと思われる。ここでは江戸期の序詞認識の流れを見ておきたいと思う。後世への影響力を持った見解を示したものとして、契沖（一六四〇～一七〇一）・真淵（一六九七～一七六九）・千蔭（一七三五～一八〇八）・雅澄（一七九一～一八五八）を取り上げておきたい。

契沖が、その著述において「序歌」（精撰本　惣釋枕詞下）[14]を具体的に例示したことは、研究史上画期をなすものと言える。彼の「序」に対する見解は、「哥ニ枕詞アル事ハ、人ノ氏姓アルニ同シ。氏ヲ置テ呼名ノ長キカ如ク、古キ哥ノタケ高ク聞ユルハ、多クハ枕詞ヲ置、多クハ序ヨリツヽケタルカ故ナリ。（中略）序ト云モ枕詞ノ長キヲ云ヘリ」（精撰本　惣釋枕詞上）と述べたことに尽きている。これは下河辺長流の見解（初稿本枕詞）であるとも述べているが、その師説を受け継ぎながら、新たな認識を加えている。ほぼ三十ほどの序歌の例（注14参考に掲載）をあげているが、「又序歌ハ、今出ス外ニ多ケレト、常ノ事ナレハ、唯枕詞ノ長キヲ別ニ名付ケテソヘタリ。」（精撰本　惣釋枕詞下）として註釈中に注記した旨を添えている。

右の「序歌」中の例では、

（ワ）　大夫之《マスラオノ》　得物矢手挿《トモヤタハサミ》　立向《タチムカヒ》　射流圓方波《イルマトカタハ》　見爾清潔之《ミルニサヤケシ》　（巻一・六一）

精……圓方、伊勢國風土記曰、的形浦者此浦ノ地形似的故為名……是ハ序哥也。圓方トイハントテ上句ヲ云ヘリ。別ニ心ナシ。圓方ノ景、弓射ル的ニ向立テミルヤウニサヤカナルカ面白ト云ナリ。

右のように、契沖の序の説明は、「圓方トイハントテ上句ヲ云ヘリ」のような注記がパターンとなっている。このように序と被序とのとらえ方が、枕詞の場合と同じ手法であるのは、契沖が「序ト云モ枕詞ノ長キヲ云ヘリ」としている見解によっているゆえである。契沖は、枕詞は五文字のものが原則と見ているが、万葉歌中には、「をとめらが袖振山」（巻四・五〇一）「わがせこをな越せの山」（巻十・一八二二）「韓ころもきならの山」（巻六・九五二）のように、一句を越え次の句の半ばまでも云いかけているものがあり、これらも枕詞の長くなったものであって、その働きは枕詞と同様である、という見方に立つからである。

契沖が挙げた三十ほどの序歌の例は、ほとんどが地名を導くものであるのも、彼の枕詞観とも重なる見解ということになる。それらが同音を働かせて異語へ転換、たとえば右の［的―圓方］、のような例が圧倒的に多く、比喩的な、たとえば「庭つ鳥家鶏の垂尾の乱れ尾の　長き心……」（巻七・一四一三）のような用例は取り上げることが少ない。

このように契沖説は、そのことばの長短に関する合理性、同音による掛詞的要素の分かり易さなどによって、以降長く影響力をもったと思われる。次なる展開は、序詞の見出し方である。とりわけ喩的な関わりを見出す方向へと進んで行くことになる。

賀茂真淵の『冠辞考』(15)は彼の古語研究の成果と言えるが、その中の序への関心をみると、それほど多くの指摘は見えない。たとえば、

（カ）をとめらが袖ふるやまの瑞垣の久しき時ゆ思ひきわれは　（巻四・五〇一）

こは思ふをとめが袖を振て我をまねく意にて、石上ふる山に袖ふる山といひ下したり。此類ひの云かけは、同じ振川を巻十二に、とのぐもり雨ふる川のさざれなみ（三〇一二）、また、わぎもこや吾を忘らすな石上袖ふる川の絶えむと思へや（三〇一三）など、その外に、わぎもこに衣かすがの宜寸川（三〇一一）、わぎもこを聞き都賀の辺の（二七五二）てふ如き、数なく多く侍り、さて今の哥のおほよそは序歌にて、久しき時といはんとて、振山のみづ垣といひ、その振山をいはんとて、処

女等が袖とはいへる也。……

（ヨ）わぎもこに逢坂山のはたすすき穂には開きいでず恋わたるかも　（巻十・二二八三）

この吾妹子もまた冠辞也。此末を後の物に、ほにはさき出ぬ恋もするかな（巻十・二三一一）、とかきしは、初の句の冠辞なる事を意得ぬ人、さては意通らずとてなほせしなるべし、末を恋渡鴨と書たるからは、ほにはさき出ず恋わたるかもとよみて、本は序、末はたゞ忍びに恋わたるてふのみ也、然れば初の句は、上の條の如く冠辞のみに侍るめり。

右の（カ）に示した「序」の認識は、第一句が枕詞の「云いかけ」であることを認めているのであって、このとらえ方は、契沖の枕詞の見解と同様であるが、しかし、「久しき時といはんとて、振山のみづ垣といひ、その振山をいはんとて、処女等が袖とはいへる也」とした。これは、序の中の構造を指摘したこと、序が「久し」の喩となっていることへの眼差しをもつ見解であることの指摘として、その引用例を含め重要である。

（ヨ）の例も、上三句が序である認識は先の（カ）と同じであるが、初句が「冠辞」であることにこだわった説明がみられる。傍証的に出した例歌は旋頭歌であって、「はだすすきほにはさき出ぬ恋もするかな（巻十・二三一一）を用いて「初の句の冠辞なる事を意得ぬ人」とするのには無理があろう。ただし、「本は序、末はたゞ忍びに恋わたるてふのみ也」の説明の、末句を集約して「たゞ忍びに恋わたる」ととらえ、上句がこの歌意の序となっていることへの眼差しがある点は重要である。

加藤千蔭『萬葉集略解』(16)は、万葉集全歌にわたる註釈を簡便に分かりやすく施し、万葉集の普及に功績のあった書物である。したがって、その序の見解も個別に新たな指摘が示されるものではないが、この時代の認識を集約的に示すものとして尊重される。その態度も「枕詞は、翁の冠辞考に譲りて言はず。其書に洩れたるは附録にいへり。」として、新説は控えられている。序に関する指摘もパターン化し、例えば次のようである。

(タ) ますらをがさつやたばさみたちむかひいるまとかたはみるにさやけし (巻一・六一)
……上は序にて、的形といふにいひかけたり。

(レ) あしたずのさわぐいりえのしらすげのしられむためとこちたかるかも (巻十一・二七六八)
上は知られむと言はむ為の序ながら、さわぐと言へる言は、末のこちたきと言ふへかけて言へるか。(後略)

(ソ) をとめらがうみをのたたりうちそかけうむときなしにこひわたるかも (巻十二・二九九〇)
……上句はうむと言はむ序也。さて上よりのつゞきは麻を績意にて、歌の意は倦時無に也。(後略)

右の（タ）は『略解』の原則的な書式、（レ）は序歌中の「さわぐ」が下の五句目に関わるかと見ているのであって、序歌と本旨との意義的関連に注意した点が注目される。

鹿持雅澄の『万葉集古義』(17)は言われるように江戸期の万葉集研究の集大成の観があるが、枕詞・序詞に関しても同様である。その見解は『萬葉集枕詞解』に集約されている。また、『古義』の歌注としての「序」は特に譬喩形式の序詞の認定が増加したことが注目される。

『萬葉集枕詞解』の解説的部分に見える「序」の見解は次のような例である。

さほ川にこほりわたれるうすらひの（うすき心を）わがおもはなくに　（巻二十・四四七八）
すみの江の浜によるちふうつせ貝（実なきこともち）あれこひめやも　（巻十一・二七九七）
うぐひすのかよふ垣根のうの花の（うきことあれや）君が来まさぬ　（巻十・一九八八）
まかなもち弓削の川原のうもれ木の（あらはるまじき）ことにあらなくに　（巻七・一三八五）
朝びらき入江こぐなるかぢの音の（つばらつばらに）わぎへしおもほゆ　（巻十八・四〇六五）
わぎも子がいへの垣津のさゆり花（ゆりと云ればいなちふに似つ　（巻八・一五〇三）
あしひきの山に生たるすがのねの（ねもころみまく）ほしき君かも　（巻四・五八〇）
山高み峰辺に延る玉かづら（たゆる時なく）みむよしもがも　（巻十一・二七七五）

これらはいはゆる序歌の体にて、うけはりたる枕詞とは、さまかはりたるやうなれども、それは其歌の一首の体によりて、ともかくもいひつゞくることにこそあれ、いひなしによりては、たゞにはじめよりうつせ貝（実なき）とも、うもれ木の（あらはるまじき）とも、云る、格なれば、姑枕詞と定めつ。此の類甚多し、皆准ふべし。

右には五句単独で枕詞として用いられるものもあるが、そのような場合も「其歌の一首の体によりて、ともかくもいひつゞくることにこそあれ」と、柔軟に見ている。枕詞と序詞との区別を「姑（しばらく）枕詞と定めつ」とする見解も、先に見た契沖の枕詞観の影響が強く働いている思われるが、ただ、「姑（しばらく）」と保留的なことばを用いているところは、あるいはなんらかの見解を打ち出す気持ちがあったのかしも思われる。

　こうした見解を踏まえて、『古義』の中の注記は次のような書式になっている。

（ツ）あまぐもに羽《はね》うちつけて飛《と》ぶ鶴《たづ》のたづたづしかも君しまさねば　（巻十一・二四九〇）

……○飛鶴乃、此までは多頭多頭思《たづたづし》といはむ料の序なり。

（ネ）志賀《しか》の白水郎《あま》の塩やきころも穢《なれ》ぬれど恋ちふものは忘れかねつも　（巻十一・二六二二）

……○塩焼衣は、海藻刈塩焼海夫《めかりしほやくあま》の衣は、塩じみて褻垢《なれあか》きたるものなれば、穢《なれ》をいはむ料の序におけるなり、……

（ツ）は音による場合、（ネ）は比喩による場合の書式である。これらはいずれも契沖においては序の認定の中には入っていない例である。特に、比喩的な要素を見る場合、雅澄の歌の理解とともに深まりを見せている。例えば

（ナ）をとめらが続麻《うみを》のたたり打《う》ち麻《そ》かけ続《うむ》ときなしに恋わたるかも　（巻十二・二九九〇）

……○打麻懸、これまでは倦むをいはむ料の序なり。……続時無二は、続《うむ》は倦《うむ》の借字にて、倦《うみ》おこたり、たゆむ時なしに、と謂なり、……

（契沖、続時無二の続は、もし繰字の誤にて、クルトキナシニにや、といへるは、強解なり、本のまゝにて、よく通《きこ》えたるをや）

右は契沖が、機の手順から歌詞の「ウム」を誤りとし、「クル」とあるべきとして誤字説を提唱した（『代匠記』当該歌注）のだが、その誤字説を批判し、三句までを序と見て、「ウム」の同音異語への転換的用法を認めているのである。正確な訓みにもとづいて、改めて序の範囲を指摘したことになる。

六　おわりに

以上、序詞はいつ、どのように自覚的にとらえられたのか、を主題として通史的に眺めてきた。古代の認識に紙幅を費やした観があるが、しかし『歌経標式』、『古今集序』には「序」という用語は見えないものの、歌を構造的に分析しようとする態度の中に、歌の「喩」を見出す方向を持っていた。ただこの分析的態度が実作への貢献を伴わなかったことが、この文学論を継承されない要因となったと思われる。しかし今ふりかえってみるとそれらに見える「喩」の概念を、長い時代を費やして探求されてきたことに気づく。

中世は、万葉研究プロパーの仙覚と、実作から歌体を捉えて行く連歌師からの視点とが万葉歌に注がれていた。とりわけ連歌実作のために和歌を上下句に分離するという、いわば和歌を形式面から捉えるという視点が和歌に注がれた。そのことによって「序」の視点がかえって容易に見出されたように思われる。

近世は、万葉歌が再び学問的な対象となった。それは国学による自国の精神文化の探求という方向の中に万葉集が位置付けられたことによる。その一方で万葉語への探求は深められ、枕詞の語彙および機能の発見へと研究の視線が注がれていった。とりわけ契沖が示した枕詞への見解は、近世の枕詞観に支配的に作用しているといえる。そうした中に「序」も位置付けられていた。中世の認識に示されていた多様な「序」が、歌内部の構造として見定まれるようになってきたのは近世ということになろう。紙幅を越えてきたので、ひとまず筆を擱き、近代の研究史は別考したい。

注

1 野田浩子『万葉集の叙景と自然』（新典社　平成七年七月）所収。「第一部〈こころ〉と叙景」参照
佐藤和喜「多声の歌体から単声の歌体へ」「記紀歌謡の激情性―景と心の転位の関係から―」など。『景と心』（平成十三年三月　勉誠出版）所収。
なお、両氏の所論は鈴木日出男「古代和歌における心物対応構造」（国語と国文学　昭和四五・五）（『古代和歌史論』東京大学出版所収）を踏まえて展開させた成果である。

2 枕詞・序詞の研究は次の三著がその総合的・体系的な研究史の基礎を築いている。
福井久蔵『枕詞の研究と釈義』（新訂増補版　有精堂　昭和三十五年二月）
山口正氏『万葉修辞の研究』（武蔵野書院　昭和三十九年十一月）
上田設夫『万葉序詞の研究』（桜楓社　昭和五十八年五月）

3 前掲　山口正『万葉修辞の研究』

4 白川静『説文新義』。および『大漢和辞典』の「序」字参照。

5 『歌経標式　注釈と研究』桜楓社（一九九三・五）引用、およびその訓読は本書に拠る。

6 多田一臣「『歌経標式』の〈喩〉」（近藤信義編『修辞論』掲載　おうふう　二〇〇八・十二）

7 『古今和歌集』の引用は、新日本古典大系本による。

8 石井裕啓「古今集仮名序の六義」（和歌文学研究92号　二〇〇六・六）氏の論は、和歌表現という視点からの

分析的判断であって、用例歌をさらなる例示歌によって検討されて、分かりやすくなっている。今、その検討を集約すると次のようになろう。

「そへ歌」は一首全体にわたる寓意がある場合。

「なずらへ歌」は物象と心象が一体化し同化した表現の場合。

「たとへ歌」は心象を物の数量で対比させた上で、心象がそれを際だって上回ることを表現する場合、と捉える。

なお、古今和歌集序に関しては、松田武夫『新釈古今和歌集』上、昭和四十三年三月、風間書房。片桐洋一『古今和歌集全評釈』上、一九九八年二月、講談社などを参考。

9 『伊勢物語』百十二段詞書き「むかし、おとこ、ねむごろにいひちぎりける女の、ことざまになりにければ」

10 仙覚『万葉集註釋』（『萬葉集叢書』昭和五十二年複製版　臨川書店による）なお、歌の表記は本文・カタカナ付訓の形体だが、便宜上訓み下し、歌番号を付した。

11 藤原定家『三五記鷺本』（日本歌学体系第四巻所収　風間書房　昭和四十三年五月）

12 『万葉抄』萬葉學叢刊　中世篇（萬葉集叢書第十輯所収　古今書院　昭和三年二月）

13 『連歌論集俳論集』所収　二条良基『筑波問答』同86頁　心敬『さゝめごと』同156頁　宗祇『吾妻問答』同223頁（以上日本古典文学大系本による）

14 『万葉集代匠記』の引用は、『契沖全集』（岩波書店　昭和四十八年一月）による。

参考　序歌

剣太刀鞘ゆ抜き出でて　伊香胡山（巻十三・三四〇）

暮に逢ひて朝おもなみ　隠　地名（巻一・六〇）

大夫の得物矢手挿み立ち向かひ射る　円方　（巻一・六一）

海の底沖つ白浪　立田山　（巻一・八三）

梓弓手に取り持ちて大夫の得物矢手挿み立ち向かふ　高円山　（巻二・二三〇）

はねかづら今する妹をうら若みいさ　率去河　（巻七・一一一二）

わが紐を妹が手もちて　結八川　（巻七・一一一四）

めづらしき人を吾家に　住吉　（巻七・一一四六）

大夫の手に巻き持たる　鞆之浦　（巻七・一一八三）

白たへに匂ほふ　信土之山　（巻七・一一九二）

白たへの衣のそでを　まくらが　（巻十四・三四四九）

をとめらが織る機の上をま櫛持ち掻かげ　栲島　（巻七・一二三三）

をとめらが放の髪を　木綿山　（巻七・一二四四）

庭つとり鶏の垂れ尾の乱尾の　長き心　（巻七・一四一三）

暮に逢ひて朝面羞ずる　隠野　（巻八・一五三六）

吾妹子が赤裳ひづちて植えし田を刈りて蔵めむ　倉無之浜　（巻九・一七一〇）

大夫の弓すえ振りたて　借高之野　（巻七・一〇七〇）

（今朝行きて明日は来なむと云子鹿丹　旦妻山　（巻十・一八一七）

子らが名に開（関カ）朝妻　（巻十・一八一八）

をとめらが続麻繋云　鹿背之山　（巻六・一〇五六）

家ひとは帰りはや来と　伊波比之麻　（巻十五・三六三六）

くさまくら旅ゆく人を　伊波比之麻　（巻十五・三六三七）

人の親のをとめこ据ゑて　守山　（巻十一・二三六〇）
妹かりと馬鞍置きて　射駒山　（巻十・二二〇一）
妹が紐解くと結びて　立田山　（巻十・二二一一）
海石榴市の八十のちまたに立ち平し　結びし紐　（巻十二・二九五一）
つるばみの衣解き洗ひ　又打山　（巻十二・三〇〇九）
むらさきは灰指すものそ　海石榴市　（巻十二・三一〇一）
いにしへの倭文はた帯を結び垂れ　孰　（巻十一・二六二八）
（以上用例歌は任意に訓み下し、歌番号を付した。）

15　『冠辞考』の引用は、『賀茂真淵全集　第八巻』（続群書類従完成会　昭和五十三年六月）による。なお、用例歌は任意に訓み下し、歌番号を付した。

16　加藤千蔭『萬葉集略解　上・下巻』（博文館　大正元年八月）。『略解』の書式は万葉本文と仮名書きとなっているが、ここではかな書きのみとした。

17　鹿持雅澄『万葉集古義』および『万葉集枕詞解』は（精文館　昭和七年六月）によった。ただし、『古義』の万葉歌の書式は、歌本文に片カナを付したものであるが、ここでは全て任意に訓み下しとした。

さびしからずや道を説く君
——天平感宝元年の家持をめぐって——

新谷秀夫

一 はじめに

昭和六十二年（一九八七）に出版された俵万智氏の『サラダ記念日』が歌集として空前のベストセラーとなり、ひろく一般に《短歌》という文芸を浸透させるのに大きな役割を果たしたのも、すでに四半世紀前のこととなった。

「この味がいいね」と君が言ったから七月六日はサラダ記念日

言わずとしれた歌集名由来となったこの歌をふくめ、歌集全体に見られる口語会話体を大胆に駆使した文体の魅力は、一過性のものだったようだが、「かんたん短歌」と称する動きを生み出し、作歌人口増加の一躍を担うこととなった。その是非はともかく、昭和という時代が終わりを告げるころ、女性歌人によって《短歌》に新しい動きがもたらされたことは間違いない。

二十世紀の幕開けを告げる明治三十四年（一九〇一）、奇しくも『サラダ記念日』の場合と同じように、女性歌人によって《短歌》の世界に一石を投ずる歌集が出版されている。

その子二十《はたち》櫛にながるる黒髪のおごりの春のうつくしきかな

この歌をふくむ与謝野晶子『みだれ髪』が、それである。幼いころから身につけていた教養としての芸能や古典文学の知識、伝統を踏まえた上での斬新なリズム感、西洋の詩や同時代の近代詩の表現技法をも採り入れた奇抜な発想など、その大胆な作風は、同時代の歌人たちに賛否両論を巻き起こすこととなった。

このふたつの歌集が、時代の転換点に出版されたのは偶然に過ぎない。しかし、偶然であるにしろ、正岡子規による短歌革新などと同様に、《短歌》の歴史を語る上で重要な事象であるとすることに異論は無かろう。

ところで、先掲の二首はいずれも教科書に掲載されることの多い歌である。現代の学生たちが、これらの歌にどのような感慨を抱くかは計り知れないが、稿者が高校生のときに習った晶子の歌は、さきの

「その子二十」と、つぎに掲げる歌などであった。

清水《きよみづ》へ祇園《ぎをん》をよぎる桜月夜《さくらづきよ》こよひ逢ふ人みなうつくしき

やは肌のあつき血汐にふれも見でさびしからずや道を説く君

「うつくしき」とうたわれた二十歳の女性の「櫛にながるる黒髪」や、祇園で「こよひ逢ふ人」、さらに「やは肌のあつき血汐」などの表現に思春期特有の感覚でエロティックさを感じながら、明治という時代にこのような大胆な歌を残した晶子という歌人に興味がわき、すぐさま文庫本を購った。

さて、『サラダ記念日』に対するかのように出版された『男たちのサラダ記念日』は、あくまでもパロディーだったようだが、晶子の『みだれ髪』と同年に出版された与謝野鉄幹の詩歌集『紫』は、それまでの《ますらをぶり》を一転させ、恋を主題とする鉄幹の変容を確認できるものとして注目されている。その鉄幹の歌に、あたかも晶子の歌に呼応するかのような歌がいくつか確認できる。

われ男の子意気の子名の子つるぎの子詩の子恋の子あゝもだえの子

恋といふも未だつくさず人と我とあたらしくしぬ日の本の歌

そや理想《りさう》こや運命《うんめい》の別れ路《ぢ》に白きすみれをあはれと泣く身

わが涙わが手にうけて泣くだにも人とかく云ふ世の常の恋

「あはれと泣」いたり「わが涙わが手にうけて泣」いたりする恋をうたった「もだえの子」鉄幹のこれらの歌に、それ以前の《ますらをぶり》と言われていた歌風の面影はさほど感じられない。逆に、そのような鉄幹に対して晶子は、つぎのような、ある種の《強さ》を持った歌を『みだれ髪』に残している。

かたちの子春の子血の子ほのほの子いまを自在の翅《はね》なからずや
そのはてにのこるは何と問ふな説くな友よ歌あれ終《つひ》の十字架
道を云はず後を思はず名を問はずここに恋ひ恋ふ君と我と見る
水に飢えて森をさまよふ小羊のそのまなざしに似たらずや君

おそらくは恋に陥ったときの男女の差異が如実にあらわれているからなのだろうが、本稿では、「道を説く君」に「さびしからずや」と呼びかけた晶子と、「われ男の子」とうたい起こしながら「もだえの子」と締めくくる鉄幹というふたりの歌を契機として、《男歌》という問題について少しく考えてみたい。

二　「道を説く」家持

『萬葉集』において、晶子のうたう「道を説く君」と言えば、まず越中時代に家持が残した「史生《ししやう》尾《を》張《はりの》少《を》咋《くひ》に教へ喩《さと》す歌一首」（巻十八・四一〇六～四一〇九）が喚起されよう。

夫が妻を離婚できる七つの条件である『七出例《しちしゆつれい》』や懲役刑『三不去《さんふきよ》』、さらに詔書までも持ち出して「法《のり》を建つる基《もと》にして、道を化《をし》ふる源」を説いた家持は、妻がありながら遊行女婦《うかれめ》にうつつを抜かしている部下に対して、歌をもって「義夫の道」を説く。

大汝《おほなむち》　少彦名《すくなひこな》の　神代《かみよ》より　言ひ継《つ》ぎけらく　父母《ちちはは》を　見れば貴《たふと》く　妻子《めこ》見れば　かなしくめぐし
うつせみの　世《よ》の理《ことはり》と　かくさまに　言ひけるものを　世の人の　立つる言立《ことだ》て…　（四一〇六）

この長歌冒頭部分で家持は、「妻子見れば　かなしくめぐし」と思うのが「世の理」であり、世間の人が立てる誓いのことば（「言立て」）であるとうたっている。この言説は、「教へ喩す歌」を詠んだ前日、家持が「興《きよう》に依《よ》」って「京《みやこ》の家《いへ》に贈らむために真珠《しんじゆ》を願ふ歌」と題する作品を残していることとの連関で把捉する必要があろう。

京《みやこ》の家《いへ》に贈らむために真珠《しんじゅ》を願ふ歌一首 并せて短歌

珠洲《すず》の海人《あま》の　沖つ御神《みかみ》に　い渡りて　潜《かづ》き取るといふ　鮑玉《あはびたま》　五百箇《いほち》もがも　はしきよし　妻の
命《みこと》の　衣手《ころもで》の　別れし時よ　ぬばたまの　夜床片《よとこかた》さり　朝寝髪《あさねがみ》　掻《か》きも梳《けづ》らず　出《い》でて来《こ》し　月日《つきひ》
数《よ》みつつ　嘆くらむ　心なぐさに　ほととぎす　来鳴《きな》く五月《さつき》の　あやめ草《ぐさ》　花橘《はなたちばな》に　貫《ぬ》き交《ま》じへ
蘰《かづら》にせよと　包みて遣《や》らむ
白玉《しらたま》を　包みて遣《や》らば　あやめ草《ぐさ》　花橘《はなたちばな》に　合《あ》へも貫《ぬ》くがね
沖つ島　い行《ゆ》き渡りて　潜《かづ》くちふ　鮑玉《あはびたま》もが　包みて遣《や》らむ
我妹子《わぎもこ》が　心なぐさに　遣《や》らむため　沖つ島なる　白玉《しらたま》もがも
白玉《しらたま》の　五百《いほ》つ集《つど》ひを　手に結び　おこせむ海人《あま》は　むがしくもあるか

右、五月十四日に、大伴宿禰家持興《きよう》に依《よ》りて作る。

（四一〇一～四一〇五）

ここで家持は、「鮑玉　五百箇もがも」や「沖つ島なる　白玉もがも」というように実現への強い願望をもって、越中に来るときに別れて以来「ぬばたまの　夜床片さり　朝寝髪　掻きも梳らず」嘆いている妻の「心なぐさに」真珠を手に入れたいとうたっている。直接的ではないが、「かなしくめぐし」と見る妻へのを思いをあらわす歌と把捉して大過あるまい。このような妻への思いを抱いていた家持だからこそ、遊行女婦にうつつを抜かす部下を「教へ喩す」歌を詠むこととなったのではなかろうか。

ところで、「教へ喩す歌」の約一ヶ月後の閏五月二十六日、家持は、

庭《には》の中《うち》の花の作歌《うた》一首 并せて短歌

大君《おほきみ》の　遠《とほ》の朝廷《みかど》と　任《ま》きたまふ　官《つかさ》のまにま　み雪降る　越《こし》に下《くだ》り来《き》　あらたまの　年の五年《いつとせ》
しきたへの　手枕《たまくら》まかず　紐解《ひもと》かず　丸寝《まろね》をすれば　いぶせみと　心なぐさに　なでしこを　やど
に蒔《ま》き生《お》ほし　夏の野の　さ百合《ゆり》引き植ゑて　咲く花を　出《い》で見るごとに　なでしこが　その花妻《はなづま》
に　さ百合花《ゆりばな》　ゆりも逢《あ》はむと　慰《なぐさ》むる　心しなくは　天《あま》ざかる　鄙《ひな》に一日《ひとひ》も　あるべくもあれや

反歌二首

なでしこが　花見るごとに　娘子《をとめ》らが　笑《ゑ》まひのにほひ　思ほゆるかも
さ百合花　ゆりも逢はむと　下延《したは》ふる　心しなくは　今日《けふ》も経《へ》めやも

同じ閏《うるふ》五月二十六日に、大伴宿禰家持作る。　（巻十八・四一一三～四一一五）

という歌で、みずからの「心なぐさに」ナデシコを植えることで妻の「笑まひのにほひ」を思い出すことをうたっている。長歌で「慰むる　心しなくは　天ざかる　鄙に一日も　あるべくもあれや」とうたい、第二反歌で「下延ふる　心しなくは　今日も経めやも」とうたっていることからすると、「かなしくめぐし」のような直接的な表現は見られないが、作歌時点での家持が――後述するが、正しくは、歌という

世界のなかでの家持というべきだと稿者は考えているが――まさに「義夫の道」を遵守していることはまちがいなかろう。

　この、みずからの思いを如実にうたった閏五月二十六日の歌に比して、さきの「真珠を願ふ歌」は、「はしきよし妻の命」や「我妹子」という表現は見られるが、直接的な妻への心情はうたわれていない。この点に着目して「真珠を願ふ歌」でうたわれた妻への思いに嘘・偽りがあるというつもりはない。しかしながら、ふたつの妻への思いを詠む歌のあいだにいささかの差異があることは注目に値しよう。おそらくは、「真珠を願ふ歌」が「興《きよう》に依《よ》」って詠んだものであることが関わると考えられるのだが、そのことを検討する前に、この前後の歌を一瞥してみたい。

A　四〇九四～四〇九七　五月十二日　「陸奥国《みちのくのくに》に金《くがね》を出《い》だす詔書《せうしよ》を賀《ほ》く歌」
B　四〇九八～四一〇〇　（日付なし）　「芳野《よしの》の離宮《とつみや》に幸行《いでま》さむ時のために儲《ま》け作る歌」
C　四一〇一～四一〇五　五月十四日　「京《みやこ》の家《いへ》に贈らむために真珠《しんじゆ》を願ふ歌」（興に依りて作る）
D　四一〇六～四一〇九　五月十五日　「史生《ししやう》尾張《をはりの》少咋《をくひ》に教へ喩《さと》す歌」
E　四一一〇　五月十七日　「先妻《こなみ》、夫君《せのきみ》の喚《よ》ぶ使ひを待たずしてみづから来《きた》る時に作る歌」
F　四一一一～四一一二　閏五月二十三日　「橘《たちばな》の歌」
G　四一一三～四一一五　閏五月二十六日　「庭《には》の中《うち》の花の作歌《うた》」

Fは、花が咲く時季には遅く、実が成る時季にも早すぎるため、四月十五日に臣下最高位である正一位となった橘諸兄に対する讃歌として把捉する（『セミナー万葉の歌人と作品　第九巻　大伴家持（二）』〔平15・7　和泉書院刊〕所収の堀勝博氏「橘の歌」を参照）と、妻に関わる歌（C・D・E・G）と都に関わる歌（A・B・F）というように大別できよう。ただし、EとFとのあいだに約一ヶ月の期間が存すること、A〜Eの日付の連続性および「儲け作る」（B）・「興に依りて作る」（C）の作歌契機をめぐる言説に着目するならば、CおよびDは、Bをもふくめた形でAとの連関で把捉すべきではなかろうか。

そこで、Aの「陸奥国に金を出だす詔書を賀く歌」について、少しく考えてみたい。

三　家持の「われ男の子」

天平二十一年（七四九）四月一日に、聖武天皇は東大寺に行幸して、陸奥国で黄金が見つかったことを報告し、盧舎那仏に感謝の礼拝をした。その後発表された長文の宣命が、いわゆる「陸奥国出金詔書」である。

…また大伴《おほとも》・佐伯《さへき》宿禰は、常《つね》も云はく、天皇《すめら》が朝守《みかどまも》り仕《つか》へ奉《まつ》る、事顧《ことかへり》みなき人等《ひとども》にあれば、汝《いまし》たちの祖《おや》どもの云《い》ひ来《く》らく、「海行《うみゆ》かば　みづく屍《かばね》、山行《やまゆ》かば　草《くさ》むす屍《かばね》、王《おほきみ》のへにこそ死《し》なめ、のどには死《し》なじ」と、云《い》ひ来《く》る人等《ひとども》となも聞《き》こし召《め》す。是《ここ》を以《もち》て遠天皇《とほすめろき》の御世《みよ》を始《はじ》めて今朕《いまわ》が御世《みよ》に当《あた》りても、内兵《うちのいくさ》と心《こころ》の中《うち》のことはなも遣《つかは》す。故《かれ》、是《ここ》を以《もち》て子《こ》は祖《おや》の心成《こころな》すいし子には在《あ》るべし。此《こ》の心《こころ》失《うしな》はずして明《あか》き浄《きよ》き心《こころ》を以《もち》て仕《つか》へ奉《まつ》れとしてなも、男女《をのこめのこ》並《あは》せて一二《ひとりふたり》治《をさ》め賜《たま》ふ。…（『続日本紀』）

このとき家持は四年ぶりに昇叙したが、その昇叙と詔書のなかで大伴氏が名指しで顕彰されたことにいたく感動した家持は、つぎの大作を詠む。

陸奥国《みちのくのくに》に金《くがね》を出《い》だす詔書《せうしよ》を賀《ほ》く歌一首 并せて短歌

葦原《あしはら》の 瑞穂《みずほ》の国を 天降《あまくだ》り 知らしめしける 皇祖《すめろき》の 神の命《みこと》の 御代重《みよかさ》ね 天《あま》の日継《ひつぎ》と 知らし来《く》る 君の御代御代《みよみよ》 敷きませる 四方《よも》の国には 山川《やまかは》を 広み厚みと 奉《たてまつ》る 御調宝《みつきたから》は 数《かぞ》へえず 尽くしもかねつ しかれども わが大君《おほきみ》の 諸人《もろひと》を 誘《いざな》ひたまひ 良き事を 始めたまひて 金《くがね》かも たしけくあらむと 思ほして 下悩《したなや》ますに 鶏《とり》が鳴く 東《あづま》の国の 陸奥《みちのく》の 小田《をだ》なる山に 金《くがね》ありと 申《まう》したまへれ 御心《みこころ》を 明《あき》らめたまひ 天地《あめつち》の 神相《かみあひ》うづなひ 皇祖《すめろき》の 御霊《みたま》助けて 遠《とほ》き代《よ》に かかりしことを 朕《わ》が御代に 顕《あら》はしてあれば 食《を》す国は 栄《さか》えむものと 神《かむ》ながら 思ほしめして もののふの 八十伴《やそとも》の男《を》を まつろへの 向けのまにまに 老人《おいひと》も 女童《をみなわらは》も しが願ふ 心足《だ》らひに 撫《な》でたまひ 治《をさ》めたまへば ここをしも あやに貴《たふと》み 嬉《うれ》しけく いよよ思ひて 大伴《おほとも》の 遠《とほ》つ神祖《かむおや》の その名をば 大久米主《おほくめぬし》と 負《お》ひ持ちて 仕《つか》へし官《つかさ》 海行《ゆ》かば 水漬《みづ》く屍《かばね》

山行かば　草生《くさむ》す屍　大君《おほきみ》の　辺《へ》にこそ死なめ　顧《かへり》みは　せじと言立《ことだ》て　ますらをの　清きその名を　いにしへよ　今のをつつに　流さへる　祖《おや》の子どもぞ　大伴と　佐伯《さへき》の氏《うぢ》は　人の祖の　立つる言立て　人の子は　祖の名絶たず　大君に　まつろふものと　言ひ継《つ》げる　言《こと》の官《つかさ》ぞ　梓弓《あづさゆみ》　手に取り持ちて　剣大刀《つるぎたち》　腰に取り佩《は》き　朝守《まも》り　夕《ゆふ》の守りに　大君の　御門《みかど》の守り　我《われ》をおきて　人はあらじと　いや立て　思ひし増さる　大君の　命《みこと》の幸《さき》の　聞けば貴《たふと》み

反歌三首

ますらをの　心思ほゆ　大君《おほきみ》の　命《みこと》の幸《さき》を　聞けば貴《たふと》み

大伴《おほとも》の　遠《とほ》つ神祖《かむおや》の　奥《おく》つ城《き》は　著《しる》く標《しめ》立《た》て　人の知るべく

天皇《すめろき》の　御代《みよ》栄《さか》えむと　東《あづま》なる　陸奥山《みちのくやま》に　金花《くがね》咲く

天平感宝元年五月十二日に、越中国の守の館にして大伴宿禰家持作る。（巻十八・四〇九四～四〇九七）

感動の大きさが家持最長の歌となってあらわれているが、ここで家持は「陸奥国出金詔書」の一節を引用する（波線部）。そして、詔書の一節を引用したあと、家持は、「ますらをの　清きその名を　いにしへよ　今のをつつに　流さへる　祖の子どもぞ」と大伴一族であることを言挙げ、大伴氏と佐伯氏の「言立て（誓いのことば）」を「言ひ継げる　言の官」であるという誇りのもと、「梓弓　手に取り持ちて　剣大刀　腰に取り佩き　朝守り　夕の守りに　大君の　御門の守り　我をおきて　人はあらじ」という思いがさらにつのることをうたいあげて、天皇のお言葉への感謝をもって歌を締めくくる。まさに、一節で引用した与謝野鉄幹の歌の前半「われ男の子意気の子名の子つるぎの子」に通ずるうたいぶりである。

この大作は、家持の「ますらをの心」（第一反歌）をうたいあげたものであり、家持の官人意識がもっとも如実にあらわれた作品として把捉される場合が多い。それに反論するつもりは毛頭ないが、むしろ、たんなる「ますらを」意識の高揚によるだけなのではなく、「天ざかる鄙」の地である越中での「鬱勃とした感情」に由来する部分があったとする鉄野昌弘氏の把捉（『セミナー万葉の歌人と作品　第八巻　大伴家持（一）』［平14・5　和泉書院刊］所収の鉄野昌弘氏「陸奥国出金詔書を賀く歌」）に肯うべきと稿者は考える。

鉄野氏は、そのことをつぎの歌群に結びつけることで論じておられる。

季《き》春《しゆん》三月九日に、出挙《すいこ》の政《まつりごと》に擬《あた》りて、旧江《ふるえ》の村に行《ゆ》く。道の上《ほとり》に物花《ぶつくわ》を属目《しよくもく》する詠《うた》、并《あは》せて
興《きよう》の中《うち》に作る所の歌

渋谿《しぶたに》の崎《さき》に過《よき》り、巌《いはほ》の上の樹《き》を見る歌一首

磯《いそ》の上《うへ》の　都万麻《つまま》を見れば　根を延《は》へて　年深《としふか》からし　神《かむ》さびにけり　（巻十九・四一五九）

世間《よのなか》の無常を悲しぶる歌一首　并せて短歌

天地《あめつち》の　遠《とほ》き初《はじ》めよ　世の中は　常《つね》なきものと　語り継《つ》ぎ　流《なが》らへ来《き》たれ　天《あま》の原　ふりさけ見れ

ば　照る月も　満ち欠けしけり　あしひきの　山の木末《こぬれ》も　春されば　花咲きにほひ　秋づけば
露霜《つゆしも》負《お》ひて　風交《ま》じり　もみち散りけり　うつせみも　かくのみならし　紅《くれなゐ》の　色もうつろひ　ぬ
ばたまの　黒髪変はり　朝の笑《ゑ》み　夕変《ゆふへ》はらひ　吹く風の　見えぬがごとく　行《ゆ》く水の　止まらぬ
ごとく　常もなく　うつろふ見れば　にはたづみ　なみた流るる涙《なみた》　留めかねつも
言問《ことと》はぬ　木すら春咲き　秋づけば　もみち散らくは　常《つね》をなみこそ
うつせみの　常《つね》なき見れば　世間《よのなか》に　心付《つ》けずて　思ふ日そ多《おほ》き　（四一六〇〜四一六二）

予《あらかじ》め作る七夕《たなばた》の歌一首

妹《いも》が袖《そで》　我枕《われまくら》かむ　河《かは》の瀬《せ》に　霧立ちわたれ　さ夜《よ》ふけぬとに　（四一六三）

勇士《ゆうじ》の名を振《ふ》るはむことを慕《ねが》ふ歌一首　并せて短歌

ちちの実《み》の　父の命《みこと》　ははそ葉《ば》の　母の命　おほろかに　心尽《つ》くして　思ふらむ　その子なれやも
大夫《ますらを》や　空《むな》しくあるべき　梓弓《あづさゆみ》　末振《すゑ》り起こし　投矢《なげや》持ち　千尋射《ちひろい》わたし　剣大刀《つるぎたち》　腰に取り佩《は》き
あしひきの　八《や》つ峰踏《をふ》み越え　さしまくる　心障《さは》らず　後《のち》の代《よ》の　語り継《つ》ぐべく　名を立つべしも
大夫《ますらを》は　名をし立つべし　後《のち》の代《よ》に　聞き継《つ》ぐ人も　語り継ぐがね

右の二首、山上憶良臣の作る歌に追和す。　（四一六四〜四一六五）

日付を記した総題によると、渋谿の崎で見た「都万麻」を契機に、家持は「興《きよう》の中《うち》に」三種の歌を詠んだという。「輿の中」という状況の差異はあるが、さきの「詔書を賀く歌」に近しい「ますらを」意識があらわれた「勇士の名を振るはむことを慕ふ歌」が、「世間の無常を悲しぶる歌」と同列にうたわれていること、「七夕の歌」ではあるが、相聞的発想の歌も同時にうたわれていることを根拠に、鉄野氏は家持の「鬱勃とした感情」を読みとっておられる。

さらに、「詔書を賀く歌」の二日前に詠んだ「独《ひと》り幄《とばり》の裏《うち》に居《を》りて、はるかに霍公鳥《ほととぎす》の喧《な》くを聞きて作る歌」（巻十八・四〇八九～四〇九二）も視野に入れて、「高御座《たかみくら》　天《あま》の日継《ひつぎ》と　皇祖《すめろき》の　神の命《みこと》の　聞こし食《を》す　国のまほら」（四〇八九・「陸奥国に金を出だす詔書を賀く歌」に類する表現が見える）である越中で、「山をしも　さはに多《おほ》みと　百鳥《ももとり》の　来居《きゐ》て鳴く声」（四〇八九）に慰められるのは家持としては不本意で、いつまで続くかわからない越中での生活への焦りから、「大君の　辺にこそ」（「陸奥国に金を出だす詔書を賀く歌」）死ぬという「言立て」への不安があらわれているというのである。

ただし、そこに「鬱勃とした感情」があったにしろ、「詔書を賀く歌」と「勇士の名を振るはむことを慕ふ歌」が、「ますらをの心」を取りたてた歌であることに疑問をはさむ余地はなかろう。まさに、家持流の「われ男の子意気の子名の子つるぎの子」の言挙げの歌なのである。しかも、このような言挙げは『萬葉集』においてきわめて珍しい事例であることを喚起しておきたい。そこで、『萬葉集』に見える「ますらをの心」を言挙げする歌について、いささか検討を加えてみたい。

四　「ますらを」の本音

学校教育の現場では、素直・素朴などのことばで把捉される『萬葉集』の歌風を《ますらをぶり》ということばで説明する場合が多い。これは、優美・繊細・流麗などのことばで把捉される『古今和歌集』の歌風を《たをやめぶり》とするのと対照してのことである。しかしながら、『萬葉集』全体を《ますらをぶり》の一語でもって把捉するのに問題が存することは、いまさら贅言を要しないであろう。そのなかで、まさに《ますらをぶり》を体現したような歌が、前節で引用した家持のふたつの歌である。じつは、この家持歌以外にも《ますらをぶり》とされる歌が『萬葉集』には存する。この点については、すでに、

・岡崎義恵氏「男性美と女性美」（岡崎義恵著作集4『万葉風の探究』昭35・2　宝文館刊　初出は昭18・5）
・青木生子氏「万葉にみる女・男」（青木生子著作集補巻一『萬葉にみる女・男』平21・11　おうふう刊　初出は平20・6）

などの論考が総括的に論じておられるので、詳細はそちらを参照願うとして、以下、家持歌に連関する歌を中心に少しく検討を加えてみたい。

前節で引用した家持の「勇士の名を振るはむことを慕ふ歌」は、左注において「山上憶良臣の作る歌に追和す」という作歌動機が記されている。この憶良の歌とは、つぎの歌である。

山上臣憶良《やまのうへのおみおくら》、沈痾《ちんあ》の時の歌一首

士《をのこ》やも　空《むな》しくあるべき　万代《よろづよ》に　語り継ぐべき　名は立てずして

右の一首、山上憶良臣の沈痾の時に、藤原朝臣八束《ふぢはらのあそみやつか》、河辺朝臣《かはへの》東人《あづまと》を使《つか》はして疾《や》める状《さま》を問はしむ。ここに、憶良臣、報《こた》ふる語《ことば》已畢《をは》る。須《しま》くありて、涕《なみた》を拭《のご》ひ悲嘆して、この歌を口吟《うた》ふ。

（巻六・九七八）

死に臨んだ憶良がうたう「万代に語り継ぐべき名」とは、何に対する「名」について言っているのかは不明だが、この憶良歌に追和した家持は、「梓弓《あづさゆみ》　末《すゑ》振り起こし　投矢《なげや》持ち　千尋《ちひろ》射《い》わたし　剣大刀《つるぎたち》　腰に取り佩《は》き　あしひきの　八《や》つ峰《を》踏《ふ》み越え　さしまくる　心障《さは》らず」（四一六四）とうたっている。このことから家持は、まさに武門の家柄としての大伴氏の「名」、「ますらを」としての「名」と把捉して追和していることがうかがえる。

ところで、『萬葉集』には、憶良や家持の歌以外にも《ますらをぶり》とされる歌が存する。

大夫《ますらを》の　弓末《ゆずゑ》振り起《おこ》し　射《い》つる矢を　後《のち》見む人は　語り継《つ》ぐがね

（巻三・三六四　笠金村）

「名」とはうたわないが、「ますらを」の武勇を「語り継ぐ」とうたうこの歌などは、憶良・家持の歌に近しいものであろう。

千万《ちよろづ》の　軍《いくさ》なりとも　言挙《ことあ》げせず　取りて来《き》ぬべき　男《をのこ》とぞ思ふ
（巻六・九七二　高橋虫麻呂）

西海道《さいかいどう》の節度使《せつどし》となって旅立つ藤原宇合《うまかい》に贈った歌である。宇合みずからの言挙げではないが、憶良がうたった「士《をのこ》」に対する家持の把捉を考える上でヒントとなる歌であり、さらに、

…大夫《ますらを》の　心振り起《おこ》し　剣大刀《つるぎたち》　腰に取り佩《は》き　梓弓《あづさゆみ》　靫《ゆき》取り負《お》ひて…
（巻三・四七八　家持）

…ますらをの　壮士《をとこ》さびすと　剣大刀　腰に取り佩き　さつ弓《ゆみ》を　手握《たにぎ》り持ちて　赤駒《あかごま》に　倭文鞍《しつくら》うち置き　這《は》ひ乗りて　遊びあるきし…
（巻五・八〇四　憶良）

などの歌から、家持に限らず萬葉びとたちが「ますらを」や「をのこ・をとこ」をどのように認識していたかをうかがうことができるのである。

その「ますらをの心」をうたいあげた家持が、みずから以外の「ますらを」をうたった歌がある。

防人《さきもり》が悲別《ひべつ》の心を追ひて痛み作る歌一首 并せて短歌

大君《おほきみ》の　遠《とほ》の朝廷《みかど》と　しらぬひ　筑紫《つくし》の国は　敵守《あたまも》る　おさへの城《き》そと　聞《き》こし食《を》す　四方《よも》の国には　人《ひと》さはに　満ちてはあれど　鶏《とり》が鳴く　東男《あづまをのこ》は　出《い》で向《む》かひ　顧《かへり》みせずて　勇《いさ》みたる　猛《たけ》き軍卒《いくさ》と　ねぎたまひ　任《ま》けのまにまに…

ますらをの　靫《ゆき》取り負《お》ひて　出《い》でて行《い》けば　別れを惜《を》しみ　嘆きけむ妻

鶏《とり》が鳴く　東男《あづまをとこ》の　妻別れ　悲しくありけむ　年《とし》の緒《を》長み

右、二月八日、兵部使少輔《ひやうぶしのせうふ》大伴宿禰家持

（巻二十・四三三一〜四三三三）

さらに、この歌のなかで「出で向かひ　顧みせずて　勇みたる　猛き軍卒」とうたわれている東国出身の「ますらを」である防人の歌にも、

今日《けふ》よりは　顧《かへり》みなくて　大君《おほきみ》の　醜《しこ》のみ楯《たて》と　出《い》で立つ我《われ》は

（巻二十・四三七三）

という「ますらを」を言挙げした歌がある。

ところで、いくつか例示してきた《ますらをぶり》とされる歌は、じつは『萬葉集』のなかにおいては特異な存在なのである。たとえば、「顧み」ることのない「猛き軍卒」とうたわれた防人であるが、そ

の実態としては、むしろ妻や父母を思う歌を数多く残していることは『萬葉集』を見れば明らかであろう。さらに、「剣大刀」や「弓」を携えた勇ましさでもってうたわれる「ますらを」だが、『萬葉集』のなかではむしろ、

イ　大夫《ますらを》や　片恋《かたこひ》せむと　嘆けども　醜《しこ》のますらを　なほ恋《こ》ひにけり　（巻二・一一七　舎人皇子《とねりのみこ》）
ロ　大夫《ますらを》と　思へる我《あれ》や　かくばかり　みつれにみつれ　片思《かたもひ》をせむ　（巻四・七一九　家持）
ハ　大夫《ますらを》と　思へる我《あれ》や　水茎《みづくき》の　水城《みづき》の上《うへ》に　涙拭《なみたのご》はむ　（巻六・九六八　大伴旅人）
ニ　大夫《ますらを》の　伏《ふ》し居《ゐ》嘆きて　作りたる　しだり柳《やなぎ》の　縵《かづら》せ我妹《わぎも》　（巻十・一九二四　作者未詳）
ホ　健男《ますらを》の　現し《うつし》心《ごころ》も　我《あれ》はなし　夜昼《よるひる》といはず　恋ひし渡れば　（巻十一・二三七六　人麻呂歌集歌）
ヘ　巌《いはほ》すら　行《ゆ》き通《とほ》るべき　建男《ますらを》も　恋といふことは　後《のち》の悔《くい》あり　（巻十一・二三八六　人麻呂歌集歌）
ト　剣大刀《つるぎたち》　身《み》に佩《は》き添《そ》ふる　大夫《ますらを》や　恋といふものを　忍びかねてむ　（巻十一・二六三五　作者未詳）
チ　天地《あめつち》に　少し至らぬ　大夫《ますらを》と　思ひし我《われ》や　男心《をごころ》もなき　（巻十二・二八七五　作者未詳）
リ　大夫《ますらを》の　聡《さと》き心も　今はなし　恋の奴《やつこ》に　我《あれ》は死ぬべし　（巻十二・二九〇七　作者未詳）
ヌ　梓弓《あづさゆみ》　引きて緩《ゆる》へぬ　大夫《ますらを》や　恋といふものを　忍びかねてむ　（巻十二・二九八七　作者未詳）

などのように、「ますらを」であるべき男が恋に陥って弱音を吐く歌が約半数を占めるという実態が確認

できる。

先掲した青木生子氏のご論考が指摘された「剛強であり、雄大であり、のみならず聡明であるべきなのに、女性化してしま」った「ますらを」、それが『萬葉集』に数多くうたわれているのであって、まさに与謝野鉄幹がうたう「われ男の子意気の子名の子つるぎの子」が一方で「詩の子恋の子あゝもだえの子」であったというのが『萬葉集』においてうたわれた「ますらを」の実態と言っても過言ではない。さらに単純にまとめることが許されるならば、《ますらをぶり》には建前と本音が入り混じっていると言え、この視点をもって、いま一度越中時代の家持歌の検討を加えてみたい。

五 「もだえの子」家持

三節で引用した「陸奥国《みちのくのくに》に金《くがね》を出《い》だす詔書《せうしよ》を賀《ほ》く歌」と「勇士《ゆうじ》の名を振《ふ》るはむことを慕《ねが》ふ歌」は、家持が「ますらをの心」を言挙げした歌であることはまちがいない。

ただ、渋谿の崎で見た「都万麻」を契機に「興《きよう》の中《うち》に」詠まれた「勇士の名を振るはむことを慕ふ歌」については、伊藤博氏が「老樹の年深くして聖なる繁栄に身の清明、安全を祈るのは、我が身の非恒常性を知ればこそである。恒久への讃美の根底には世間の無常に対する認識が潜んでいる」（『萬葉集釈注』）と指摘されたことをふまえて鉄野昌弘氏が、いつまで続くかわからない越中での不本意な生活のなかで家持みずからが作り出した「夢の自画像」だったとする指摘（『セミナー万葉の歌人と作品　第九巻　大伴家持（二）』［平15・7　和泉書院刊］所収「旧江四部作」）が穏当な解釈なのかもしれない。

しかしながら、それがたとえ現時点では実現不可能な「ますらを」像だったとしても、「名を立つ」ことを強く望む――鉄野氏的に言えば、夢見ている――「ますらを」としての意識は、いまひとつの「詔書を賀く歌」で確認できる。ここにうたわれているのもまた「夢の自画像」だと断言することも可能なのだが、むしろ、「興の中に」夢見た「ますらを」像とは異なり、この歌を契機として「興の中に」いくつかの歌が詠まれていることからするならば、詔書のことばを契機として発せられた感動が先行した作歌と把捉すべきではなかろうか。

同じように不本意な越中の生活のなかでうたわれた歌ではあるが、その作歌動機に、むしろ積極性を見てとるべきであろう。ただし、それはあくまでも建前の《ますらをぶり》だったと稿者は考えている。この建前の《ますらをぶり》の流れのなかで、家持は「興に依《よ》」って「京《みやこ》の家《いへ》に贈らむために真珠《しんじゆ》を願ふ歌」をうたう。「はしきよし妻の命」や「我妹子」という表現は見られるが、直接的な妻への心情はまったくうたわれない。妻へのいたわりを形にあらわそうと「真珠を願ふ」ことのみをうたうこの歌もまた、嘘・偽りなどではないが、家持の建前の《ますらをぶり》のなかでうたわれたものだと考える。

その建前の妻への思いを受けての詠出として「史生《ししやう》尾張少咋《をはりのをくひ》に教へ喩《さと》す歌」を把捉しなおすと、大仰に法律や詔書を持ち出し、ことさらに「義夫の道」を説くことも納得できるのではなかろうか。家持が部下の行動を寛容していたというのではない。「妻子《めこ》見れば　かなしくめぐし　うつせみの　世《よ》の理《ことはり》と　かくさまに　言ひけるものを　世の人の　立つる言立《ことだ》て」と、「言立て」を立てることをうたっているところに、「詔書を賀く歌」の「名を立つ」との連関を見てとるべきなのである。「道を説く君」としての家持の姿。これもまた、建前の「ますらを」像だったと考えるべきであろう。

それでは、「ますらを」としての家持の本音は、どこにあったのか。それを知る手がかりが、一節でも引用した「庭《には》の中《うち》の花の作歌《うた》」だと稿者は考える。そこで、いま一度引用しておく。

庭《には》の中《うち》の花の作歌《うた》一首　并せて短歌

大君《おほきみ》の　遠《とほ》の朝廷《みかど》と　任《ま》きたまふ　官《つかさ》のまにま　み雪降る　越《こし》に下《くだ》り来《き》　あらたまの　年の五年《いつとせ》　しきたへの　手枕《たまくら》まかず　紐解《ひもと》かず　丸寝《まろね》をすれば　いぶせみと　心なぐさに　なでしこを　やどに蒔《ま》き生《お》ほし　夏の野の　さ百合《ゆり》引き植ゑて　咲く花を　出《い》で見るごとに　なでしこが　その花妻《はなづま》に　さ百合花《ゆりばな》　ゆりも逢《あ》はむと　慰《なぐさ》むる　心しなくは　天《あま》ざかる　鄙《ひな》に一日《ひとひ》も　あるべくもあれや

反歌二首

なでしこが　花見るごとに　娘子《をとめ》らが　笑《ゑ》まひのにほひ　思ほゆるかも

さ百合花　ゆりも逢はむと　下延《したは》ふる　心しなくは　今日《けふ》も経《へ》めやも

同じ閏《うるふ》五月二十六日に、大伴宿禰家持作る。　（巻十八・四一一三～四一一五）

みずからの「心なぐさに」ナデシコを植えることで妻の「笑まひのにほひ」を思い出すことをうたうこの歌には、「慰むる　心しなくは　天ざかる　鄙に一日も　あるべくもあれや」や「下延ふる　心しなくは　今日も経めやも」というように家持自身の感慨がうたいこまれている。まさに、

ホ　健男《ますらを》の　現し心《うつしごころ》も　我《あれ》はなし　夜昼《よるひる》といはず　恋ひし渡れば　（巻十一・二三七六　人麻呂歌集歌）

チ　天地《あめつち》に　少し至らぬ　大夫《ますらを》と　思ひし我《われ》や　男心《をごころ》もなき　（巻十二・二八七五　作者未詳）

リ　大夫《ますらを》の　聡《さと》き心も　今はなし　恋の奴《やっこ》に　我《あれ》は死ぬべし　（巻十二・二九〇七　作者未詳）

など、前節末尾で引用した「ますらを」の実態に近しいうたいぶりである。

ただし、吉村誠氏が「重大」と指摘された（『セミナー万葉の歌人と作品　第九巻　大伴家持（二）』〔平15・7和泉書院刊〕所収「庭中の花の作歌、山吹の花を詠む歌」）ように、家持が越中時代にのみ、特定の女性を指すのではなく一般化した形で使用した「をとめ」が、妻坂上大嬢に対して使用されていることは看過できない。その点では、「我妹子」と呼びかける「京《みやこ》の家《いへ》に贈らむために真珠《しんじゅ》を願ふ歌」よりも建前的であるように感じられようが、逆に、このことこそが「ますらを」の本音を示していると稿者は考える。

以前稿者は、「家持の「天離る鄙」―越中萬葉歌の表現・少考―」と題する拙稿（『高岡市万葉歴史館紀要』18平20・3）において、「しなざかる越」と「天離る鄙」とを使い分ける家持の意識の差異を論じたことがある。そこで稿者は、「天離る鄙」という表現を越中の人々を前にして使用することがなくなり、代わりに「しなざかる越」という表現を生みだす流れをたどりながら、そのなかでも都を強く意識した作品では「天離る鄙」を使い続けている家持の意識について検討した。その「天離る鄙」があらわれる歌のひとつが、この「庭の中の花の作歌」である。

長歌において、「大君の　遠の朝廷と　任きたまふ　官のまにま」と、まさに「ますらを」意識をもってうたいおこしながら、家持は「天ざかる　鄙に一日も　あるべくもあれや」と妻への思いを吐露している。近しい歌に、越中赴任の翌年の天平十九年（七四七）、みずからの大病が回復したあとの三月二十日の夜中、ふと急に恋心をもよおして作ったとされる「恋緒《れんしよ》を述《の》ぶる歌」がある。

妹《いも》も我《あれ》も　心は同《おや》じ　比《たぐ》へれど　いやなつかしく　相見《あひみ》れば　常初花《とこはつはな》に　心ぐし　めぐしもなしに
はしけやし　我《あ》が奥妻《おくづま》　大君《おほきみ》の　命恐《みことかしこ》み　あしひきの　山越え野行《ぬゆ》き　天《あま》ざかる　鄙治《ひなをさ》めにと　別
れ来《こ》し　その日の極《きは》み　あらたまの　年行《ゆ》きがへり　春花《はるはな》の　うつろふまでに　相見ねば　いたも
すべなみ　しきたへの　袖返《そでかへ》しつつ　寝《ぬ》る夜《よ》おちず　夢《いめ》には見れど　うつつにし　直《ただ》にあらねば
恋《こひ》しけく　千重《ちへ》に積もりぬ　近くあらば　帰《かへ》りにだにも　うち行《ゆ》きて　妹《いも》が手枕《たまくら》　さし交《か》へて　寝《ね》

ても来《こ》ましを　玉桙《たまほこ》の　道はし遠《とほ》く　関さへに　へなりてあれこそ…

（巻十七・三九七八）

「ますらを」意識をもって「大君の任《ま》けのまにまに」とうたうことが多かった家持が、越中時代に唯一「大君の命恐み」とうたった歌である。おそらく独詠歌なのであろうが、まさに家持の本音が吐露された珍しい歌である。同じような妻への恋心をうたいながら、「庭の中の花の作歌」は「大君の　遠の朝廷と　任きたまふ　官のまにま」と「ますらを」意識をもってうたいおこす。この差異は看過できない。「庭の中の花の作歌」もまた独詠歌とするのが穏当な解釈かもしれないが、稿者はむしろこの「ますらを」意識を持ったうたいおこしに着目して、享受を意識した歌として詠まれたものと主張したい。

「庭の中の花の作歌」がうたわれた二日後の五月二十八日、家持はつぎの歌を詠む。

京《みやこ》に向ふ時に、貴人《うまひと》を見また美人に逢《あ》ひて飲宴《いんえん》せむ日のために懐《おもひ》を述べ儲《ま》けて作る歌二首

見まく欲《ほ》り　思ひしなへに　縵《かづら》かげ　かぐはし君を　相見《あひみ》つるかも

朝参の　君が姿を　見ず久《ひさ》に　鄙《ひな》にし住めば　我恋《あれこ》ひにけり

同じ閏五月二十八日に、大伴宿禰家持作る。

（巻十八・四一二〇～四一二一）

具体的にいつ上京したかは確認できないが、この年のうちに上京し、帰任時に妻を同伴したとするの

が一般的な解釈である。おそらく「儲けて作」ったこの二首は、その上京を意識して詠まれたものであろう。具体的な発表の機会を推定する根拠を提示することはできないが、二首目の第一・二句の異伝「はしきよし　妹《いも》が姿を」の存在からすると、「美人に逢ひて飲宴」するときに発表することを意識した作として「庭の中の花の作歌」を把捉しうるのではなかろうか。つまりは、享受を意識した結果、「ますらを」と対比する存在として「娘子」という表現が取り入れられたと考えるのである。

たんなる個人的な感慨の吐露だけではない、「ますらを」意識をもった歌としてうたわれた。だからこそ、『萬葉集』に数多くうたわれている、青木生子氏が指摘する「剛強であり、雄大であり、のみならず聡明であるべきなのに、女性化してしま」った「ますらを」像がうたわれることとなったのである。稿者はこのように考えたゆえに、二節で、「庭の中の花の作歌」について《歌という世界のなかでの家持》という言説を使用したわけである。しかしながら、それはけっして建前ではない。先掲した「恋緒を述ぶる歌」同様に、家持の本音が吐露されていることはまちがいないということを最後に付言しておきたい。

六　さいごに

今回与えられたテーマは「男歌の美」であった。『萬葉集』における《男歌》と提示されて、すぐさま越中時代の家持の歌を喚起した。そこで、家持歌に見られる「ますらを」意識の「本音」について考えることで、――それを「美」と呼ぶことができるかは別として――《男歌》の世界の一端について考えてみたが、いささか心許ないものとなってしまった。

ところで、《男歌》とはいかなるものなのか。試みに、《短歌》に関する辞典類を引用しよう。

・女歌《おんなうた》に対して使われる用語であるが、女歌が女性の詠んだ歌全般や、女性的な詠風の作品を指すなど幅広い定義が用いられているのに対して、男歌といった場合には、特に男性的で雄々しい作品をのみ指すことが多い。（岩波書店刊『岩波現代短歌辞典』平11・12　項目執筆は小塩卓哉氏）

・歌論、短歌史にまつわる用語で、男の歌、その中でも内容、調べの面で男性的な印象を強く与える歌をいう。男性的詠風の歌。ただし女性作者の歌でも内容によっては「男歌」的と評される場合もあり、そこにこの用語の一種錯綜《さくそう》した性格が示されている。つまり「男性的詠風」という概念が必ずしも明確ではないため、厳密な定義づけにはやや馴染《なじ》みにくく、印象批評風に用いられる場合も多い。（三省堂刊『現代短歌大事典』平12・6　項目執筆は谷岡亜紀氏）

記述に微妙な差異は認められるが、たんに男性が詠んだ歌という意味ではなく、女性の場合をふくめて「雄々しい作品」・「内容、調べの面で男性的な印象を強く与える」歌を指すとまとめることができようか。この《男歌》論の始源は江戸時代の国学者たちによる《ますらをぶり》論にあるのだが、その詳細については、鈴木淳氏「ますらをぶりの行方」（高岡市萬葉歴史館叢書22『歴史のなかの万葉集』所収　平22・

3)をぜひ一読願いたい。そして、この国学者たちによる《ますらをぶり》論が、明治に入って、与謝野鉄幹による《ますらをぶり》復興へとつながり、《短歌》における《男歌》が成立したとされている。ただし、

社会や文学が男性の支配下に置かれているからこそ、女歌という範疇がことさら意識されてきた事情に対して、男性が作歌主体であることは格別意識される必要もなく、男歌の語は、与謝野鉄幹のような男っぽい作風程度の意味で受け入れられていった。

と小塩卓哉氏が指摘されたように、それはあくまでも「男っぽい作風」という印象批評風の用語であり、明確に定義づけるのは難しい状況にある。

そして、昭和四十五年(一九七〇)に刊行された佐佐木幸綱氏の第一歌集『群黎』の解説で大岡信氏が、「佐佐木幸綱の歌を一言で形容するなら、《男歌》である。オトコウタであり、オノコノウタである。」と述べたのを契機に、《男歌》なる語が頻繁に使用されるようになり、定着したと考えられている。ここで注目したいのは、その解説のなかで大岡氏が「佐佐木幸綱を多少ともロシナンテにうちまたがる勇士のごとくに感じていた」と述べ、

ゆく秋の川びんびんと冷え緊まる夕岸を行き鎮めがたきぞ
天の色たちまち川を染め上げて男荒れたる後の淋しさ

などの歌に「荒魂」を感じつつ、その「荒魂の歌の中に、はにかみやの、意外に優しい清々しさと純情が鳴っている」と指摘されたことである。この指摘こそが《男歌》の本質なのではなかろうか。

谷岡亜紀氏が、同じ佐佐木幸綱氏の歌について、

「俺」「お前」「男とは」といった直接的な表現のみならず、簡勁直截《かんけいちよくせつ》な文体、命令形に示される他者への希求や大きなものへの意志、世界を直感で裁断する力わざに、大きな特徴がみられ…

と述べているのが、まさに《ますらをぶり》の特徴であろう。そして、そのような歌を詠んだ「ますらを」が「意外に優しい清々しさと純情」を持っていた。鉄幹がうたった「われ男の子意気の子名の子つるぎの子詩の子恋の子あゝもだえの子」の世界、それを、天平感宝元年の家持歌でたどってみるのが本稿の主旨である。そのような《男》に「水に飢えて森をさまよふ小羊」のまなざしを見てとり、「ますらを」を言挙げする《男》に「さびしからずや」と問いかけた《女歌》の世界については、あらためて考えてみたい。はなはだ煩雑な上に、性急な結論であるが、ご教示・ご叱正をお願いする次第である。

使用テキスト（なお、適宜引用の表記を改めたところがある。また、『萬葉集』の引用に際しては、本旨と関わらないと判断して、「一云」注記などを省略した）

萬葉集　→　越中時代の家持歌については高岡市万葉歴史館編『越中万葉百科』（笠間書院刊）に拠り、それ以外は小学館刊『新編日本古典文学全集』に拠る。

続日本紀　→　岩波書店刊『新日本古典文学大系』に拠る。

女歌の美――大伴坂上郎女の言葉

井ノ口　史

一　はじめに――「愛しき言」

恋《こ》ひ恋ひて　逢へる時だに　愛《うつく》しき　言《こと》尽くしてよ　長くと思はば　（巻四・六六一）

『万葉集』に八十四首もの歌を残す奈良朝の女性歌人、大伴坂上郎女《おおとものさかのうえのいらつめ》の作である。相聞歌巻である巻四に収められた「大伴坂上郎女歌六首」（巻四・六五六～六六一）の掉尾を飾る、代表作の一つといってよい。初句に「恋ふ」を二度重ね、男の訪問をひたすら待ち続ける女の立場を巧みに述べて、逢瀬の時だけでも甘い言葉を尽くしてほしいと訴える。この歌群の冒頭に、

我のみぞ　君には恋ふる　我が背子《せこ》が　恋ふと言ふことは　言のなぐさぞ　（巻四・六五六）

とあるように、「恋ふ」というだけでは「言のなぐさ」、気休めに過ぎないとも述べているから、それよりも濃やかな情のこもった言葉を求めているのだろう。例えば、作者未詳の相聞歌にも、

恋といへば　薄きことなり　然《しか》れども　我は忘れじ　恋ひは死ぬとも　（巻十二・二九三九）

という歌があり、思いをあますところなく伝えるには、「恋」の一語のみではあまりに皮相的過ぎると歌っている。坂上郎女歌においても、型通りの言葉ではない、情愛の滲む言葉、或いは熱情の奔流のような言葉を要求し、それを「愛し」として受容しようというのであろう。現代の若い女性たちにも共感される願いだが、「妻子《めこ》見ればめぐし宇都久志《うつくし》」というように、本来ならば「いとしい、かわいい」といった対象に用いるべき「愛し」を、「言」に冠するのは当該例のみである。

妻問い婚が一般的であった当時、「待つ女」の胸中を詠む歌は少なくないが、不安定な関係性故の憂悶を言葉の力で慰撫し得るという発想自体、『万葉集』において斬新なものであり、作者の才覚を窺い知ることができる。

◆二 「佐保の川門」

古典の世界に登場する女性の常とは言え、残念ながら坂上郎女の生年は定かでない。ただし、『万葉集』に残された足跡をたどると、大宝元年（七〇一）生まれの聖武天皇や光明皇后とほぼ同世代であると考えられる。さらに、巻四における配列に鑑みるに、冒頭に掲げた六六一歌は、坂上郎女の三十代半ば頃の作として大過ないであろう。

歌人としての坂上郎女の誕生には、その生育環境と身につけた教養とが深く影響しているものと考えられる。坂上郎女の母、石川郎女は、名家石川家出身の女性で、大伴氏の「大家《おほとじ》」として一族内に重きをなした人物であった。内命婦《ないみょうぶ》として朝廷にも出仕しており、元正太上天皇の詔《みことのり》に即応して、水主《みぬし》内親王を見舞う歌（巻二十・四四三九）を、同席していた命婦たちの中で唯一披露するなど、才気煥発な人物であったことが左注によって知られる。また、父である佐保大納言・大伴安麻呂は、壬申の乱の際、叔父たち（馬来田《まぐた》、吹負《ふけい》）や兄・御行《みゆき》と共に戦陣にあり、功のあった勇武の人である。坂上郎女には同母の弟・稲公《いなきみ》がいるが、他に姉妹の存在は伝えられていない。異母兄旅人とは三十歳以上の年齢差があったと思しく、安麻呂が年を取ってから授かった一人娘であったとしたら、並々ならぬ愛情を受けていたことは想像に難くない。六六一歌に看取される才気と愛嬌と大胆さとは、父の愛情と母の薫陶のたまものとすれば得心がいく。

成人後の坂上郎女の現実は、結婚生活という側面においては恵まれたものではなかった。初婚の相手は、天武天皇の皇子である穂積《ほずみ》皇子で、格別な寵愛を受けたと『万葉集』に記されているが、かなりの年齢差があったであろう夫婦関係は、和銅八年（七一五）、皇子の薨去によって終焉を迎えることになった。穂積の死を悼む歌を彼女は残していない。悲痛な経験を昇華できるほどには、歌の言葉に熟達していなかったためであると考えられる。

最初の夫を亡くした坂上郎女は、服喪の後、藤原麻呂からの娉《つまど》いを受けた。麻呂からの三首（巻四・五二二〜四）に和したとされる四首は養老年間（七二〇年頃）の作と思しく、坂上郎女の作の中で最も早い時期の詠として『万葉集』に残されている。その第一首は、

佐保《さほ》川の　小石踏み渡り　ぬばたまの　黒馬《くろま》の来夜《くよ》は　年にもあらぬか　（巻四・五二五）

というものである。歌意は、佐保川の小石を渡って、立派な黒馬に乗った貴公子が訪れる夜が、一年にわたってずっと続けばよいのにというもので、結句の「年にあり」は、麻呂の歌に、

よく渡る　人は年にも　ありといふを　何時の間にそも　我が恋ひにける　（巻四・五二三）

とあるのに応じている。この表現は、巻十・秋雑歌の部に、

　年にありて　今かまくらむ　ぬばたまの
　夜霧隠《ごも》れる　遠妻《とほづま》の手を　（巻十・二〇三五）

とあるのと同様、七夕歌に用いられるものである。坂上郎女は、佐保川を天の川に、二人を牽牛と織女になぞらえているのである。

　佐保川は、春日の山中に源流をもち、佐保の里を横切るように流れた後、南下して率川《いさがわ》と合流し、羅城門付近を通り京城の外、現在の大和郡山市内へと流れる川である。大伴家の本邸は、平城京の北東にあたる佐保の里にあり、郎女の父である安麻呂を佐保大納言と称するのはこの地名による。郎女は、麻呂への四首の内、

佐保川夕影（撮影：筆者）

三首にまでこの川の名を詠み込んでいるが、父の家の付近を流れるこの川の景に親しみを抱いていたのはもちろん、藤原家の御曹司からの求愛に応える際に改めて名門大伴家の血を引くことへの自覚が芽生えたためであるかもしれない。たとえ無意識的であるにせよ、自らの出自に対する矜持が佐保という地名に結びついたのではないか。

返歌の第四首にも、

千鳥鳴く　佐保の川門《かはと》の　瀬を広み　打橋《うちはし》渡す　汝《な》が来《く》と思へば　（巻四・五二八）

と、佐保川を詠んでいるが、類想の歌としては、巻十の七夕歌に、

機《はたもの》の　踏《ふ》み木《ぎ》持ち行きて　天の川　打橋渡す　君が来むため　（巻十・二〇六二）

と、牽牛の訪れを待つ織女の心を詠んだものがある。一般に、女から男への呼称には「君」もしくは「背」、「背子」を用い、郎女歌の結句のように「汝」を用いるのは異例であるが、敢えてこの語が選ばれているのは、「汝が来」に「長く」の意を掛けているためである。(1) 郎女は七夕歌の表現を学び、技巧を凝らしたのであろう。

四首の内、唯一佐保の地名が登場しない第三首は、

来むと言ふも　来ぬ時あるを　来じと言ふを　来むとは待たじ　来じと言ふものを　（巻四・五二七）

というもので、来訪の途絶えがちな麻呂に対して自らの恋慕を述べている。「来」をすべての句の頭に据えて、結句に至るまで破綻なく纏める技量には目を見張るものがある。いずれも最初期の歌であるにも拘わらず、既に歌人としての才能の開花が看取される。ただし、麻呂との贈答はこの一箇所（巻四・五二二～五二九）のみであり、関係は短期間で終息したものと推測される。

また、麻呂との贈答との先後は不明だが、坂上郎女は異母兄の大伴宿奈麻呂《すくなまろ》と結ばれ、二人の娘を儲けた。坂上大嬢《おおいらつめ》と二嬢《おといらつめ》である。しかし、娘の幼い頃に、宿奈麻呂とも死別するという憂き目を見た。冒頭に見たように、坂上郎女の作には、「言」への感懐を述べたものが少なくない。他にも、例えば、「人言《ひとごと》」や「中言《なかごと》」といった他者の中傷への懸念を、

汝《な》をと我《あ》を　人そ放《さ》くなる　いで我が君　人の中言　聞きこすなゆめ　（巻四・六六〇）

と詠んだり、相手の甘言を信じて裏切られた時の悲しみを、

はじめより　長く言ひつつ　頼めずは　かかる思ひに　あはましものか　（巻四・六二〇）

と詠んだりする。また、後述するように（第五節「彩り」）、思いを口にすることへの恐怖心や（巻四・六八三）、自身の言葉のうつろいやすさをも歌っている（巻四・六五七）。そして、次に掲げる一首にも、

ま玉つく　をちこち兼ねて　言《こと》は言へど　逢ひて後こそ　悔いにはありといへ　（巻四・六七四）

とあるように、言葉への不信感が底流している。坂上郎女は、実を伴わない言葉の空疎さを知りつつも、「愛しき言」を求め、また、自らの心を託す手段としての言葉を模索せずにはいられなかったのであろう。この相反する感情が、坂上郎女の歌の言葉を洗練させるに功を奏したものと考えられる。

平城京での二度の結婚に破れた坂上郎女は、神亀五年（七二八）、もしくはその翌年に、大宰帥として筑紫にあった兄・旅人のもとに下った。家持の養育にあたるというのも理由の一つに数えられるだろう。この時、既に二人の娘の母であったが、大宰府の宴で披露された大伴百代《ももよ》の四首（巻四・五五九〜五六二）に応じて、二首の歌（巻四・五六三、四）を詠んでいる。百代の五五九歌の題詞に「恋歌」とある点に着目し、百代が「恋する老男」に、坂上郎女が「恋する老女」になりきって、「『老いらくの恋』をテーマにした『作品』の交換」をしたのだとする伊藤博氏の見解は示唆に富む。(2) 百代の第一首、

事もなく　生き来しものを　老いなみに　かかる恋にも　我はあへるかも　（巻四・五五九）

に対して、坂上郎女は、

黒髪に　白髪《しろかみ》交じり　老ゆるまで　かかる恋には　いまだあはなくに　（巻四・五六三）

と応じている。「かかる恋にもあへるかも」と詠んだ百代に対して、同じく「かかる恋」を用いながらも、「いまだあはなくに」と否定形で応じているのは、無論計算してのことであろう。当該歌は、坂上郎女の大宰府滞在中における唯一の作であり、宴席などで披露された作であると考えられる。十代で高位の皇族と最初の結婚をし、二十代で権門の男性に才気溢れる歌を贈った彼女のぬばたまの黒髪に、白いものが混じり始める年齢を迎えたのであろう。老いの徴候という苦い現実を素材としつつ、その上に虚構の恋愛を構想するという坂上郎女の手腕が光る一首である。

三　四季折々の歌――春、夏、秋

奈良時代を象徴する聖武天皇が即位したのは神亀元年（七二四）である。平城京遷都から既に十数年が過ぎ、梅や黄葉《もみじ》、ほととぎすの声など、繊細な感性によってとらえられた四季の美を歌うのが流行になりつつあった。『万葉集』巻八にはその精華たる歌々が、春夏秋冬それぞれの雑歌・相聞、計八部に分類されて掲載されており、そのすべてに作を残すという点で、坂上郎女は同時代の他の歌人達を圧倒している。『万葉集』に最も多くの作を残した歌人・大伴家持も、同じく八部すべてに歌が収められているが、叔母である坂上郎女から歌作の手ほどきをうけたと推測されるから、季節の風物に美をとらえたり、巧みに恋情を託したりするのは、本来彼女の得意とする方法であったと考えられる。

坂上郎女の季節歌から春、夏、秋の作を以下に掲げる。

我が背子が　見らむ佐保道の　青柳《あをやぎ》を　手折《たを》りて

大伴坂上郎女の歌碑　巻八・一四三二歌（揮毫・撮影：坂本信幸氏）

だにも　見むよしもがも　（巻八・一四三二）

ある年、佐保を離れた地で春を迎えることがあったのだろう。親しい人と同じ光景を共有できないのを遺憾に思い、せめて青柳の枝なりと手折って、春の息吹を感じるすべがあればと願う。家を離れていることへの寂寥が、佐保道の柳を想起させたのだろう。また、後年、越中の国にあった家持が、

春の日に　萌《は》れる柳を　取り持ちて　見れば都の　大路《おほち》し思ほゆ　（巻十九・四一四二）

と詠んでいるように、平城京の大路には柳が植えられていたから、坂上郎女にとっても、青柳は華やぐ都の春の情景を喚起するよすがでもあったろう。この「我が背子」は必ずしも恋人である必要はなく、風流を解する人への挨拶として機能する一首である。

同じく、現在の居所と離れた場所を思い浮かべて詠んだものに、

今もかも　大城《おほき》の山に　ほととぎす　鳴きとよむらむ　我なけれども　（巻八・一四七四）

の一首がある。夏の雑歌に収められたこの歌にも、四句目に「らむ」という助動詞を用い、今を盛りと

鳴き交わすほととぎすの声に思いを巡らしている。題詞には、「大伴坂上郎女、筑紫の大城の山を偲ふ歌」とある。大城山は大宰府政庁の北方にある標高四一〇メートルの山で、かつて、坂上郎女も日々眺めていたことだろう。

夏の景物である「ほととぎす」には、古代中国の蜀の望帝杜宇《とう》が位を追われ、死して後、ほととぎすと化して往時を偲んで鳴いたという故事が伝えられる。それにちなみ、『万葉集』において懐旧の情と結びつけられる場合も見受けられる。その早い例としては、額田王の歌、

古《いにしへ》に　恋ふらむ鳥は　ほととぎす　けだしや鳴きし　我が思へるごと　（巻二・一一二）

が知られる。坂上郎女の作において、ほととぎすの詠は四首残されているが、

なにしかも　ここだく恋ふる　ほととぎす　鳴く声聞けば　恋こそ増され　（巻八・一四七五）
ほととぎす　いたくな鳴きそ　ひとり居て　眠《い》の寝らえぬに　聞けば苦しも　（巻八・一四八四）
暇《いとま》なみ　来ざりし君に　ほととぎす　我かく恋ふと　行きて告げこそ　（巻八・一四九八）

に見るように、すべて「孤閨の憂いや恋情を掻き立てる相聞的モチーフ(3)」として詠まれているのが特徴

的である。

先述したように、夫である宿奈麻呂を亡くして後に大宰府へ下ったと考えられるから、彼の地では、死者への追懐や娘達の行く末など、様々な思念が去来したことだろう。「大城山の歌」は、天平二年（七三〇）十二月に旅人の大納言就任に伴い平城京へと帰還した後、数年を経ての作であろうか。鳴きとよもす「ほととぎす」の声に憂悶の情をかきたてられた坂上郎女の記憶を今に伝えてくれる。

同じく聴覚に依るものとして、鹿鳴を詠んだ歌が秋の雑歌の部に収められている。

吉隠《よなばり》の　猪飼《ゐかひ》の山に　伏す鹿の　妻呼ぶ声を　聞くがともしさ　（巻八・一五六一）

題詞には、「大伴坂上郎女、跡見《とみ》の田庄《たどころ》にして作る歌」とある。「田庄」とは所有地としての田地のことである。大化の改新以降、土地は国に帰属するのが原則であるが、大伴家など旧来の貴族たちには、一部の私有が保証されていたらしい。大伴家の場合、この跡見（奈良県桜井市外山《とび》付近か）の他に、竹田（耳成山の東北辺）の田庄が知られている。坂上郎女は、大伴家の家刀自《いえとじ》として、家政における責務を果たすため、平城京を離れることがあった。そのような折に詠まれた歌である。鹿鳴は桜井市の東方、山間の吉隠辺りから聞こえてくるという。吉隠は、最初の夫である穂積皇子の愛した女性、但馬《たじま》皇女の眠る地でもある。右の一首からは、妻を求めて鳴く哀切な鹿の声に、孤独をしみじみと見つめる彼女の姿が髣髴としてくる。

坂上郎女にとって、歌の素材となる季節の景物は、それ自体の美というより、景によって誘発されたり醸成されたりする情緒を優先して選び取られているようである。移りゆく美を、自らの心的世界の内に意味づけようとするのが、坂上郎女の季節歌の特徴であると言えるだろう。

四 「梅の初花」

四季折々、様式美を歌うのが我が国の和歌の伝統であるが、おのずとその数には偏りがある。例えば、『万葉集』巻八において最も歌数が多いのが秋（一二九首）、次いで春（四十七首）、夏（四十六首）であり、冬の歌は最も少なく（二十八首）、題材も雪及び梅花にほぼ限定されている。しかも、雪と梅とを取り合わせた歌は、春の部にも収録されており、冬独自の景物が確立していたとは言い難い。雪と梅とを取り合わせた坂上郎女の歌は三首あるが、これも春と冬とに分かたれている。

春の雑歌に分類されている一首に、

風交じり　雪は降るとも　実にならぬ　我家《わぎへ》の梅を　花に散らすな〈花尓令落莫〉　（巻八・一四四五）

というものがある。結句が、「(梅の)花を散らす」ではなく、「(梅を)花に散らす」とあるのに注目したい。「花に散る」とする例は、家持の長歌(巻十九・四二〇七)において、橘の花について用いられた他には、

秋萩は　雁に逢はじと　言へればか　声を聞きては　花に散りぬる〈花尓散去流〉(巻十・二一二六)

の一首のみであり、『新編日本古典文学全集　萬葉集三』(小学館)が、結句「花に散りぬる」を「はかなく散った」と口語訳したことに端的に窺われるように、単なる自然の摂理としての落花ではなく、残された時間があるにも拘わらず散り急ぐことへの不審や感傷が託されていると考えられる。同様に、開花して、いまだ実るために十分な期間を経てはいない梅が、いたずらに散ることへの愛惜を、「花に散らすな」という句に読み取ることができるだろう。

梅は野に咲く花ではなく、中国より輸入され庭園に植えられた樹木であった。巻八の春雑歌の部には、阿倍広庭の作として、

去年《こぞ》の春　い掘《こ》じて植ゑし　我がやどの　若木の梅は　花咲きにけり(巻八・一四二三)

と、土を掘り起こして梅を植えたことが見えるし、旅人の歌にも、

我妹子《わぎもこ》が　植ゑし梅の木　見るごとに　心むせつつ　涙し流る　（巻三・四五三）

とあった。坂上郎女もまた、邸宅の庭園に美しく植栽された梅を、幼い頃から賞美してきたのだろう。そして、開花から落花に至る推移を、つぶさに眺めていたに相違ない。

沫雪《あわゆき》の　このころ継ぎて　かく降らば　梅の初花《はつはな》　散りか過ぎなむ　（巻八・一六五一）

こちらは冬の雑歌に収められている。シーズン最初の「初花」を詠む歌が冬の部に収められているのは、編纂者による行き届いた配慮であった。いち早く花開いたものの、降雪により散ってしまうかに見える「初花」のはかなげな姿は、観念上の美というよりは、実際の観察に基づいた感懐であろう。花の運命に心を寄せる濃やかな情に溢れる歌である。

「初花」の用例は、坂上郎女の作を含めて全九例で、巻十に二例（二二七三、二三二八）、佐伯赤麻呂（巻四・六三〇）、久米広縄（巻十九・四二五二）にそれぞれ一例ある他は、四例が家持の歌に見られ、彼が好んで用いた語の一つであると思われる。とりわけ、病床にあった頃、離れて暮らす妻・坂上大嬢の姿を思い、「常初花《とこはつはな》のように愛しい妻」としているのは興味深い（巻十七・三九七八）(4)。坂上郎女が初花のたたずまいに心を寄せたように、家持もまたその風情を愛でたのであろう。

『万葉集』全体では、梅は一一九首に詠まれているというが、(5)平城京遷都以前の歌には登場しない。遊宴での感興を引き出す景として歌ったものが多く、とりわけ、大宰府において旅人を初めとする男性官人たちが、梅花を題材として三十二首もの歌を詠じた、いわゆる「梅花宴歌」は、梅花詠の様式を確立したものとして質・量ともにその豊麗さを誇る。この歌群には、王羲之の「蘭亭集詩序」を意識したといわれる「序」が付されており、蘭亭に集った老若が酒を飲み詩を賦して終日歓を尽くした故事に因んだ遊宴であったことが知られる。当時筑前国守であった山上憶良を含め、旅人の公邸に一座した人々が、春の魁たる「梅花」を題とした歌を詠み交わした。女性である坂上郎女は、こうした文雅の席に連なることは叶わなかったが、口頭で、あるいは書かれた文字としてこれらの歌を知り得る立場にあった。

坂上郎女には、

酒坏《さかづき》に　梅の花浮かべ　思ふどち　飲みての後は　散りぬともよし　（巻八・一六五六）

という歌がある。「散りぬともよし」と言い切る潔さは、郎女の気質を窺わせるものであるが、「梅花宴」における沙弥満誓《さみまんぜい》の作、

青柳《あをやなぎ》　梅との花を　折りかざし　飲みての後は　散りぬともよし　（巻五・八二一）

や、

春柳《はるやなぎ》　縵《かづら》に折りし　梅の花　誰か浮かべし　酒坏の上《へ》に　（巻五・八四〇　壱岐目村氏彼方《いきのさかんそんじのおちかた》）

などの作から着想を得たものであることが明らかである。中国風の文雅に親しみ、旅人・憶良達が志向した新たなる文学を肌で感じる機会を得たことは、彼女の作品形成に極めて大きな影響を及ぼしたことは否定できない。しかしながら、漢詩に例が多いとされる、

我が園に　梅の花散る　ひさかたの　天《あめ》より雪の　流れ来るかも　（巻五・八二二）

に見られるような、白梅と白雪とを見誤るという表現を、(6)坂上郎女が選ぶことはなかった。落花を天空から降り来る雪にたとえるという雄大なスケールでとらえた旅人と、花を散らすものとして雪を詠み込んだ坂上郎女の表現との間には懸隔が認められる。(7)ちなみに、女性歌人による梅花詠は意外に少なく、巻八に作者として名を伝えるのは、他田広津娘子《おさたのひろきつおとめ》（一六五二）、県犬養娘子《あがたいぬかい》（一六五三）と、紀女郎（一四五二、一六四八、

一六六二）のみである。[8]

五　彩り

坂上郎女は、四季の美を感覚的にとらえるのみならず、色彩の持つ視覚的な効果を取り入れることによって、心情描写の象徴化と深化を図る手法を巧みに用いた一人でもあった。

思はじと　言ひてしものを　はねず色の　うつろひ易き　我が心かも　（巻四・六五七）

はねず色に染めた衣が退色しやすい様相に寄せて、一度は封印したはずの恋情が再燃したことを、「うつろひ易き我が心」と自覚している。「はねず色」とは「赤黄色の鮮やかな色で、紅花とクチナシとで染めたもの」であるといい、[9] そのイメージを纏わせることで、恋情の激しさを喚起させることに成功している。赤系統の色は他に、

言ふことの　恐《かしこ》き国そ　紅《くれなゐ》の　色にな出でそ　思ひ死ぬとも　（巻四・六八三）

という一首にも見える。坂上郎女が、「言」に対して鋭い感性を有していたことは先に述べた通りであるが、「言ふことの恐き国」とは、言葉の力を軽視し得なかった万葉の時代、恋人の名を不用意に口外することもタブー視されていたことを想起すれば納得される表現である。ただ、恋情の表出を理性によって抑えるのは容易ではなく、その葛藤が歌になる場合も少なくない。六八三歌の四句に、「色にな出でそ」とあるのも、恋の憂悶の表出を諫めるものである。秘すべき感情でありながら華やかな色彩を引き合いに出すのは一見矛盾しているようでもあるが、恋情に赤い色のイメージを重ね合わせている点では、「はねず色」の歌と通じるものがある。

一方、相聞歌において、赤とは対照的な、山の緑と白雲とを対比した鮮烈な色彩も選ばれている。

青山を　横ぎる雲の　いちしろく　我と笑《ゑ》まして　人に知らゆな　（巻四・六八八）

青々とした山腹を横切る雲の白さをいう初二句は、「いちしろく」を導く序詞であるが、秘密の恋の相手がふとした瞬間に見せる笑みの清爽さをイメージさせる。[10] この一首は、

葦垣《あしかき》の　中のにこ草《ぐさ》　にこよかに　我と笑まして　人に知らゆな　（巻十一・二七六二）

という、作者未詳の歌を学んだものと思われるが、二七六二歌がにこ草、にこよかという同音繰り返しの序であるのと比較すれば、微笑の美しさを喚起させる、山の青と雲の白との対比の鮮やかさに創造性を認めてよいだろう。

その他、色彩の対比による効果が認められるものに、野に咲く姫百合にたとえて、人知れぬ恋を歌った夏の名歌がある。

夏の野の　繁みに咲ける　姫百合の　知らえぬ恋は　苦しきものそ　（巻八・一五〇〇）

第三句「姫百合の」までは「知らえぬ」を導くための序である。「姫百合」は集中この歌のみに見られ、草丈は30～50センチほどで高くはないが、上を向いて咲く赤い花の姿が印象的である。丈高い夏草の濃い緑色と、咲き匂う姫百合の赤という色彩の対置の表現は、繁茂する草に紛れることなく咲く花のように、可憐でありながら決して脆くはない、しなやかな女性を髣髴させる。

坂上郎女の恋歌の多くは、実際の恋愛の渦中にあって詠まれた歌ではないと目されているが、序詞において巧みに色彩を取り込み、情動と重ね合わせる方法を利用して、現代に生きる我々の心にも響く歌を作り上げた感性は評価されてしかるべきであろう。

六　母と娘

多彩な恋歌を詠んだ坂上郎女は、一方で母性の人でもあった。『万葉集』中では珍しいことであるが、娘に対する愛情のこもった歌が残されている。先にも述べたように、郎女は田庄の管理のため現地に赴き、娘たちと離れて生活することもあったらしい。都にいる娘の寂しさを思い、贈ったのが次の長反歌である。

大伴坂上郎女、跡見の庄より、宅に留まれる女子《むすめ》大嬢に賜ふ歌一首　并《あは》せて短歌

常世《とこよ》にと　我が行かなくに　小金門《をかなと》に　もの悲しらに　思へりし　我《あ》が子の刀自《とじ》を　ぬばたまの　夜昼といはず　思ふにし　我が身は痩せぬ　嘆くにし　袖さへ濡れぬ　かくばかり　もとなし恋ひば　故郷《ふるさと》に　この月ごろも　ありかつましじ　（巻四・七二三）

反歌

朝髪の　思ひ乱れて　かくばかり　なねが恋ふれそ　夢に見えける　（巻四・七二四）

右の歌は、大嬢が進《たてまつ》る歌に報《こた》へ賜ふ。

長歌では大嬢のことを「我が子の刀自」と呼んでいるが、「刀自」とは本来一人前の女性に対する敬意

をこめた呼称である。ここは心細い思いをしている娘・大嬢を力づけようと用いているのであろう。一方、反歌には「なね」という語が見える。こちらは肉親の女性に対する呼びかけであるが、或いは「汝《な》姉《あね》」の約であるともいう。大嬢に対して「なね」と呼びかけるのは、現在、親や祖父母が、姉娘を「お姉ちゃん」と呼ぶのと同様、長女に対する期待と信頼が込められているのだろうか。母と娘との濃密な関係性が窺われる。

『万葉集』には、恋の障害として立ち現れる母を、娘の視線で描いた歌は珍しくはないし（巻十一・二五二七、二五三七、二五五七など）、また、母親の立場から、遣唐使として渡海する息子への気遣いを詠んだ歌もあるが（巻九・一七九〇、一）、まだ幼さを残す娘を気遣う母の歌というのは異例である。左注によれば、娘の大嬢からの贈歌が存したというが、収録されていない。それにも拘わらず、坂上郎女の長歌によって、母の不在に不安に思い、帰還を待ちわびるいじらしい大嬢の人となりを思い描くことができる。

一方、娘としての坂上郎女の言葉が、母・石川郎女にあてた天平七年（七三五）作の長歌に残されている。この年、佐保大納言家に数十年に亘って「寄住」していた新羅の尼僧、理願が死去した。本来ならば「大家」である石川郎女がその葬儀を差配すべきところであったが、病気療養のため有間温泉に出かけており不在であったため、坂上郎女が母に代わって葬儀一切を取り仕切り、その顛末を有間の母に詠み送ったのである（巻三・四六〇、一）。

四六〇歌は、女性の長歌としては最大のものであり、また坂上郎女唯一の挽歌でもあるが、追悼の念が死者本人に直接向けられるのではなく、有間にいる母に自らの戸惑いを訴えた歌であるという点に特徴があり、その意味で他の挽歌とはいささか性格を異にするという。(11) とりわけ、「散文的な趣」(12)を持つとも評されるその前半部について、大濱眞幸氏は、「書簡歌」たる当該歌の実用性に着目し、上代の墓誌、薨卒去記事の記載事項の調査を通して、理願を悼む弔辞に取材した表現を詠み込むという方法で葬儀がねんごろに営まれたことを有間なる母に伝えようとする表現意図を説く。(13) 今、坂上郎女自身の悲嘆を訴える後半部を以下に引用する。

…生ける者《ひと》　死ぬといふことに　免《まぬか》れぬ　ものにしあれば　頼めりし　人のことごと　草枕　旅なる間に　佐保川を　朝川渡り　春日野を　そがひに見つつ　あしひきの　山辺をさして　夕闇と隠《かく》りましぬれ　言はむすべ　せむすべ知らに　たもとほり　ただひとりして　白たへの　衣手干さず　嘆きつつ　我が泣く涙　有間山　雲居たなびき　雨に降りきや

傍線を付したように、理願の死に戸惑い、母の不在の心細さに「ただひとりして」泣く姿が描写されている。かつて自らが経験したこの心境を、留守宅の娘に重ね合わせたのかもしれない。七二三歌において「ぬばたまの　夜昼といはず　思ふにし　我が身は痩せぬ　嘆くにし　袖さへ濡れぬ」との言葉を綴ったのは、大嬢の心中を慮る母の愛そのものであった。

坂上郎女にとって、愛娘に対する情は何者にも代え難いものがあったが、同様に、幼い頃より目をかけていた家持に対する思いは格別であったらしい。大嬢と結婚する以前、当時坂上郎女が住んでいた佐保の宅を訪れ、帰路についた家持に、

我が背子が　着《け》る衣《きぬ》薄し　佐保風は　いたくな吹きそ　家に至るまで　（巻六・九七九）

という歌を贈っている。冷え込む屋外の気配に、「もっと厚着をしたら」とでも声を掛けたのであろう。しかし、家持には若者特有の見栄もあって、重ね着することを拒否したものと想像される。それ以上無理強いする代わりに、風が少しでも穏やかであるようにとの細やかな心遣いを歌ったのがこの一首であろう。本宅であるはずの佐保邸に、家持が居住していなかった理由は不明であるが、これとは別に、辞去しようとする家持を、からかいをこめて引き留めた歌、

出でて去《い》なむ　時しはあらむを　ことさらに　妻恋《つまごひ》しつつ　立ちて去ぬべしや　（巻四・五八五）

という歌もある。五八五歌は、家持が従妹にあたる坂上大嬢と歌の贈答を始めた頃の一首で、九七九歌との先後は明白ではない。大嬢と家持との婚姻は、坂上郎女の願うところであったが、過分な愛情の表

明は、ある時期の家持には少々煩わしいものに感じられたかもしれない。その後、大嬢との関係が一時途絶えたとされるのは、家持のそうした複雑な心境を窺わせる。しかし、やがて二人は「離絶数年」（巻四・七二七、八）を経て再び相聞往来するようになり、その後無事に結ばれることとなった。

坂上郎女には、

玉守《たまもり》に　玉は授けて　かつがつも　枕と我《あれ》は　いざ二人寝む　（巻四・六五二）

という一首がある。「かつがつも」とは、「話し手が不本意、不十分と思いながらしかたなく或る事を行う場合に用いる副詞」（『新編全集』）であるという。鍾愛していた娘と、庇護し続けた甥との結婚を見とどけた母の、安堵感と一抹の寂しさが、この歌を詠ませたのかもしれない。

天平十八年（七四六）、国守として越中国に赴任する家持に対しては、

今のごと　恋しく君が　思ほえば　いかにかもせむ　するすべのなさ　（巻十七・三九二八）

旅に去《い》にし　君しも継ぎて　夢に見ゆ　我が片恋《かたこひ》の　繁《しげ》ければかも　（巻十七・三九二九）

と、あたかも遠くに旅立った恋人を思いやるがごとくに歌った。そして、

草枕　旅行く君を　幸《さ》くあれと　斎瓮据《いはひへ》ゑつ　我が床《とこ》の辺《へ》に　（巻十七・三九二七）

とも歌っている。「斎瓮」を据えるという行為は、摂津国の班田《はんでん》の史《し》生《しよう》、丈部龍麻呂《はせつかべのたつまろ》が自経死した際に大伴三中《みなか》が詠んだ、

……たらちねの　母の命《みこと》は　斎瓮を　前に据ゑ置きて　片手には　木綿《ゆふ》取り持ち　片手には　和《にき》たへ奉《まつ》り　平《たひら》けく　ま幸くませと　天地《あめつち》の　神を乞《こ》ひ祷《の》み……　（巻三・四四三）

という歌中にも、我が子の安寧を祈る母の行為として描写される。(14) 家持の無事を願う心は、母親としてのそれであることは疑いないだろう。また、

道の中　国つみ神は　旅行きも　し知らぬ君を　恵みたまはな　（巻十七・三九三〇）

にも、初めての地方官任官で旅慣れない家持を庇おうとする母性愛とも言うべき心情を読み取ることができる。

坂上郎女には、老いた身で、娘と離れて暮らすことの孤独を詠んだ歌もある。大嬢は、先に赴任して

いた家持の後を追って、天平勝宝元年（七四九）越中国に下るが、翌天平勝宝二年（七五〇）に、おそらくは四一六九・七〇歌への返歌として越中の娘夫婦に贈ったであろう長反歌（巻十九・四二二〇、一）がそれである。長歌四二二〇歌の冒頭で、大嬢の存在を「海の神が櫛笥《くしげ》に秘蔵して大切にするという真珠にもまして大切な我が子」と述べ、その娘が母を置いて夫のもとへと赴くことを「うつせみの世の理《ことわり》」との理解を示しながら、

……面影に　もとな見えつつ　かく恋ひば　老い付く我が身　けだし堪《あ》へむかも

と結ぶ。そこには当然年齢的な自覚が存在したものと思われる。また、反歌四二二一歌で、

かくばかり　恋しくしあらば　まそ鏡　見ぬ日時なく　あらましものを

と詠んでいるのは、娘と二度と会えないのではという不安に苛まれる、老い故の孤独が感じられる。かつて、大宰府において大伴百代の歌に応じて、交じり始めた白髪を詠んでいた坂上郎女も、およそ二十年の時を経て、否定しがたい生命力の衰えを率直に娘夫婦に訴えているのである。坂上郎女がいつ頃まで生存し何歳で亡くなったのかは不明であるが、歌を贈った天平勝宝二年を最後に、彼女の歌は『万葉

集』から姿を消す。

七 終わりに——歌人・大伴坂上郎女

坂上郎女には、平城京の元興寺《がんごうじ》(15)の里を詠んだ天平五年(七三三)の歌がある。

故郷《ふるさと》の　明日香はあれど　あをによし　奈良の明日香を　見らくし良しも　(巻六・九九二)

大宝元年(七〇一)生まれとする説を採用すれば、彼女の思春期は、平城京造営の槌音の満ちる中にあったことになる。大宰府にあっても古き都への懐旧の念を抱き続けた兄とは異なり、新たな時代を謳歌した世代の一人であった。平城京が生み出した文化と、その成熟を背景として、洗練された言葉によって綾取られたという点に、坂上郎女の作における美を見出すことができるだろう。

坂上郎女は、後期の女性歌人にして唯一、長歌(六首)と旋頭歌(一首)を詠んでおり、その内容も、雑歌・相聞・挽歌の三分野にわたっている。これほど多様な作が、『万葉集』に記し留められた背景に、彼女の甥であり、娘婿であった家持の存在を考えないわけにはいかない。しかし、坂上郎女の作自体、質・量ともに、豊かで多彩な魅力を放つのは、既に見てきた通りである。阿蘇瑞枝氏が「大伴氏の人々を中心とする狭い私的な場においてではあったが、新しい文芸を華々しく開花させ、ひいては万葉後期の新しい歌の流れを家持と共に作った歌人」としたのが、正鵠を射た評言であろう(16)。

さらに、坂上郎女の作には、一族の精神的文柱たるべき自らの役割を自覚していたことが窺えるものもある。

かくしつつ　遊び飲みこそ　草木すら　春は生ひつつ　秋は散り行く　（巻六・九九五）

一族を招いて宴を催した際の歌である。春と秋、時節に従い、草木でさえ生長と凋落とを繰り返す。まして人の身であれば、栄枯盛衰の宿命から逃れることはできない。こうして酒杯を重ね、今この瞬間を謳歌しようではないかと、一族を鼓舞する力強い口吻が感じられる。

この歌が詠まれたのも「元興寺」の歌と同じく天平五年であるが、大納言の地位に昇った旅人は二年前に他界しており、旅人の後継者たるべき家持は、歌作において非凡な才を見せてはいても、未だ十六・七歳の若者に過ぎなかった。藤原氏の台頭が著しい中、大伴家の将来が安泰であるとは言い難い状況にあったのは事実である。試みに『公卿《くぎょう》補任《ぶにん》』により、旅人が大納言に選任された天平二年の高官の氏名を記すと、

知太政官事　一品　舍人親王
大納言　従二位　多治比真人池守
正三位　大伴宿禰旅人
藤原朝臣武智麻呂
中納言　正三位　大伴宿禰旅人（引用者注…この年十月一日に大納言に選任された）
従三位　阿倍朝臣広庭
参議　正三位　藤原朝臣房前
権参議　従三位　多治比真人縣守
正四位下　大伴宿禰道足
非参議　従三位　藤原朝臣宇合
散位　従三位　藤原朝臣麻呂

とあり、藤原不比等の息子たち、いわゆる藤原四兄弟の長男武智麻呂よりも上席に旅人の名が記されている。参議[17]に加わっていたのは正三位の次男房前までで、三男宇合は非参議、かつて坂上郎女と贈答歌を交わした四男麻呂は、散位[18]で従三位であった。ところが、旅人薨去後の天平五年になると、

知太政官事　一品　舎人親王
大納言　正三位　藤原朝臣武智麻呂
中納言　従三位　多治比真人縣守
参議　正三位　藤原朝臣房前
　　従三位　藤原朝臣宇合
　　　　藤原朝臣麻呂
　　　　鈴鹿王
　　　　葛城王
　　正四位下　大伴宿禰道足

非参議　従三位　藤原朝臣弟貞

とあるように、四人全員が参議に昇格するなど、わずか三年で参議以上に占める藤原氏の比重は増した。のみならず、天平二年に薨去した大納言多治比池守の代わりには、この段階で既に、弟である縣守《あがたもり》が中納言の地位についており、房前以下の兄弟たちより優位を保持している。縣守は左大臣であった多治比嶋の子でかつて大宰大弐を務め、天平元年に権参議になっている。『万葉集』によると、民部卿に遷任された際、大伴旅人から歌を贈られたとの記載があるので、[19]大宰府時代に交流があったことが明らかである。坂上郎女もその名を聞き知っていたに違いない。一方、一族の道足《みちたり》[20]は参議に昇ったとはいえ正四位下に留め置かれており、中納言になった縣守との差も広がってしまった。政局の子細は知り得なくとも、大伴家を取り巻く凋落の気配を、郎女は感得していたように思われる。

「秋は散り行く」の句にこめた坂上郎女の感懐を正確にたどることは難しい。しかし、上昇気流に乗った藤原氏と、大伴家の現実とを引き比べずにはいられなかっただろう。かつて、大伴四綱[21]は、

藤波の　花は盛りに　なりにけり　奈良の都を　思ほすや君　（巻三・三三〇）

と大宰帥であった旅人に歌いかけた。神亀六年（七二九、八月に天平と改元された）の春頃、宴席での詠であるが、今を盛りと咲き誇る藤の花に、長屋王を死に追いやった藤原氏の繁栄を連想していたとしても不思議はない。坂上郎女の一首では、「草木すら」とあり、草木ならぬ人の運命を念頭に置いているのは、より明白である。我が大伴家が、再び春の繁栄に巡りあうように、との願いをこめて、草木の春秋を詠じたのではなかったか。異母兄・宿奈麻呂との間に儲けた二人の娘の内、長女を家持に、次女を大伴駿河麻呂《するがまろ》に嫁がせたのは、この五・六年後のことであるが、幾重にも結び固められる血の絆は、旧き一族を守り抜こうとする彼女の、祈りの結晶であったのかもしれない。

坂上郎女の作は、『万葉集』随一の女性歌人として名高い額田王の作に比して、スケールの大きさや背景としてある歴史ロマンの魅力という点では遠く及ばない。しかし、季節の景物に対する繊細な観察眼や、その美に真情を託すという風雅に秀でたのが坂上郎女であった。

例えば十世紀の終わり頃に編纂されたとされる、類題による歌集『古今和歌六帖』に引用された坂上郎女の作、及びその類想歌は、中西進氏によると二十九首にのぼるという。(22) それに対して、額田王の作では、

君待つと　我が恋ひ居れば　我が屋戸《やど》の　簾動かし　秋の風吹く　（巻四・四八八）

の一首のみであり、この事実が、二人の女性歌人のタイプの相違を象徴しているのだろう。

多様な表現の型を受容し、かつそれを練磨して自らの歌に取り入れるという営みを自覚し、平城京の時代、さらに後の時代にも通底する雅をいち早く詠み上げたのである。その才気は、一族の人々の目にも眩しく映ったことだろう。大伴三依の歌に、次のような一首がある。

我妹子《わぎもこ》は　常世《とこよ》の国に　住みけらし　昔見しより　をちましにけり　（巻四・六五〇）

題詞には「離れてまた逢ふことを歓ぶる歌」とあるのみだが、多くの論者が、歌を贈られた人物として坂上郎女の名を挙げている。それは即ち、『万葉集』に残された彼女の作が、年月を経て尚、若やかな感性を失わない女性像を想起させるに足る魅力を有しているからに他ならない。

女として、娘として、母として、多彩な題材を選び取り、巧緻な表現を構築した坂上郎女の芳醇な言葉は、古代における女歌の美を、最大限に体現したものであると言えよう。

注1　本文は「奈我来跡念者」である。

2　「天平の女歌人」『万葉の歌人と作品　下』（塙書房、昭和五十年、初出昭和四十九年）

3　『別冊国文学　万葉集事典』島田修三氏「ほととぎす」の項（学燈社、平成五年）

4　「妹も我も　心は同じ　比へれど　いやなつかしく　相見れば　常初花に　心ぐし　めぐしもなしにはしけやし　我が奥妻…」（「恋緒を述ぶる歌」）

5　『万葉ことば事典』（大和書房、平成十三年）

6　「梅花宴歌」における、同様の発想に基づく作として以下のものがある。

春の野に　霞立ち渡り　降る雪と　人の見るまで　梅の花散る（巻五・八三九）

妹が家に　雪かも降ると　見るまでに　ここだも紛ふ　梅の花かも（巻五・八四四）

7　旅人には巻八に、

我が岡に　盛りに咲ける　梅の花　残れる雪を　まがへつるかも（巻八・一六四〇）

と、同じ着想の歌がある。さらに、『懐風藻』にも、「初春待宴」の中に、「…梅雪　残岸《ざんがん》に乱れ、煙霞《えんか》早春に接す…」という句がある。

8　駿河采女の作「沫雪か　はだれに降ると　見るまでに　流らへ散るは　何の花そも」（巻八・一四二〇）において想定されているのは、表現から見て梅の花であると推定される。

9　若浜汐子氏『万葉植物原色図譜』（高陽書院、昭和四十年）。因みに、「はねず」は木の名であり、現代のニワウメに該当すると考えられているが（松田修氏『万葉の花』芸艸堂、昭和四十七年）、ニワウメの開花時期が万葉歌にある「はねず」とは異なるとの指摘もある。参照、上村六郎氏『万葉染色考』（古今書院、昭和五年）。

10　白井伊津子氏の「『青山を横切る雲』に『恋人の笑顔の美しさ』という象徴的な意味を担わせている」との指摘は首肯される（「坂上郎女の枕詞の性格―家持の方法の前提として―」『日本語と日本文学』29、平成十一年八月）

11　個々の表現については、先行挽歌の常套句や相聞的語彙、国土讃美の伝統的な詞句の多用が指摘されており、小野寺静子氏は、憶良が旅人に献じた「日本挽歌」（巻五・七九四〜九）の影響を論じ（「理願挽歌」『大伴坂上郎女』翰林書房、平成五年）、梶川信行氏は、人麻呂の公儀の挽歌との影響関係を論じた（「大伴坂上郎女の『悲嘆尼理願死去作歌』の論―挽歌の位相―」『語文』昭和五十八年六月）。

12　窪田空穂氏『万葉集評釈』（『窪田空穂全集　第十四巻』角川書店、昭和四十一年）

13　「『大伴坂上郎女悲嘆尼理願死去作歌』攷―書簡歌としての実用性をめぐって―」（関西大学「国文学」65、平成元年一月）

14　遣唐使の一員となった我が子を送る母親の歌にも見える。

……鹿子じもの　我が独り子の　草枕　旅にし行けば　竹玉を　しじに貫き垂れ　斎瓮に　木

綿取り垂でて　斎ひつつ　我が思ふ我が子　ま幸くありこそ（巻九・一七九〇）

15　奈良市中院町に極楽坊のみが現存する。今も周辺地域を「飛鳥」と称する場合があるという。

16　「大伴坂上郎女」『万葉和歌史論考』（笠間書院、平成四年。初出昭和四十九年）

17　令外官で大臣・納言につぐ重職。政務審議の最高機関の構成員である。

18　位のみが与えられ、職務のない者をいう。

19　　大宰帥大伴卿、大弐丹比県守卿の民部卿に遷任するに贈る歌一首

君がため　醸みし待ち酒　安の野に　ひとりや飲まむ　友なしにして（巻四・五五五）

20　馬来田の息子。ただし、『古代人名辞典　第二巻』（吉川弘文館、昭和三十四年）によると、「大伴系図」「伴氏系図」には安麻呂の子としているという。「擢駿馬使《てきしゆんめし》」として大宰府の旅人のもとに赴いた。巻六・九六二には、彼を迎えた際、旅人邸で宴を催したとの記述が見える。

21　系統不明。『万葉集』に五首の歌を残す（巻三・三二九、三三〇、巻四・五七一、六二九、巻八・一四九九）。

22　『古今六帖の万葉歌』（武蔵野書院、昭和三十九年）による。

＊『万葉集』の引用は、『新編古典文学全集　萬葉集』（小学館）に依る。

＊本稿は、既発表の拙稿に基づく記述を含む。

・「大伴坂上郎女論」（『セミナー万葉の歌人と作品　第十巻』和泉書院、平成十六年。大濱真幸氏との共同執筆）

・「坂上郎女の色」（『国文学　特集万葉の恋歌』第五十二巻十四号、学燈社、平成十九年十一月）

藤波の美の誕生

――大伴家持「布勢の水海」遊覧歌――

田中夏陽子

藤波《ふぢなみ》の　影《かげ》なす海《うみ》の　底清《そこきよ》み　沈《しづ》く石をも　玉とぞ我《あ》が見る　大伴家持（巻十九・四一九九）

――藤の花が影を映している水海《みずうみ》の底が清らかなので、沈んでいる石までも玉だと私は見てしまう。

一　近代歌人たちの評価

『万葉集』には、植物の藤が二十六首の歌に登場する。その中から最も美しい藤の歌を一首選ぶとすれば、大伴家持が越中でよんだ冒頭の歌があげられるだろう。

『万葉集』に魅了され、全万葉歌に注釈をほどこす大業をなしとげた三人の近代歌人、窪田空穂《うつぼ》・佐佐木信綱・土屋文明は次のように言う。

岸の樹立に絡んで藤の花が海の上へ差し出て咲き拡がつてゐる所に船を留め、船上から水面を眺めた折の心で、その境と共に歌もにほやかである。「珠とぞ吾が見る」は、成句に近いものであるが、藤の花の紫を帯びた石を指してゐるものなので、少くとも古さは感じさせない句である。家持の好みにかなつた境で、画致豊かな、快い作である。（窪田空穂『万葉集評釈』）

眼のさめるほど印象の鮮明な歌である。一二三句の流動的な詞や調に対して、四五句の自然な屈曲のある声調が、よい照応をなしてをる。家持にみられる、色彩の豊かな絵画的な表現が、よく成功した一例といへよう。（佐佐木信綱『評釈万葉集』）

カゲナスは藤の花が影を作つて居る、影を映して居るの意である。景色の捉へ方としては繊細でしかも鋭い。さうした見方が家持に存したか否かは疑へば疑へるので、旧訓の如くカゲナル即ち蔭にあるも考へられるのであるが、次の歌にも「底さへにほふ」とあるからかうした見方も発達して居たといふべきであらう。「成」はナスにもナルにも用ゐた例のある文字である。（中略）カゲナスの訓には問題があるとしても、家持の繊細にして整つた作風の出来のよいものと言ふことが出来よう。（土屋文明『万葉集私注』）

「家持の好みにかなつた境で、画致豊かな、快い作」（窪田空穂）、「眼のさめるほど印象の鮮明な歌」「家持にみられる、色彩の豊かな絵画的な表現が、よく成功した一例」（佐佐木幸綱）、「カゲナスの訓には問題があるとしても、家持の繊細にして整つた作風の出来のよいもの」（土屋文明）と、辛口批評で定評のある土屋文明でさえ認めており、この歌の評価は極めて高い。

しかしながら、土屋文明は、「カゲナス」という表現をとりあげて、奈良時代の歌人にそんな怜悧な視点と巧みな言葉が可能であったのかと懸念を示すが、家持の歌をうけて次に載る内蔵縄麻呂《くらのなわまろ》の歌に「底さへにほふ」という表現があることから、それは可能だとの一応の結論をつけた。

水に映る花の美しさをよんだ歌は、家持以前のものとして次のようなものがある。

かはづ鳴く　神奈備《かむなび》川に　影見えて　今か咲くらむ　山吹の花　（巻八・一四三五・厚見王《あつみのおおきみ》）

能登川の　水底さへに　照るまでに　三笠の山は　咲きにけるかも　（巻十・一八六一・花を詠む）

鉄野昌弘氏(1)や菊池威雄氏(2)がいわれるように、冒頭にかかげた家持の藤波の歌は、一見洗練された近代短歌のような印象を受けるが、こうした歌の類句を応用した歌なのである。しかも、一回的な偶然によって生み出された歌として終わることなく、家持やその周辺の万葉後期の歌にも受け継がれている。

池水に　影さへ見えて　咲きにほふ　あしびの花を　袖に扱《こき》入れな
（巻二十・四五一二・大伴家持・山斎《しま》を属目《み》て作る歌）

磯影《いそかげ》の　見ゆる池水　照るまでに　咲けるあしびの　散らまく惜《を》しも
（四五一三・甘南備伊香《かむなびのいかご》・同）

水底に沈む玉の美しさを詠むことについても同様で、先行する歌の類想の範疇にある。

底清み　沈《しづ》ける玉を　見まく欲《ほ》り　千度《ちたび》そ告《の》りし　潜《かづ》きする海人《あま》
（巻七・一三一八・玉に寄する）

大き海の　水底照らし　沈《しづ》く玉　斎《いは》ひて取らむ　風な吹きそね
（一三一九・同）

このように、大伴家持は既存の類句を駆使しながら美しい藤の歌をよんだわけであるが、どのような過程を経て藤という花を対象として選び、その美を歌にするに至ったかを考えたい。

二　葛と藤

『万葉集』では、藤を「藤」「布治」「敷治」と表記する。後者二つは仮名表記である。「藤」については、深根輔仁《ふかねすけひと》によって延喜《えんぎ》年間（九〇一〜九二三）に編纂された日本で現存する最古の本草書『本草和名《ほんぞうわみょう》』の「狼跋子《ろうばつし》」の項に、和名が「布知乃美《ふちのみ》」とあり、唐の蘇敬《そけい》による勅選本草書『新修本《しんしゅうほん》草《ぞう》』（顕慶四年［六五九］）には「度谷」「就葛」という異名があると書かれている。「狼跋子」とは藤が晩秋につける種のことで、現在でも煎って食べる。また、「黄環《おうかん》」の項にも、和名「布知加都良《ふちかつら》」とある。「黄環」は、中国最古の薬物学書で後漢頃成立の『神農本草経』（下品《げほん》）にみられ、味は苦く、蠱毒《こどく》・臓器の邪気や寒熱をとる効用があるとする。「凌泉」「大就」などともいい、山谷に生えるとある。つる性の植物をさすと考えられており、貝原益軒《かいばらえきけん》が宝永七年（一七〇九）に刊行した『大和本草』にはヒメクズとある。

　また、平安時代中期の承平《じょうへい》年間（九三一〜九三八）に源 順《みなもとのしたごう》が編纂した辞書『倭名類聚鈔《わみょうるいじゅうしょう》』には、巻二十の「葛類」に「藤 狼跋子附」という項目がある。つる草類一般をいう「藟《るい》」であると中国最古の辞書『爾《じ》雅《が》』の注を引き、和名は「布知」とある。また、「藤也似葛而大蘇敬本草注云藤其子狼跋子」と、藤のことで葛に似ており種子は狼跋子《ろうばつし》というと、蘇敬《そけい》の『新修本草《しんしゅうほんぞう》』を参照している。

　藤の項目に次にのる「皂莢《そうきょう》」にも、「和名加波良布知《かはらふち》、俗云蛇結《じゃけつ》」とある。黄色い花が咲き、鋭いトゲのあるマメ科のつる性植物ジャケツイバラをカワラフジとよんでいる。

　そして、この皂莢《そうきょう》は、「高宮王《たかみやのおほきみ》、数種《くさぐさ》の物を詠む歌二首」と題してよまれた歌の第一首目にみられる万葉植物でもある。

蕒莢《ざうけふ》に　延《は》ひおほとれる　屎葛《くそかづら》　絶ゆることなく　宮仕《みやづか》へせむ

（巻十六・三八五五）

鋭いトゲのある蕒莢《ざうけふ》に臭い匂いを放つ屎葛《くそかづら》が絡まり広がっている最悪な状況でも休むことなく宮仕えしようと、人が嫌がる二種類のカズラを無理矢理歌にした戯れの歌である。

牧野富太郎（一八六二〜一九五七）がいうように、「藤」という漢字は、中国ではもともとはつる草全般、かずら（葛）類をさし、「紫藤」が日本でいうところのフジをさしたようである。ただし、「紫藤」は、中国産であるシナフジのことであり、日本に自生するノダフジ・ヤマフジをさすものではないと、植物学者の牧野は厳密である。(3)

後世「藤」は、慈円の次の歌のように藤原氏を象徴する植物となる。

をのが浪《なみ》に　おなじ末葉《すゑ》ぞ　しほれぬる　藤《ふぢ》咲く多祜《たこ》の　うらめしの身や

（『新古今和歌集』巻十六・雑歌上・前大僧正《さきのだいそうじやう》慈円《じえん》）

――己の姿を映している浪に、同じ葉でありながら末の葉である私は濡れてしおれている。

藤が咲く多祜《たこ》の浦ではないが、恨めしい身だ。

この歌の初出は、建仁《けんにん》元年（一二〇一）に行われた「老若五十首歌合《ろうにやくごじゆうしゆうたあわせ》」である。中世には越中国を代表する歌枕となっていた布勢《ふせ》の水海《みずうみ》（富山県氷見《ひみ》市にあった潟湖《せきこ》。現在はほとんど開拓され、十二町潟水郷公園《じゅうにちょうがたすいごうこうえん》に面影を残す）の「多祜《たこ》の浦」に寄せた歌で、同じ藤原氏の子孫でありながら沈淪している我が身を歎いている。新日本古典文学大系『新古今和歌集』（岩波書店）の脚注によれば、慈円はこの歌合の開催中に天台座主《てんだいざす》に再任された。

そもそも「藤原」という氏の名は、中臣鎌足が危篤になった時に下賜されたことに始まるもので（『日本書紀』天智天皇八年［六六九］十月十五日条）、その旧居のあった大和国高市郡の地名から取られたものだとされる。

また、万葉歌人には、葛井大成《ふじいのおおなり》・葛井老《おゆ》・葛井広成《ひろなり》・葛井諸会《もろあい》という人物がいるが、葛井氏は、河内国志紀郡藤井に由来する名の氏族[4]で、欽明天皇の時代、吉備に設置した白猪屯倉《しらいのみやけ》の管理に成功したので白猪の氏を与えられ、養老四年（七二〇）五月に葛井を賜わった。『万葉集』には、「藤井」という表記もみられる（巻九・一七七八題詞・一七七九題詞）。一族には、遣新羅大使をはじめ、外交や学問で活躍したものが多い。特に、葛井広成については、天平二十年（七四八）八月、その邸宅に聖武天皇の行幸があり、その際、妻の県犬養八重《あがたいぬかいのやえ》とともに正五位上の位を授かったという記事が『続日本紀』にみえる。平城《へいぜい》天皇の第一皇子阿保《あぼ》親王の母は、葛井道依《みちより》の娘で葛井藤子といった。

「葛井」と書いてフジイとよむのは、フジとカズラには元来明確な区別がなかったことに由来するのであろうが、多くの大臣や皇后（正倉院蔵の『楽毅論《がっきろん》』には「藤三女」という光明皇后による自筆のサインが残る）

を輩出する高級貴族の藤原氏と、渡来系の氏族である葛井氏では、同じフジでも漢字表記の上で差別化が図られた。そうした風潮がいつ頃から日本でみられるようになったか定かでないが、藤原仲麻呂の政権下の天平宝字《てんぴょうほうじ》元年（七五七）三月二十七日、「今より以後《のち》、藤原部《ふぢはらべ》の姓を改めて久須波良部《くずはらべ》とし、君子《きみこ》部《べ》を吉美侯部《きみこべ》とせよ」と避諱《ひき》が施行されて決定的なものになった。避諱とは、親や主君などの目上に当たる者の諱《いみな》（本名）を避ける漢字文化圏にみられる慣習で、仲麻呂政権下では藤原氏の地位向上に利用された感がある（新日本古典文学大系『続日本紀』三・補注）。武蔵国埼玉《さきたま》郡の防人歌（巻二十・四四二三）の作者は、藤原部等母麻呂《ともまろ》というが、大伴家持がこの歌を収集したのは天平勝宝《てんぴょうしょうほう》七歳《さい》（七五五）二月二十日で、施行二年前のことである。こうした避諱の結果、古代において氏に藤の字を用いた氏族は藤原氏以外なくなる。道鏡の宇佐八幡宮神託事件（神護景雲《じんごけいうん》三年［七六九］）で活躍した藤野別清麻呂《ふじのわけのきよまろ》も和気清麻呂《わけのきよまろ》となった。藤野《ふじの》は出身の備前国藤野郡からきているが、この藤野郡という郡名も、聖武天皇の生母である藤原宮子の氏と同名ということで、神亀三年（七二六）十一月に「備前国藤原郡の名を改めて、藤野郡とす」とあるように、「藤原」から「藤野」に避諱されたものなのである（新日本古典文学大系『続日本紀』二）。

さて『万葉集』では、藤の花について、「藤波」という歌語であらわすことが多い。藤の房状の花が風になびいて揺れる様を波に見立てた言葉で、十八首の歌に「藤波」の語がみられる。次にあげた山部赤人歌（巻八・一四七一）を初出とみることができる。柿本人麻呂以前の歌にはみられない歌語である。

恋しけば　形見にせむと　我がやどに　植ゑし藤波　今咲きにけり　（巻八・一四七一・山部赤人）

『万葉集』で、「藤波」という語が植物のフジを指す歌語として定着していくのは、この赤人の歌のように、山野に自生する植物だけでなく、都に住む官人たちが「我がやど」である自宅の庭に草木の種を蒔いたり植栽するなどして園芸をたしなむようになり、その植物を歌によむようになったからである。

藤波ともよばれる藤（撮影・高岡市万葉歴史館）

越中国に赴任中だった大伴家持は、弟の書持《ふみもち》が奈良の都で没くなった訃報を聴いて挽歌をよんだ。その歌には、故人書持《ふみもち》の人となりについて、草木が好きでたくさんの植物を庭に植え、花の薫れる美しい庭であったとある（巻十七・三九五七）。

また、家持自身も、越中での単身赴任の淋しさをまぎらわすために、ナデシコの種を蒔き、夏野のユリを引き抜いて庭に植えた（巻十八・四一一三）。さらにホトトギス好きの家持は、草花だけではなく、越中には柑橘系の木が少ないからなかなか来て鳴かないのだと嘆き（巻十七・三九八四左注）、赴任地の居住空間である国守館に橘の木を植えたようである（巻十九・四二〇七）。

このように、家持は望郷の思いを、都の自宅の庭にある植物と同じものを任地で植えることによって紛らわそうとした。それに対して、家持の父大伴旅人《たびと》が大宰府赴任中（神亀《じんき》四年［七二七］頃〜天平二年［七三〇］）、部下であった大伴四綱は、任地の大宰府で奈良の都を連想する花として、藤を歌にした。

大宰少弐《だざいのせうに》小野老朝臣《をののおゆのあそみ》の歌一首

あをによし　奈良の都は　咲く花の　にほふがごとく　今盛りなり　（巻三・三二八）

防人司佑《さきもりのつかさのすけ》大伴四綱《おほとものよつな》が歌二首

やすみしし　我が大君の　敷《し》きませる　国の中《うち》には　都し思ほゆ　（三二九）

藤波の　花は盛りに　なりにけり　奈良の都を　思ほすや君　（三三〇）

いっぽう「藤」に対して「葛」は、秋野に花咲く植物をよんだ山上憶良の有名な秋の七草の歌、

萩の花　尾花葛花《をばなくずばな》　なでしこが花　をみなへし　また藤袴《ふぢばかま》　朝顔《あさがほ》の花

（巻七・一五三八・秋野の花を詠む歌・山上憶良）

のように、花もうたわれるが、基本は山野に繁茂するつる草類として歌に登場する。

ま葛《くず》延《は》ふ　小野《をの》の浅茅《あさち》を　心ゆも　人引かめやも　我《わ》がなけなくに

（巻十一・二八三五）

赤駒《あかごま》の　い行きはばかる　ま葛原《くずはら》　何の伝言《つてこと》　直《ただ》にし良《よ》けむ

（巻十二・三〇六九）

延《は》ふ葛《くず》の　絶えず偲はむ　大君の　見《め》しし野辺《のへ》には　標結《しめゆ》ふべしも

（巻二十・四五〇九・大伴家持）

『出雲国風土記』には、その地域に自生する植物が列記されている。生薬となるものも多く、その中に葛（根）や藤の名があるように、葛も藤も古代においては生活に実用な植物であった。『万葉集』にも、藤の繊維を利用した布で作った「藤衣」をよんだ歌が二首ある。

須磨の海人《あま》の　塩焼き衣の　藤衣　間遠《まとほ》にしあれば　いまだ着なれず

（巻三・四一三・大網人主《おおあみのひとぬし》が宴で吟《うた》う歌）

大君の　塩焼く海人の　藤衣　なれはすれども　いやめづらしも

（巻十二・二九七一）

藤衣は、『古事記』（応神記）にも登場する。春山霞壮夫《はるやまのかすみおとこ》が「布遅葛《ふちかづら》」で作ってもらった衣・沓・弓矢を身につけていくと、そこから藤の花が咲いて伊豆志袁登売《いずしおとめ》の心を射止めたという話である。藤の繊維は丈夫なため、藤布は江戸時代には仕事着に用いられていた。今日でも伝統的工芸品として「丹後藤布」が知られるが、歌の世界では、右の万葉歌で海人の着る衣とあるように、粗末な衣を意味した。

このように実用的な植物であった藤だが、菊池威雄氏が山部赤人の藤の歌について、「官人たちの庭苑造りの風潮と藤が庭苑を彩る花として親しまれていたことが見てとれる」(5)と指摘されるように、宮都という都市で居住空間を持つようになった奈良時代の官人たちは、今でいうところのガーデニング、植物を観賞用に植栽するようになったのである。そして、藤は単なるつる草類から都をイメージさせる花となった。「フジ」は、奈良朝の文人趣味的な美意識のもと、花としてのエレガントな「藤（藤波）」と、山野に自生するつる草としての「葛」に分化したのである。

久しく秘めた思いを藤の咲く春野に延う葛に託した次の歌、

藤波の　咲く春の野に　延ふ葛《くず》の　下《した》よし恋ひば　久しくもあらむ　（巻十・一九〇一・花に寄する）

目に見える上辺の藤の花は、春野のような晴れやかで明るい様子を象徴するもの。そして、その下層に延う葛には、心の奥底に秘めた沈痛な恋心が託され、対比性のある表現となっている。

このように、本稿の冒頭でかかげた大伴家持の藤波の歌は、藤の花が持つ晴れやかで都会的な美しさへの志向が高まる奈良朝の潮流の中でよまれたものなのである。

三　紫藤

漢語では藤を「紫藤」と呼ぶ。この言葉は『万葉集』や『懐風藻』、『古事記』『日本書紀』『続日本紀』『風土記』、あるいは大伴家持が書架に置いていただろう中国唐代初期の類書『芸文類聚』の藤の項（八二巻）にもみられない。

長和《ちようわ》二年（一〇一三）頃に成立した藤原公任《きんとう》が編纂した詞華集『和漢朗詠集』上巻の春の部立には藤の漢詩と和歌が載るが、漢詩は白居易《はつきよい》・源相規《みなもとのすけのり》・源順《みなもとのしたごう》（物御粘葉本《ぎよぶつでつちようぼん》にはナシ）がとられており、そこに藤の花をさす「紫藤」「紫茸」（藤が紫の花房を垂れている様子）という漢語がみえる。

悵望《ちやうばう》す　慈恩《じおん》に三月《さんぐゑつ》の尽《つ》きぬることを、紫藤《しとう》の花落《はなお》ちて鳥関々《とりくわんくわん》たり。

（白居易「三月三十日、慈恩寺にして相ひ憶《おも》ひて寄せらるるに酬《こた》ふ」・白氏文集0990）

紫藤《しとう》の露の底の残花の色、翠竹《すいちく》の煙《けぶり》の中《うち》の暮鳥《ぼてう》の声《こゑ》。

紫茸《しじよう》は偏《ひと》へに朱衣《しゆい》の色《いろ》を奪へり、是《こ》れは花の光の憲台《けんたい》を忘りたる応《べ》し。

（源相規「四月に余春有り」）

（源順「紫藤の花の下」『新撰朗詠集』一三二）

藤に関する和歌は、次の二首が選ばれた。

多胡《たこ》の浦《うら》の　底《そこ》さへにほふ　藤の花　かざしてゆかむ　見ぬ人のため　　人丸、或家持

ときはなる　松の名《な》だてに　あやなくも　かゝれる藤の　咲きて散るかな　　貫之

紀貫之《きのつらゆき》の歌は、延喜《えんぎ》十八年（九一八）の屏風歌である。貫之は、

水にさへ　春や暮るゝと　立ちかへり　池の藤波　折りつゝぞ見る　（『貫之集』第二・二〇六）

水底に　影さへ深き　藤の花　花の色にや　棹はさすらん　（『貫之集』第四・四〇五）

と、水に花が投影する構図を得意とするところであったが、撰者の公任は、「多胡の浦」の歌と内容が重なるので貫之の水辺の藤の歌は撰からはずしたようである。

この「多胡（多祜《たこ》）の浦」の歌は万葉歌で、右のように藤原師英書写本『和漢朗詠集』には人丸（柿本人麻呂）あるいは家持の歌とあるが、正しくは越中国の介《すけ》（次官）の内蔵縄麻呂《くらのなわまろ》の歌である。十世紀後

半に編まれた『古今和歌六帖』（第六）の藤の項では作者は明記されず、平安時代中期の勅撰集『拾遺和歌集』では夏の部立に人麻呂歌としてとられた。

この縄麻呂歌は、謡曲「藤」にも引用されている。都の僧が加賀国から善光寺詣でに行く途中、越中氷見《ひみ》の藤の名所である田子の浦に立ち寄り、仮寝で藤の精霊に出逢う夢幻能である。この謡曲には、先にあげた慈円の歌や源《みなもとの》相規《すけのり》のこの漢詩、『続《しょく》後《ご》拾《しゅう》遺《い》和歌集』の「田子の浦や汀の藤のさきしようつろふ波ぞ色に出にける」（巻第二・春下・一五〇・前関白左大臣〔一条道平《みちひら》〕）などとともに、この万葉歌が引かれている。近世までは家持の藤波の歌より、縄麻呂の歌の方がよく知られていた。

今日でも、富山県氷見《ひみ》市下田子の田子浦藤波神社には、家持や縄麻呂の歌をしのぶかのように藤の老木が影を落とし、本居宣長のひ孫の本居豊穎《とよかい》揮毫による家持の歌の歌碑が建つ。しかしながら、奈良時代に家持や縄麻呂たちが遊覧した「布勢の水海」の湖岸がこの神社のあたりまで来ていたかは定かでない。(6)

四　「布勢の水海」遊覧の歌

さて、家持と縄麻呂の藤の歌であるが、これらの歌は、大伴家持が越中国守《こくしゅ》として赴任して四年目にあたる天平勝宝《てんぴょうしょうほう》二年（七五〇）によまれた歌で、『万葉集』の巻十九に収録された一連の歌群の冒頭に位置する。

十二日に布勢《ふせ》の水海《みづうみ》に遊覧するに、多祜《たこ》の湾《うら》に船泊《ふなは》てし、藤の花を望み見て、各《おのもおのも》懐《おもひ》を述べて作る歌四首

藤波の　影なす海の　底清み　沈《しづ》く石をも　玉とそ我《あ》が見る　（巻十九・四一九九・大伴家持）
守大伴宿祢家持《かみおほとものすくねやかもち》

多祜《たこ》の浦の　底さへにほふ　藤波を　かざして行かむ　見ぬ人のため　（四二〇〇・内蔵縄麻呂）
次官内蔵忌寸縄麻呂《すけくらのいみきなはまろ》

いささかに　思ひて来《こ》しを　多祜の浦に　咲ける藤見て　一夜《ひとよ》経《へ》ぬべし　（四二〇一・久米広縄）
判官久米朝臣広縄《じょうあそみひろなは》

藤波を　仮廬《かりほ》に造り　浦廻《うらみ》する　人とは知らに　海人《あま》とか見らむ　（四二〇二・久米継麻呂）
久米朝臣継麻呂《つぐまろ》

霍公鳥《ほととぎす》の喧《な》かぬことを恨むる歌一首

家に行きて　何を語らむ　あしひきの　山ほととぎす　一声《ひとこゑ》も鳴け　（四二〇三・久米広縄）
判官《じょう》久米朝臣広縄

攀《よ》ぢ折れる保宝葉《ほほがしは》を見る歌二首

我が背子《せこ》が　捧《ささ》げて持てる　ほほがしは　あたかも似るか　青き蓋《きぬがさ》（四二〇四・恵行）

講師《かうじ》僧《ほふし》恵《ゑ》行《ぎやう》

皇祖《すめろき》の　遠御代御代《とほみよみよ》は　い敷《し》き折り　酒飲《きの》むといふぞ　このほほがしは（四二〇五・大伴家持）

守大伴宿祢家持

還る時に浜の上に月の光を仰《あふ》ぎ見る歌一首

渋谿《しぶたに》を　さして我《わ》が行く　この浜に　月夜《つくよ》飽きてむ　馬しまし留《と》め（四二〇六・大伴家持）

守大伴宿祢家持

当時三十代前半の家持が、旧暦四月十二日、現在の五月下旬に、越中国庁の部下たちと布勢の水海に行って船で遊覧しながら藤の花を眺めた時の歌である。国庁を出発した時刻は不明だが、題詞に「多祜の湾に船泊し」とあることや、四二〇一番の「ほんのちょっとと思って来たのに一夜を過ごしそうだ」という歌の意からして、相当長時間にわたり船上で花見に興じていたようで、国庁近い渋谿を目指して帰路につく頃には浜辺に月が輝く時間となっていた（四二〇六）。

最初の四首は、越中守の大伴家持、次官の内蔵縄麻呂、三等官の久米広縄、久米継麻呂（役職の記載なし）の四人による藤の歌。続いて、広縄によるホトトギスが鳴かないことを恨む歌、ホオノキの葉をめぐる僧恵行と家持の問答、浜で月を仰ぎ見る家持の帰路の歌で締めくくられている。

大伴家持が越中赴任中によんだ万葉歌からすると、五年間在任している間に、以下のように少なくとも四回は布勢の水海に行っている。

《万葉集にみられる「布勢の水海」遊覧》

①巻十七　三九九一～三九九四番　天平19年（七四七）　4月24日・26日
②巻十八　四〇三六～四〇五一番　天平20年（七四八）　3月24日・25日
③巻十九　四一八七～四一八八番　天平勝宝2年（七五〇）　4月6日
④巻十九　四一九九～四二〇二番　天平勝宝2年（七五〇）　4月12日

①は赴任してはじめての夏に部下の大伴池主《いけぬし》に宛てた「布勢の水海に遊覧する賦《ふ》」と題する長歌とその池主の返歌。②は橘諸兄《たちばなのもろえ》の使者として都からやってきた田辺福麻呂《たなべのさきまろ》を布勢の水海遊覧に接待した時のもの。冒頭の家持の歌は④にあたり、この六日前にあたる四月六日（③）にも、次のような長歌と反歌をよんでいる。

六日に布勢の水海を遊覧して作る歌一首　并せて短歌

思ふどち　ますらをのこの　木《こ》の暗《くれ》　繁き思ひを　見明《あき》らめ　心遣《こころや》らむと　布勢《ふせ》の海《うみ》に　小舟《をぶね》つら並《な》め　ま櫂掛《かいか》け　い漕《こ》ぎ廻《めぐ》れば　乎布《おふ》の浦に　霞たなびき　垂姫《たるひめ》に　藤波咲きて　浜清く　白波騒《さわ》き　しくしくに　恋は増《ま》されど　今日のみに　飽き足《だ》らめやも　かくしこそ　いや年のはに　春花の　繁き盛りに　秋の葉の　もみたむ時に　あり通ひ　見つつしのはめ　この布勢の海を

（巻十九・四一八七・大伴家持）

藤波の　花の盛りに　かくしこそ　浦漕《こ》ぎ廻《み》つつ　年にしのはめ

（四一八八・大伴家持）

六日後にわざわざ改めて遊覧を行ったのは、尾崎暢殃《のぶお》が述べるように(7)、藤が終わらないうちにもう一度船を浮かべて大々的な花見の宴を考えたからであろう。四月六日の長歌には「小舟つら並め」とあるので、家持一行は、小さな舟に分乗して遊覧を楽しんだことがわかる。それに対して、四月十二日④の布勢の水海遊覧では、久米広縄が「藤波を仮廬に造り浦廻する」とうたっていることから、富山県は雨に降られやすい地域でもあるので、家持一行は藤の花で飾った屋根のある比較的大きな船に同乗し、藤のビュー・スポットであった多祜の浦に船を停泊させて詩歌の宴に興じたものと思われる。

このように、越中赴任中の大伴家持にとって布勢の水海は、「心を遣《や》らむ」(8)地――気晴らしの地、リフレッシュの地なのであった（小野寛「越中水辺の歌人家持」『水辺の万葉集』笠間書院・平成十年）。そしてまた、

「思ふどち　ますらをのこ」——国庁の官人たち——との交友の場でもあった。

島田修三氏が指摘されるように、四度の記録がみえる布勢の水海遊覧にかかわる歌には、気心のしれた仲間「思ふどち」や官人たち「ますらを」との交友の叙述がみられ、大宮人たちが交遊する風雅の姿を歌いあげる類型的・伝統的な表現の範疇にある。さらに島田氏は、そうした叙述は、宮廷官人の美意識から発するものであり、布勢の水海の大自然の景観は、徹底した風雅のフレームに嵌めこまれて抽象化されており、越中の自然そのもののつぶさな実態に迫ろうとしていないという。[9]

③④の布勢の水海遊覧歌がよまれた天平勝宝二年（七五〇）は、周知のように、家持が最も多くの歌をよんだ年で、春には「春の苑紅《そのくれなゐ》にほふ桃の花下照《したで》る道に出《い》で立つ娘子《をとめ》」（巻十九・四一三九）や「もののふの八十娘子《やそをとめ》らが汲みまがふ寺井《てらゐ》の上《うへ》の堅香子《かたかご》の花」（巻十九・四一四三）などの名歌が生れた。そうした春に続く初夏の時期の歌が、③④の家持歌なのである。

菊池威雄氏が、「御言持ちとしての大義という観点から見れば、越中の花を歌うことは越中を王権の輝きの中に定位させることである」[10]といわれるように、花は王権讃美の歌にしばしば登場する景物である。越中において家持が花を歌にする時、王権讃美を意識していたかは定かでないが、天平勝宝二年（七五〇）の春から夏にかけて、巻十九巻頭の桃を皮切りに、李・かたかご・桜・椿・橘・山吹・藤・卯の花と、季節の推移にあわせて多くの花を歌にした。ただ漫然と花を歌に詠み込んでいるのではなく、「春苑桃李《しゆんゑんたうり》の花を眺矚《み》て作る」（四一三九・四一四〇）・「堅香子《かたかご》草の花を攀《よ》ぢ折る歌」（四一四三）・「霍公鳥《ほととぎす》と時の花とを詠む歌」（四一六六）・「山振《やまぶき》の花を詠む歌」（四一八五）、そして「霍公鳥《ほととぎす》と藤の花とを詠む一首」（四一九二）と、花を歌の主題としてよむことを意識しており、題詞でそれを明言している。

こうした題詞については、川口常孝が「花が美的観念を喚起する対象として、いまや不動の位置づけをもつに至ったことを示している」[11]と述べるように、天平勝宝二年の春から夏にかけての期間、家持は、花を美しく詠むことに執心し、表現の研鑽を重ねていた。影山尚之氏は、③の反歌（四一八八）について、一見長歌の繰り返しにも見えるが「藤波」に焦点を絞ることによって、歌が儀礼的なものを切り捨てて洗煉されてきていると指摘[12]されるが、その延長線上にあるのが本稿の冒頭にかかげた藤波の歌なのである。

水面に影をおとす藤（撮影・高岡市万葉博物館）

五　生成された藤波の美

先に述べたように、藤は都をイメージさせる花であった。川口常孝は「梅花の宴が大宰府においてなされ、また家持の風物花詠が多く越中においてなされているように、万葉の風雅が都恋いの一念をその根底にもっている」(13)というが、布勢の水海という大自然の水辺に咲く藤の美しさは、都の藤の美しさを完全に凌駕するものであった。家持はその美に深く魅了され、五年間の越中任期中に幾度も布勢の水海を遊覧して歌をよんだのである。

家持が越中から帰京した後の万葉歌には、藤の歌はみられない。菊池氏(14)が、越中の藤の歌は「質量ともに他の花を凌いでいる」「家持の頂点の一つ」といわれるように、越中の地で量産された藤の歌から、家持歌における美の完成形が一つ誕生したのである。

尾崎暢殃(15)がいうように、越中での布勢の水海遊覧における藤波詠は、父大伴旅人の梅花の宴の影響があり、大宰府における梅花の役割を、越中においては藤波が果たしたのである。

また、和歌史的に見ても、越中で多くの藤の歌がよまれたことが、藤波という歌語が定着し、藤が和歌の景物として定位することにつながった。そして、後世、布勢の水海は藤の花咲く水辺として、越中を代表する歌枕となったのである。

五《ご》味《み》智英《ともひで》(16)は、大伴家持の年齢の変化に応じて発展していく歌境を清冽・玲瓏・艶麗・憂欝という四つの基調美に大別し、冒頭にかかげた藤波の歌は、清冽と艶麗との中間にたつ玲瓏なものと評した。ただその一方で、あまりにも綺麗すぎて奥深くないともいうが、国庁の部下たちとの交友、遊びの一貫としての花見を場とする歌であるから、奥深さに欠けるのは致し方ないと思われる。

しかしながら、冒頭の家持の藤波の歌は、それまでの長歌体の布勢の水海遊覧歌とは異なり、歌の場や作歌の動機など詠歌の契機となる情報を、題詞や歌群の他の歌が担うことによって切り離すことが可能となった。我々が歌の美を堪能しようとする時、こうした詠歌の情報や作歌時の作者の感情さえノイズとなることがある。我々はそうしたノイズから解放され、この歌を一首の独立した歌として受け止めた時に初めて、水底まで透きとおる水海に影をおとす藤の花の普遍化された美を享受できるのである。

注1　鉄野昌弘『大伴家持「歌日誌」論考』（塙書房・平成十九年、初出「光と音——家持秀歌の方法」『国語と国文学』六五巻一号・昭和六十三年一月）第一部

2　菊池威雄『天平の歌人　大伴家持』第三章（新典社・平成十七年、初出『美夫君志』五十二号・一九九六年三月及び『日本文学』四十九巻五号・平成十四年九月）

3　牧野富太郎「藤とフジ」『随筆　植物一日一題』（東洋書館・昭和二十八年）

4　新日本古典文学大系『続日本紀』二巻（岩波書店・平成二年）七二頁脚注

5　注2

6　「布勢の水海湖岸推定図」諸説の紹介『第五回企画展図録　天平万葉』（高岡市万葉歴史館・平成十七年）

7　尾崎暢殃「藤浪考」『大伴家持論攷』（昭和五十年・笠間書院、初出『和洋国文研究』八号・昭和四十七年三月）

8　小野寛氏は「越中布勢水海遊覧の歌」（『論集上代文学』十一号・笠間書院・昭和五十六年）においても、「この『布勢水海』こそが家持の越中欝悒の心を晴らした、最高の〝風景〟だったのである」と述べておら

れる。

9 島田修三「布勢水海遊覧の賦」『セミナー万葉の歌人と作品』八巻・和泉書院・平成十四年

10 注2

11 川口常孝「〝花〟の流れ」『万葉歌人の美学と構造』（昭和四十八年・桜楓社）四一・四二頁

12 影山尚之「大伴家持越中時代作品考――布勢水海遊覧長歌をめぐって――」（『園田国文』十号・平成元年三月）。政所賢二氏も「藤波の影――大伴家持の作歌精神について――」（『九州大谷国文』十三号・昭和五十九年七月）で同様の事を述べておられる。

13 注11

14 注2

15 注7

16 五味智英「家持」『万葉集の作家と作品』（昭和五十七年・岩波書店）、『五味智英　万葉集講義』第三巻（昭和六十一年・光村図書出版株式会社）一六〇頁

〈参考文献〉

・木下武司『万葉植物文化誌』（八坂書房・平成二十二年）

※使用したテキストは下記のとおりであるが、適宜表記を改めたところもある。
CD-ROM版塙本『万葉集』、『和歌文学大系19　貫之集・躬恒集・友則集・忠岑集』（明治書院）、『和歌文学大系47　和漢朗詠集・新撰朗詠集』（明治書院）

※漢字の旧字体は通行の字体に改めた。ただし、異体字など底本のままとしたものもある。

風土の美をうたう

関　隆司

一　はじめに

ある人が美しいと絶賛する風景を美しいと思わないことがある。自分が美しいと思う風景に対して同意してもらえないこともある。視界に収めた風景を「美しい」と思う視点が、人それぞれ微妙に異なるからであろう。しかし、細かな意識には差異があっても、風景を「美しい」と思う感情は、誰もが持っていると想像することができる。

では、古代人も、現代人と同じように風景を「美しい」と感じたのだろうか。そもそも、古代人はどのようなものに対して「美」を感じたのだろうか。私たちと同じように、風土や自然に対しても「美しい」と思うことがあったのだろうか。

たとえば、吉永登氏に次の発言がある。(1)

上代人が景色の美しさに心ときめかすことがあったことは認めてもよい。しかしそれを直接に表現するにはことばが十分でなかったことも事実である。ましてこれを歌にするにはまだまだ時を要したのではないだろうか。

この発言は、『古事記』と『万葉集』のウツクシとウルハシの使われ方を考察した上でのものである。美しいと感じても、それを表現することができなかったとは、どういうことか。

まず、現在私たちが何気なく使っている「美しい」という語意が示す感覚を、古代人が持っていなかったということを確認するところから始めなければならない。

周知のことだが、古語ウツクシに「美しい」の意はなかった。私たちが使う「美しい」の意は、もともと持っていた語意から後に派生したものである。

たとえば、『日本国語大辞典　第二版』は「うつくしい」の語意を次のように分類している。

①(古くは、妻、子、孫、老母などの肉親に対するいつくしみをこめた愛情についていったが、次第に意味が広がって、一般に慈愛の心についていう)かわいい。いとしい。愛らしい。

②(幼少の者、小さい物などに対して、やや鑑賞的にいうことが多い)様子が、いかにもかわいらしい。愛らしく美しい。

③(美一般を表わし、自然物などにもいう。室町期の「いつくし」に近い)美麗である。きれいだ。みごとである。立派だ。

④（不足や欠点、残余や汚れ、心残りなどのないのにいう）ちゃんとしている。きちんとしている。

⑤人の行為や態度、また、文章、音色などが好ましい感じである。

⑥新しい。新鮮である。

①から⑥は時代順に並べられているようで、古い用例の基本は「いつくしみをこめた愛情」であり、現在一般的なウツクシイの意味は三番目に発生したと読み取ることができる。

その点については、「語誌」として詳しく説明されている。

(1)上代では人に対する愛情を表わしたが、平安時代になると、相手に愛情を持ちながらその美を愛でたり、「髪ざし」「手つき」といった人のさまをも修飾するようになって、愛情と美的判断の入りまじった情意性と状態性を兼ねた用法となり、やがて中世には対象そのものに美を認めるようになる。

(2)ただし、上代で優位の立場から目下に抱く肉親的ないし肉体的な愛情であった原義は一貫して残っていて、平安時代でも身近に愛撫できるような人や物を対象とし、中世でも当初は女性や美女にたとえられる花といった匂いやかな美に限定されており、目上への敬愛やきらびやかで異国的な美をいう「うるはし」とは対照的であった。

(3)やがて中世の末頃には、人間以外の自然美や人工美、きらびやかな美にも用いるようになり、明治には抽象的な美、そして美一般を表わすようになった。（以下略）

このような長い時を経て、古語ウツクシは現代語ウツクシイに変化したのだ。今、一例として辞書の解説を示したのだが、奈良時代の人々がウツクシイと表現することはなかったということがきちんと確認できたと思う。

ところが、江戸時代から現在まで「美しい」と訳され続けている風土を讃美した古代歌謡が存在する。

夜麻登波久爾能麻本呂婆多々那豆久阿袁加岐夜麻碁母礼流夜麻登志宇流波斯　（記三一）

（ヤマトハ　クニノマホロバ　タタナヅク　アヲカキ　ヤマコモレル　ヤマトシウルハシ）

夜摩苔波区珥能摩保邏摩多々儺豆久阿烏伽枳夜摩許莽例屢夜摩苔之于漏破試　（紀二二）

（ヤマトハ　クニノマホラマ　タタナヅク　アヲカキ　ヤマコモレル　ヤマトシウルハシ）

前者は、『古事記』に倭建命の歌と載せ、後者は、『日本書紀』に景行天皇の歌とある。どちらも一字一音で表記されているので、マホロバ・マホラマという違いは確認できるが、ヤマトシウルハシと大和を慈しむ歌と解釈できるはずである。

ところが、ヤマトシウルハシは「大和は美しい」と現代語訳され、古代人が風土を讃美した最古の表現と紹介されることがあるのだ。ほとんどの『古事記』・『日本書紀』の注釈書類は、「大和し美《うるは》し」と書き起こし、単にそのまま「大和は美しい」としているのである。そもそも、「大和し美《うるは》し」と記すのは、「美しい」と訳出することが前提にあってのものと想像される。注釈書の中には、「麗し」と表記しているものもわずかにあるのだが、その訳は「美しい」である。これはおかしいだろう。ウルハシを美しいと訳せるのは、かなり新しい時代の作品になってからのはずである。

なぜ、辞書に記されている基本的な事実を無視するような訳をするのだろうか。

◆二　大和しうるはし

そもそも『古事記』は、倭建命の歌を、父景行天皇の命により東国を征伐した後、三重の能煩野《のぼの》まで戻ってきた時に「思国」して詠んだものと記している。

この歌をうたう前に、倭建命は、伊吹山の神の怒りに触れて体力を奪われて、なんとか能煩野まで戻ってきた話があり、この後ほどなくして亡くなってしまう。そのような話のためか、ヤマトシウルハシという表現は、ヤマトまで帰れなかった倭建命の思いも含めて鑑賞してしまう。

一方、『日本書紀』の景行天皇の歌は、九州征伐の途上、日向国で詠んだ歌とされている。天皇自ら、野原の大石に登って「憶京都」して詠んだ歌と記されている。

『古事記』と『日本書紀』では、作者と作歌場所はまったく異なるのだが、『古事記』では倭建命の歌を「思国」歌とし、『日本書紀』は、景行天皇の歌を「思邦歌」としている。「国」と「邦」は同意で、それぞれの物語の中ではどちらも同じく、作者がヤマトから離れた土地で詠んだ「国思歌《くにしのひうた》」という点では一致しているのである。とすれば、単純に「美しい」と訳し、風土を讃美した表現とすることは、やはりおかしいと言ってよい。

注釈者たちは、一体どのような説明をしているのだろうか。もっとも詳しい説明を掲げてみよう。

■鑑賞　疲労し、足も思うように動かなくなった倭建命が故郷の大和を思いおこして作った長歌が出てくる。この歌は日本書紀では景行天皇が九州行幸の折にその地で詠んだものとして伝わっていて、後につづく歌の順序も入れかわっている。

もともとこの歌は別の古代歌謡として存在していたものを、あとで、景行天皇の行幸《みゆき》の際のものにあてはめたり、倭建命の東征の際の歌として伝承につけ加えたものであろう。おそらくこの歌は大和の人々が自分の国の美しさを誇らしく思って作った「国ぼめ」の歌として民衆の間に伝わっていたものと思われる。

「大和しうるはし」とある「うるはし」は「美しい」の意味に解釈したくなるが古事記や万葉集のころには、もっぱら「恋しい」「なつかしい」の意味に用いられている。もっともそのように解釈するのも、この古事記の筋にしたがった伝説にしたがって解釈するからで、「国ほめ歌」として伝説からはなれて解釈すれば「うるはし」は美しいと解釈しても間違いにはならない。

（藤縄敬五『古事記 付風土記』有朋堂、昭和五十年）

右の文章は、高校生向けの学習参考書をそのまま掲げたものである。「伝説からはなれて解釈すれば

『うるはし』は美しいと解釈しても間違いにはならない」という説明を、私は納得できない。なぜ美しいという解釈が間違いにならないのか、説明していない。この参考書を直接読んだり、古典の授業でこのような説明を聞いた高校生は、どう受け取るのだろうかと不安になる。ところが、この参考書の説明は、ここだけに見られる勝手な解釈ではない。ほとんどの注釈書で説かれていることを、高校生向けにわかりやすく言葉を補って詳しく説明したものなのである。

注釈書類で比較的詳しいものを掲げると次の通りである。

ウルハシは倭建命の望郷歌とすれば慕わしい意（心情）、国ほめの独立歌謡とすれば美しい意（景観）。景行紀によれば、次の二首とともに景行天皇が九州巡幸の際に都をしのんで詠んだ歌とあり、本来は独立した国ほめ歌と解される。述作者が倭建命の物語に採用した時に大和への望郷歌に変移したのであろう。

（日本古典文学全集『古事記　上代歌謡』小学館、昭和四八年）

これでも詳しい方なのである。「変移した」の意味をどう解釈したらよいのか迷うのだが、現代語訳を見ると「……その山々の中にこもっている大和は、美しい国だ」とあり、独立した国ほめ歌と捉えていることがわかる。

なぜ独立した「国ほめ歌」と解釈し、「美しい」と訳すのか。残念ながらそこまでの説明はない。

ウルハシを「美しい」と解釈することは、早く本居宣長『古事記伝』にも、

宇流波斯《ウルハシ》は、美《ウルハ》しなり、凡て此言《ノ》は、宇良久波斯《ウラクハシ》の約《ツヅマ》りたるなり、と師云れき

とあり、「師」である賀茂真淵以来、『古事記』の注釈書類では、その点を問題にすることはなかったと考えてもよい。

たとえば、「美しい」と訳していないものとして、古典日本文学全集『古事記 日本霊異記 風土記 古代歌謡』（筑摩書房、昭和三五年）をあげることができる。「古代歌謡」を担当したのは、作家の福永武彦氏で、注記には「国ぼめの歌、恐らくは儀礼的な寿歌であろう。鮮かに物語の中に挿入されている」と、やはり「国ぼめ歌」とあるのだが、次のように訳している。

大和は国々の上に秀で立つ国、山は山と重なり合い、眼にしみる青垣をつくっている。この山々に囲まれた、なつかしい故郷《ふるさと》の大和ほど、うるわしい国がまたとあろうか。

ここまで意訳すれば、倭建命だけでなく景行天皇の思いまでも伝えることができる。しかしながら、「うるわしい国」とはどういうことかと理詰めで考えれば、それはやはり「美しい国」という意味になるだろうと思う。「美しい」は広く解釈することもできるからだ。

古代歌謡のウルハシを真剣に問う必要が生じたのは、『万葉集』の研究においてである。『万葉集』の歌本文に見える「愛」の訓みをめぐって、ウルハシの語義が詳しく検証されたのだ。

日本古典文学大系『万葉集一』（岩波書店、昭和三二年）は、巻三の四三八番歌の初句「愛」をウツクシキと訓むかウルハシキと訓むかについて「補注」を立てて解説をした。そこには、

ウルハシという言葉は、記紀万葉では、まず、風光に対する形容として用いられる。「山ごもれる

大和しうるはし」。

と引用されており、さらに、ウルハシが平安時代になると「端麗な」や「儀式ばっている」などのように「外から見た印象を表現する」語となり、さらに時代が下って『類聚名義抄』では「壮麗・美麗」の意味の文字が当てられていることから、

これによれば「大和しうるはし」というのも、大和の風光が壮麗であるの意と見るべく、と説いている。この校注者の一人である大野晋氏が関わる『岩波古語辞典』（岩波書店、昭和四九年）には、

奈良時代に、相手を立派だ、端麗だと賞讃する気持から発して、平安時代以後の和文脈では、きちんと整っている、礼儀正しいという意味を濃く保っていた語。

と整理され、『日本書紀』の「大和しうるはし」を例として、一番目の語釈に、

①《相手を賞賛していう》立派だ。端麗だ。

とある。大野氏の『古典基礎語辞典』（角川学芸出版、平成二三年）には、次のように引き継がれた。

上代には、風景や相手を、壮麗だ、立派だとたたえる気持ちを表した。中古以後の和文脈では、主に、外面的にきちんと正しく整っているさまをいい、美の表現としては、端正な美、整然とした美を表す。

語釈①壮麗だ。立派である。

大野説の「大和しうるはし」は、一貫して「大和は壮麗である」であって、「美しい」ではない。しか

し、「美しい」という表現の中に、「端麗・壮麗」を含めることはできる。「美しい」という訳は無難だと言ってもよい。

しかし、吉永登氏は、『古事記』と『万葉集』のウルハシ（ウルハシムも含む）の仮名書き十二例をあげて、ヤマトシウルハシ以外に景色風光に用いられていないことを示し、景色風光をウルハシとした他例が、『万葉集』の、

浜清み　浦愛　神代より　千舟の泊つる　大和太の浜
（巻六・一〇六七）

見欲しきは　雲居に見ゆる　愛　十羽の松原　童ども　いざわ出で見む　こと放けば　国に放けな
むこと放けば　家に放けなむ　天地の　神し恨めし　草枕　この旅の日に　妻放くべしや
（巻十三・三三四六）

と、原文が「愛」と記された歌しかないことに触れ、

漢字「愛」には、どこにも美しいなどという意味はない。「愛」の字が用いられているかぎり、やはり愛すべきに近いところにその本意を探る努力を怠るべきではないのである。美しと解することはそれからでもおそくはない。もちろん、何が愛すべきかと言えば、それが景色の美しさであってもいっこうに差支えはないのである。忘れられない理由はその美しさにあっても、「忘れえぬ人」の

「忘れえぬ」意味はどこまでも美しいであってはならないはずである。
と記し、ウツクシとの比較検討を経て、ウルハシには、ウツクシと異なって、はっきりとした敬愛の意があるが、「ぴったりとする口語はない」としている。

冒頭に掲げた吉永氏の発言は、この大系本補注への批判の中にある。吉永氏の解釈は、「大和しうるはし」は、大和は敬愛すべき国であると解することがもっとももとの意味に近いのではないだろうか。敬愛すべき理由はその美しさにあっても、また他にあってもかまわない。死にあって思い浮かべる故郷大和、むしろそれは一口では言えない複雑な理由からくる敬愛すべき大和であろう。
と結んでいる。

古語ウルハシにぴったりとする現代語がないから、注釈者たちは「美しい」と訳すのだろうか。学習参考書の「間違いではない」は、「テストで間違いにはされない」の意を含んでいるのかも知れない。

◆三 国ぼめ歌

かつて、『古事記』や『日本書紀』に収められた話は史実と考えられていた。現在では、一部に史実を含むものの、史実を基にした創作と、完全に創作された物語が含まれていると考えられている。

どの話を史実と考え、どの話を創作とみなすかは、立場によってさまざまに異なるが、物語の中に挿入された歌を編纂時に創作したと考えるような説はない。それは、『古事記』の編纂にまで関わって正確に論じたものがないということなのだが、とりあえず、編纂時以前に作られ編纂時に存在していた歌を物語に合わせて選び挿入したもの、と考えられている。とくに、「大和しうるはし」と歌を結ぶ「国思歌」は、『古事記』と『日本書紀』で伝承を異にすることから、早くから、漠然と「独立歌謡」を取り込んだものを考えられていたように思われる。

そのように、ただ漠然と「独立歌謡」と考えられていたものを、「国ぼめ歌」であったと説き明かしたのが、土橋寛『古代歌謡と儀礼の研究』（岩波書店、昭和四〇年）である。氏の論説は明解であった。『古事記』と『日本書紀』で作者を異にする「大和しうるはし」の歌が、

命《いのち》の　全《また》けむ人は　畳薦《たたみこも》　平群《へぐり》の山の　熊白檮《くまかし》が葉を　髻華《うず》に挿《さ》せ　その子　（記三一、紀二三）

という「平群の山」を詠み込んだ歌と並べられていることに注目する。平群山をうたう意味は何か。それは、もともと「平群山の山遊び」で生まれた寿歌だったと考える。それを、『古事記』が「国思歌」と記したのは、原資料にもそう書かれていたからだろうと想定し、クニシノヒは、もともと「国讃め、郷土礼讃、望郷思慕、いずれの意にも用いうる」から、そのまま使われたのだとした。平群山から南を望む

と、歌詞通りに「畳なづく　青垣　山籠もれる」風景が見える。この歌は、平群山の山遊びに集まった人々が歌った「古き世の民謡であったのだろう」とまとめている。

「国ぼめの独立歌謡であった」という注記の論拠は、ほぼすべて、この土橋論考であると考えてよい。ところが、この土橋論はウルハシの意については、あまり触れるところがない。後に刊行された『古代歌謡全注釈　古事記編』(角川書店、昭和四七年)では、口訳に「…大和は、美しい」とする。注釈には、ウルハシはシク活用であることから見ても、元来賞美したい、慕わしいなど、主観的感情を表わす形容詞であるが、転じて、めでたい、美しいなど、ものの客観的性質を表わすようになった。という説明がある。これは誤りではない。ところが、続けて、

ここはなつかしい、慕わしいなどの主観的感情の意にも、美しいという大和の国土の叙述の意にも、両用に解することができる。

とする点が問題である。「ものの客観的性質を表わすようになった」時期を、『日本国語大辞典　第二版』では、後世のこととしていた。

土橋氏も用例を示しているのだが、それは、『播磨風土記』にコノハナサクヤヒメを「美麗」と記したものなのである。女神を美麗とするのは「美しい」意ととっていい。しかし、「美麗」をウルハシと訓むかどうかは、確定できない。

一方、『常陸風土記』にはウルハシの確かな例がある。「行方郡」の「宇流波斯の小野」の地名起源譚は、

倭建命に関わるものである。倭建命（『常陸風土記』では「日本武尊」と表記する）が「芸都《きつ》の里」に行幸した際、土地の寸津比売《きつひめ》が、姉妹とともに雨の日も風の日も真心を尽くして朝夕に仕えたので、

天皇は、その慇懃《ねもころ》なるを歘《め》で恵慈《うるは》しみたまふ。所以に、この野を宇流波斯《うるはし》の小野と謂ふ。

（天皇、歘其慇懃恵慈。所以、此野謂宇流波斯小野。）

とある。

女性たちの「慇懃」な姿を「恵慈」して名付けたのであるから、このウルハシを「美しい」とすることはできない。

吉永氏があげたのは『古事記』と『万葉集』の確実にウルハシと訓める例であったが、上代の用法としてウルハシに「美しい」の意を探るのは困難である。

先に、古典日本文学全集『古事記　日本霊異記　風土記　古代歌謡』の「古代歌謡」を担当した福永武彦の現代語訳を掲げたが、「古事記」は作家石川淳が担当している。歌の訳は福永氏に譲って、歌の直前までの現代語訳は次のようにある。

そこよりさらに行けば、能煩野に至る。ときに、病ますますあつく、望郷のおもひ一しほつのつて、すなはち歌ふ。ひろびろとむなしきところ、大和国原、四方の山山つらなつて、青垣の中にしづもる国よ、なつかしきかなとて、うたへるその歌。

歌意まで訳出されている。歌に出てくるウルハシを「美しい」と訳してしまうのは、誤訳と言っていい。

四 美しい風景

冒頭に紹介した吉永氏の言葉に戻ろう。氏は、万葉人たちは風景を美しいと思うことがあっても、それを「直接に表現するにはことばが十分でなかった」のであり、まして「歌にするにはまだまだ時を要したのではないだろうか」と指摘していた。

たとえば、よく知られた舒明天皇の「国見歌」は次のようにある。

大和には　群山《むらやま》あれど　とりよろふ　天《あめ》の香具山　登り立ち　国見をすれば　国原《くにはら》は　煙《けぶり》立ち立つ
海原《うなはら》は　かまめ立ち立つ　うまし国そ　秋津島　大和の国は
（舒明天皇、巻一・二）

天皇が香具山に登って見えた風景を詠みあげているが、その風景は、「うまし国そ」と大和の国を称え象徴として表現されているだけで、風景そのものへの感情表現はない。

額田王の歌を見ても同じである。春秋の景物をうたった表現は次のようにある。

冬ごもり　春さり来《く》れば　鳴かざりし　鳥も来鳴《き》きぬ　咲かざりし　花も咲けれど　山をしみ　入《い》りても取らず　草深み　取りても見ず　秋山の　木の葉を見ては　黄葉《もみち》をば　取りてそしのふ　青

きをば　置きてそ嘆く　そこし恨めし　秋山そ我は　（額田王、巻一・一六）

春秋の景物を対比して、それぞれの美しい風景がはっきりと描写されている。額田王は、それらを「美しい」と思っていたと想像されるが、その気持ちを表現してはいない。

和歌史を代表する柿本人麻呂の歌を見ても同じである。たとえば、後の歌人にも影響を与えた「吉野讃歌」には、次のようにある。

やすみしし　我が大君　神《かむ》ながら　神《かむ》さびせすと　吉野川　激《たぎ》つ河内に　高殿を　高知りまして　登り立ち　国見をせせば　たたなはる　青垣山　やまつみの　奉る御調《みつき》と　春へには　花かざし持ち秋立てば　黄葉かざせり　行き沿ふ　川の神も　大御食に　仕へ奉ると　上つ瀬に　鵜川を立ち　下つ瀬に　小網《さで》さし渡す　山川も　依りて仕ふる　神の御代かも　（柿本人麻呂、巻一・三八）

持統天皇が「高殿」から「国見」をしたことに触れ、その視線の先に広がる風景を描写するが、その光景に対する感想はない。

人麻呂より後、万葉第三期の歌人たちの表現はどうだろうか。宮廷歌人と呼ばれることもある、笠金村や車持千年が吉野を詠んだ歌は、次のようにある。

瀧の上の　三船の山に　みづ枝さし　しじに生ひたる　とがの木の　いや継ぎ継ぎに　万代に　かくし知らさむ　み吉野の　秋津の宮は　神からか　貴《たふと》くあるらむ　国からか　見が欲しからむ　山川を清みさやけみ　うべし神代ゆ　定めけらしも　（笠金村、巻六・九〇七）

年のはに　かくも見てしか　み吉野の　清き河内の　激つ白波　（笠金村、巻六・九〇八）

山高み　白木綿花に　落ち激つ　瀧の河内は　見れど飽かぬかも　（笠金村、巻六・九〇九）

神からか　見が欲しからむ　み吉野の　瀧の河内は　見れど飽かぬかも　（笠金村、巻六・九一〇）

み吉野の　秋津の川の　万代に　絶ゆることなく　またかへり見む　（笠金村、巻六・九一一）

うまこり　あやにともしく　鳴る神の　音のみ聞きし　み吉野の　真木立つ山ゆ　見下ろせば　川の瀬ごとに　明け来れば　朝霧立ち　夕されば　かはづ鳴くなへ　紐解かぬ　旅にしあれば　我のみして　清き川原を　見らくし惜しも　（車持千年、巻六・九一三）

「見が欲し」「見てしか」「見れど飽かぬ」「またかへり見」など、「見る」行為に関わる多様な表現がうたわれているが、見る対象そのものへの感情は表現されていない。叙景歌を完成させたと言われる山部赤人の歌を見ても同じである。やはり吉野の歌をあげれば次のようである。

やすみしし　わご大君《おほきみ》の　高知らす　吉野の宮は　たたなづく　青垣隠り　川なみの　清き河内そ　春へには　花咲きををり　秋へには　霧立ち渡る　その山の　いやますますに　この川の　絶ゆることなく　ももしきの　大宮人は　常に通はむ

（山部赤人、巻六・九二三）

やすみしし　わご大君は　み吉野の　秋津の小野の　野の上には　跡見《とみ》据ゑ置きて　み山には　射《い》目《め》立て渡し　朝狩に　鹿猪《しし》踏み起こし　夕狩に　鳥踏み立て　馬並《な》めて　み狩そ立たす　春の茂野《しげの》に

（山部赤人、巻六・九二六）

吉野の風景を描写しているがその美しさには触れていない。感情表現がないからこそ叙景歌と呼ばれるのだが、赤人が叙景歌を詠もうとして感情表現を廃したなどということは、無論考えられない。万葉の最後を飾る大伴家持はどうだろうか。家持にも、吉野を詠んだ歌がある。

吉野の離宮に幸行さむ時の為に儲け作る歌一首　并せて短歌

高御座《たかみくら》　天《あま》の日継と　天の下　知らしめしける　皇祖《すめろき》の　神の尊《みこと》の　恐くも　始めたまひて　貴くも　定めたまへる　み吉野の　この大宮に　あり通ひ　見したまふらし　もののふの　八十伴の緒も　己が負へる　己が名負ひて　大君の　任けのまにまに　この川の　絶ゆることなく　この山の　いや継ぎ継ぎに　かくしこそ　仕へ奉らめ　いや遠長に

（巻十八・四〇九八）

反歌

古《いにしへ》を　思ほすらしも　わご大君　吉野の宮を　あり通ひ見す　（巻十八・四〇九九）

もののふの　八十氏人《やそうぢひと》も　吉野川　絶ゆることなく　仕へつつ見む　（巻十八・四一〇〇）

この歌は越中で詠まれたものである。家持は、都から遠い越中の地で、聖武天皇の吉野行幸を夢想したのだ。したがって、実景を詠んだものではない。しかし、ここにも吉野を見ることが詠まれている。吉野を見ることを、人麻呂から家持までずっと歌に詠んでいるのだ。

吉野は、持統天皇が三十数度も行幸したことで知られる地だが、もともとは天武天皇との思い出の地である。すでに論じられているように、(2)その天武天皇が、

良き人の　良しとよく見て　良しと言ひし　吉野よく見よ　良き人よく見　（天武天皇、巻一・二七）

と、吉野を見ることをうたっている。

聖武天皇は、養老八年（七二四）二月に即位し、三月に吉野を訪れている。その時、中納言として従駕したのが、家持の父、大伴旅人であった。旅人の吉野の歌は次のようにある。

み吉野の　吉野の宮は　山からし　貴《たふと》くあらし　川からし　さやけくあらし　天地《あめつち》と　長く久しく
万代《よろづよ》に　変はらずあらむ　行幸《いでまし》の宮
（大伴旅人、巻三・三一五）

昔見し　象《きさ》の小川を　今見れば　いよよさやけく　なりにけるかも
（大伴旅人、巻三・三一六）

旅人は、「象の小川」を「さやけく」と表現している。風景に対する感情の表出のように感じられるが、現代人が川を美しいと思う感情とは異なるものである。というのは、川が「さやけく」なっていたというのは、この地を訪れた天皇の徳を讃美するための表現と考えるべきだからである。川がさやけくなるというのは、現代においては河川の改修工事の結果を想像させるものだが、古代にあってはなおのこと、作為無しにさやけくなるとは想像できない。旅人の表現は、確かに風景は見ているかも知れないが、実景をそのまま表現したものではない、と言ってよい。

実は、「サヤケシ・サヤケサ・サヤカナリ」という表現は、万葉人の好んだ表現として知られているものである。

いま、吉野に関わる例だけでも探してみれば、

見まく欲り　来《こ》しくも著《しる》く　吉野川　音のさやけさ　見るにともしく
（巻九・一七二四）

大瀧を　過ぎて夏実に　そほり居て　清き川瀬を　見るがさやけさ
（巻九・一七三七）

み吉野の　石本《いはもと》去らず　鳴くかはづ　うべも鳴きけり　川をさやけみ　（巻十・二一六一）

などのように、視覚ばかりか聴覚にも関わって使われていることがわかる。

これらの用例を確かめることによって、万葉人が美しいと思った風景として、清き川の流れなどをあげることはできるが、単純に対象を「美しい」と表現するわけではないことも確認できるのである。(3)

一例として、吉野に関わるものを中心に少しの万葉歌を眺めただけだが、万葉人たちが、風景を美しいと思うことがあったことは確かめられた。

五　家持の工夫

大伴家持は奈良で生まれ育ったのだが、幼き頃に大宰府まで往復したことがあり、成人してからは聖武天皇に従って伊勢を訪れているので、大海を知らないわけではない。しかし、国守となって赴任した越中で、海を見下ろす高台に居住することとなる。そして迎えた最初の冬に次の歌がある。

庭に降る　雪は千重《ちへ》敷く　しかのみに　思ひて君を　我が待たなくに　（巻十七・三九六〇）
白波の　寄する磯廻《いそみ》を　漕ぐ舟の　梶取る間なく　思ほえし君　（巻十七・三九六一）

はじめて目にする日本海の厳しい荒波に驚いただろうと想像するが、すでに指摘されている通り、右の歌を見るだけでは、家持に驚きはない。歌に付された左注を見ることによって、はじめて歌の背景が伝わるのである。

右、天平十八年八月をもちて、掾大伴宿祢池主大帳使に附して、京師に赴き向かふ。しかして同じ年十一月、本任に還り至りぬ。よりて詩酒の宴を設け、弾糸飲楽す。この日、白雪たちまちに降り、地に積むこと尺余なり。この時また、漁夫の船、海に入り瀾《なみ》に浮けり。ここに守大伴宿祢家持、情《こころ》を二眺《にてう》に寄せ、いささかに所心《おもひ》を裁《つく》る。

実は、題詞に「相歓ぶる歌」とあって、同族ながら部下の池主が都から戻った喜びの歌なのである。雪交じりの日本海に舟を出す漁師への驚きは、その歌を作る材料でしかない。

しかしながら、その素材は、「庭に降る　雪は千重敷く」ほどの雪交じる冬の海に浮かぶ漁師の舟を目にしてのものである。「白波の　寄する磯廻を　漕ぐ舟の」は、実景とあまりにかけ離れてはいないだろうか。

多田一臣氏は、家持が越中で新しい風景を発見したにもかかわらず、それをそのまま歌にすることはできなかったのだと言う(4)。氏の言葉をそのまま引く。

家持にとって、今まで学んできた歌の表現あるいは歌の言葉とは、都の貴族の美意識に支えられた、伝統的かつ類型的なものにほかなりませんでした、歌が雅びの文化である以上、それは当然のことであったでしょう。ミヤビとは、都ぶりを意味する言葉です。ですから、そこから逸脱するような光景に接した場合、それをうまく表現の中にすくい取ることがなかなかできなかったのです。多くの万葉歌を学んできたはずの大伴家持だからこそ、それまでに詠まれた歌の型にとらわれてしまったとも考えられるだろう。(5)

歌を詠む時、ある言葉が存在したのかどうかということ以上に、歌に使える言葉かどうかということも考慮しなければならないはずである。万葉人が風景を見て美しいと思っても、それを定型化した歌に形作る時、さまざまな制約があったということを忘れてはならない。

吉永氏の指摘通り、風土の美が歌に詠みこなされていくまでには、もう少し時間が必要だったのである。

注1　吉永　登「『うるはしと』『うつくし』」（『万葉―その探求―』現代創造社、昭和五六年刊、初出は、関西大学「国文学」昭和四六年）

2　大浦誠士「『見れど飽かぬ』考―人麻呂の創造―」（美夫君志会編『万葉史を問う』新典社、平成十一年）など

3　たとえば、巻七に収められた「羇旅作」九〇首を確認してみても、磯の清さを詠む一例（一二〇一）があるのみで、「見る」ことに関わる表現はあるが、感想をうたうものはない。

4　多田一臣「家持の海」（『高岡市万葉歴史館紀要』十七、平成十九年）

5　島田修三「布勢水海遊覧の賦」（『セミナー万葉の歌人と作品』第八巻、塙書房、平成十四年）に、越中の風土を歌に詠みこなしていく家持の模索が論じられている。

＊引用した風土記・万葉集は、新編日本古典文学全集（小学館）をもとにして一部ひらがなに直したところがある。なお、越中万葉歌については『越中万葉百科』（高岡市万葉歴史館編、笠間書院）によった。

天象の美

垣見修司

一 はじめに

天象すなわち天体や気候をめぐるさまざまな事象を、万葉びとはどのように感じ、捉えていたか。そして、その事象の美しさは、万葉集にどのように詠まれるのか。天象は天体の運行だけでなく、地上に生じるさまざまな大気の変化、つまり風や雨、雪や霧といった気象現象をも含む。その点で、環境としてひとびとと密接にかかわるものであるから、いきおい歌の表現には対偶表現などの素材としても多用され、時に主題としても扱われる。本稿では、それら素材の用いられ方すべてを対象とするわけではなく、美意識を反映したと見られる表現を考察の対象としたい。

万葉びとにとっての天象の美を考えることは、ひとびとがその現象にどのような美しさを感じたかを考察することと、万葉びとがその現象をどのように美しく表現したのかを考察することになる。前者は、天体の運行や気象の変化にどのような美しさを見いだしたかであり、後者はその素材をどのように美しいことばとなしえたかということである。美は主観的なものであり、万葉びとの主観と、われわれ読者の主観が交錯することにもなって、ことははなはだ厄介にも感じられるが、同時代の人々において共有される美意識というものはあるから、当時の人々にとっても、どのようなものに美を感じる傾向があったかという共通項を探ることは可能である。そこから、現代の美意識にも通じる普遍的な美を明らかにすることもできるだろう。まずは、天象にどういった素材があって、それぞれがどのように歌われているかを確認していくことで、万葉集に、天象の美がどのようにあらわれているかを探ってみたい。

二　天象の範疇

万葉びとにとっての天象に何が含まれていたかということは、直接には万葉集巻七や巻十の分類が参考となるが、それらを確認する前に、万葉びとが学び、参考にしたはずの中国文学にはどのような分類がなされているかを見ておきたい。初唐に成立した類書『芸文類聚』には、第一巻に天部上、第二巻に天部下として次の項目が立てられている。

第一巻　天部上　天　日　月　星　雲　風
第二巻　天部下　雪　雨　霽　雷　電　霧　虹

天、日、月、星まではそれらを天体とまとめることができ、雲、風と天部下の雪から虹まではどちらかというと気象現象といったほうがよいが、古代中国においてはそれら気象も天象のうちに数えられていたことが知られる。このことは、『初学記』においても同様である。

第一巻　天部上　天　日　月　星　雲　風　雷

第二巻　天部下　雨　雪　霜　雹　露　霧　蜺　霽晴

天部上の最後にある雷からの順序が『芸文類聚』と異なり、採択された項目には異同もあるが、やはり天体と気象とが天部の範疇に含まれる。万葉集の巻七や巻十の分類に影響を与えたことが指摘される(1)『李嶠百二十詠』の場合も、冒頭の乾象部が天象の範疇に重なっている。坤象部は地象にあたる。

乾象部十首　日月星風雲煙露霧雨雪

ここでも日月星という天体のあとは気象の項目が並ぶ。

類書に採用された意義による分類は、『爾雅』や『釋名』等の辞書の分類方法の一つとして採用されており、ものをどのように分類するかという点で参考になる。『爾雅』には、釋詁、釋言、釋訓、釋親、釋宮、釋器、釋樂の後に、釋天、釋地と続く(2)。『釋名』は辞書である分、その項目は類書にくらべて飛躍的に多いが、釋天を例示すると、

天、日、月、光、景、晷、曜、星、宿、氣、風、陰、陽、寒、暑、熱、雨、春、夏、秋、冬、四時、歳、五行、金、木、水、火、土、子、丑、寅、卯、辰、巳、午、未、申、酉、戌、亥、甲、

乙、丙、丁、戊、己、庚、辛、壬、癸、霜、露、雪、霰、霡霂、雲、雷、電、震、雹、虹、霓、暈、陰、霾、珥、食、朏、昏、晨、祲、氛、霧、蒙、彗星、孛星、筆星、流星、枉矢、厲、疫、札、災、害、異、眚、慝、妖、孽

が見出しに掲げられている。五行や干支、災異なども含むが、こうした配列が、和歌を分類する際に、基礎的な知識として参照できた資料であり、おおむね万葉びとはそうした世界観を学んでいたのである。

その上で、万葉集には、巻七の分類に、こうした意識の反映を見ることができる。巻七は、雑歌と譬喩歌、挽歌からなるが、このうち雑歌は、冒頭に天象を配している。

詠天、詠月、詠雲、詠雨、詠山、詠岳、詠河、詠露、詠花、詠葉…

のように、天象として天、月、雲、雨が挙げられ、山、岳、河と地象が続く。その後の露は、本来天象として雨とともに配列されるべきものであるが、巻七では、むしろ地象と捉えられたらしい[3]。この場合は、雲、雨と離れて地象に配列されているから、露だけを地に降り置くものとして把握したと考えられる。

巻十では、まず四季分類を立て、さらに雑歌と相聞に細分しているが、それぞれにおいては、必ずしも天象が冒頭に配されているわけではない。雑歌では、春と夏は「鳥」(動物)、秋は「七夕」(天)、冬は「雪」(天)が冒頭にある。相聞では春夏はやはり「鳥」、秋は「水田」(地)、冬は「露」(天)となっている。これらには、おおむね歌数の突出して多いものやその季節の代表的な景物から列挙していこうとする姿

勢が見てとれる。つまり巻十には、天や動物、植物などをまとめようとする意識は見られるものの、その順序は類書などとは異なり、上位の分類である四季の、それぞれの季節性を押し出すような配列となっている。いったいに万葉集には、歌の内容に応じて編纂しようとする意識が、厳密な分類意識に優先しがちで、配列基準もあくまでゆるやかである。これは一つには、詩文を作る上で、すぐれた表現を参考にするために検索の便宜をはかる必要があった類書や、やはり字引として検索しやすいように漢字が配列される字書とは根本的に編纂の方針が異なるからであろう。万葉集の編纂は、作歌のための表現類型を集めたり、検索のために事物を網羅することには至らず、歌によって描き出された文芸的な世界を示すことに目的があったということであろう。したがって漢籍において示される厳密な分類を参考にしつつも、日本人の自然観に応じたゆるやかな分類がほどこされていると見るべきである[4]。

巻七や巻十の分類にしても、類書や字書の分類配列をそのまま踏襲したものではなく、歌の素材や歌ことばを重視した項目立てや配列がなされている点が注意をひく。もとより巻十には素材よりも四季が上位分類に立てられているし、巻七に「故郷」「倭琴」「赤土」「埋木」などの項目が立てられているのは、場当たり的で分類という観点からは未熟であるけれども、歌ことばとしてのおもしろさに惹かれたということかもしれない。

なお、項目立てはなされていないものの、巻十一、巻十二の歌の配列についても、共通する素材を詠み込む歌はまとまって載せられており、ここにも分類意識を見ることができる。伊藤博氏[5]の分類に従えば、巻十一では、二四一九〜六四に天地部が地象(山・川・海・沼・地・岩・玉)、天象(雲・霧・雨・霜・風・月)の順で配列され、二六六四〜七四九では天象(月・雲・風・霧・雨・露・霜)、地象(地・山・潟・瀬・淵・川・沼・池・しがらみ・野・埋れ木・木屑・埴生・海・舟)の順となっている。巻十二では、二八五七〜六〇に天象(日・風)、地象(川)と配列される。天地が逆になることもあるが、おおむね天の素材、地の素材がそれぞれでまとめられている。ただし、三〇〇一〜四六では天体(日・月)、地象(山・川・池・沼・堀江・垂水・波・海)、気象(雲・煙・霧・霞・露・霜・雨)となっていて、天象が天体と気象に分割されている。気象を、天体と区別しようとする意識は、平安初期の成立と見られる「あめつちの歌」にも見られる。

あめつちほしそら
やまかはみねたに
くもきりむろこけ
ひといぬうへすゑ
ゆわさるおふせよ
えのえをなれゐて

無論、手習い歌として仮名を尽くすことが目的であり、完成度の低いものながら、天地が並列された後は、星空という天体、そして山川峰谷の地象が配される。雨（あめ）や露（つゆ）は「あめつち」との音の重なりから詠み込めない事情もあるが、星空に山川峰谷が続いた後に雲と霧が現れる点は、気象を天象の範疇で捉えられない見方がうかがわれる。この場合、気象は、言ってみれば天と地の間に存在して雨や雪、露のように地に降り下ったり、霧や霞のようにただよったりするものとして把握されている。巻十や巻十二の一部とあめつちの歌が、気象の天と地に二分できない面を考慮したような分類をほどこしているのも、類書や字書の分類にこだわらず、歌を詠むときの自然観に即した姿勢を示していると言える。

このように、古代日本における天の分類はかならずしも一つではなく、中国文学の影響の下に天体と気象を天象として一括する「天」と、天体のみが対象となる「天」のあったことが知られる。

天象の美を考える場合、天体と気象とを対象としなければならないが、古代日本人の意識としての天（あめ・あま）の事象としてはより狭い領域があるということも注意しておいてよいだろう。

このあとに述べる天象の美は、もちろんそのいずれも考察の対象とする。『芸文類聚』などの分類と万葉集に歌われている素材から、

天　日　月　星　雲　風　雨　雪　露　霜　霧　霞　雷　霰　虹

について見ていきたい。ただ、日や雨、雲といった天象は日常的な環境であり、万葉集の歌には遍在し

ているといっても良い。それゆえ、それらがどのような場合に美しいものと把握されているのか、そしてどのように表現されているのかということにできるかぎり焦点を当ててみたい。

三　天の美・星の美

ここからは各論として、天象それぞれの美がどのように歌にあらわれているかを観察していく。天は、「天の川」に代表されるように、「天《あめ》なる　ささらの小野《をの》」（巻三・四二〇）、「天《あめ》なるや　神楽良《ささら》の小野」（巻十六・三八八七）、「天橋《あまばし》」（巻十三・三三四五）、「天なる一つ棚橋《たなはし》」（巻十一・二三六一）のように、天に地上と同じような世界を想像した上で描かれることがある。このときの天上世界は、実際に空を見上げたときに見えるものではなく、あくまでも天について育まれたイメージにすぎない。『万葉集』には天そのものの美しさをそのままに詠んだ表現はあまり見られない。それはむしろ日月や星などが渡りゆく場として詠み込まれる。

天《あめ》の海《うみ》に　雲の波立ち　月の舟《ふね》　星の林に　漕《こ》ぎ隠《かく》る見ゆ　（巻七・一〇六八）

巻七巻頭の人麻呂歌集出歌が集中唯一「天《あめ》を詠《よ》む」の題詞におさめられるのは、雲、月、星が列挙され、

詠物の素材を一つに限定できないからで、同じ天の海を詠む

天《あめ》の海《うみ》に　月の舟浮《う》け　桂梶《かつらかぢ》　掛けて漕《こ》ぐ見ゆ　月人《つきひと》をとこ　（巻十・二二二三）

であれば、「月を詠む」に収められている。それゆえ、第七巻頭歌は題詞のとおり、天そのものを一首に捉えようとした集中唯一の例と言える。この場合でも天そのものの美しさをそのままに詠むというわけではなく、天を海になぞらえて、そこにある雲、月、星をそれぞれ波、舟、林という地上にあるものに見立てることによって、天の景色を絵画的な構図に仕立てている。集中の「天の川」もまた初秋の空に展開されていた星の輝きのことにはちがいなく、

ひさかたの　天《あま》つしるしと　水無《みな》し川《がは》　隔《へだ》てて置きし　神代《かみよ》し恨《うら》めし　（巻十・二〇〇七）

は、天の川を水無し川に見立て、

彦星《ひこほし》し　妻迎《つまむか》へ舟《ぶね》　漕《こ》ぎ出《づ》らし　天《あま》の川原《かはら》に　霧《きり》の立てるは　（巻八・一五二七）

天《あま》の川《がは》　霧《きり》立ち渡る　今日《けふ》今日《けふ》と　我《あ》が待つ君し　舟出《ふなで》すらしも　（巻九・一七六五）

天の川　八十瀬《やそせ》霧《き》らへり　彦星の　時待つ舟は　今し漕ぐらし　（巻十・二〇五三）

天の川　霧立《きりた》ち上《のぼ》る　織女《たなばた》の　雲の衣《ころも》の　反《かへ》る袖《そで》かも　（巻十・二〇六三）

なども、天の川の実景を視覚的に捉えるよりもむしろ織女と彦星の逢瀬という物語に関心がある。また、星を詠んだ歌も、七夕を背景とするものがほとんどであり、星のきらめく美しさが描写されることはなかったようで、

北山に　たなびく雲の　青雲《あをくも》の　星離《はな》れ行《ゆ》き　月を離れて　（巻二・一六一）

や「夕星《ゆふつづ》の　か行《ゆ》きかく行《ゆ》き」（巻二・一九六）、「明星《あかぼし》の　明くる朝《あした》は　しきたへの　床《とこ》の辺《へ》去らず　立てれども　居《ゐ》れども　共に戯《たはぶ》れ　夕星《ゆふつづ》の　夕《ゆふへ》になれば」（巻五・九〇四）といった表現が見られる程度である。その点で、天の実景そのものを主題とした先の第七巻頭歌の、夜空を絵画的に写しとった技巧には、天体の美しさに魅了された意識が感じられる。

四　日の美

太陽は生命が生きていく上で不可欠な存在であり、神としてあがめられる存在でもあるから、

やすみしし　我《わ》が大君《おほきみ》　高照《たかて》らす　日《ひ》の皇子《みこ》…　（巻一・五〇）

のようなほめ言葉にも用いられ、また恒常的に身近にある存在としても描かれる。

天地《あめつち》を　照らす日月《ひつき》の　極《きは》みなく　あるべきものを　何をか思《おも》はむ　（巻二十・四四八六）

その中で、太陽すなわち日の美しさを譬喩に用いた次の例がまず挙げられる。

…山辺《やまのへ》の　五十師《いし》の原に　うちひさす　大宮仕《おほみやつか》へ　朝日なす　まぐはしも　夕日なす　うらぐはしも…　（巻十三・三二三四）

「まぐはし」は目の交替形「ま」に、「うらぐはし」は心を意味する「うら」に、美妙・美麗を言う「くは

し」が続いた語とされ「まぐはし」は「うるわしい。見てうつくしく思う。」、「うらぐはし」は「心にうつくしく感じられる。」（時代別国語大辞典上代編）と説かれる。いずれも美のありようを表現する形容詞であり、朝日と夕日の美しさを、山辺の五十師の原に営む行宮を称える対句に取り入れている。この場合は対句として太陽の様相を捉えるので朝日と夕日が並列されているが、集中、日の美しさの表現には、朝日のそれが多い。

朝日影《あさひかげ》　にほへる山に　照る月の　飽《あ》かざる君を　山越《やまご》しに置きて　（巻四・四九五）

上野《かみつけの》　まぐはしまとに　朝日さし　まきらはしもな　ありつつ見れば　（巻十四・三四〇七）

四九五は、朝日の輝きを「にほふ」と表現し、三四〇七の「まぐはしまとに」は語義未詳ながら朝日の光を「まきらはし」と評するところから「美人をほめて言ったのであろう」（新編全集）とされている。他にも、日並皇子《ひなみしのみこ》舎人《とねり》慟傷歌に三例の「朝日照る」（巻二・一七七、一八九、一九二）があり、「朝日さす　春日《かすが》」（巻十・一八四四、巻十二・三〇四二）もある。対する夕日は

山高《やまだか》み　夕日隠《ゆふひかく》りぬ　浅茅原《あさぢはら》　後《のち》見むために　標結《しめゆ》はましを　（巻七・一三四二）

春日野《かすがの》に　照れる夕日の　外《よそ》のみに　君を相見《あひみ》て　今ぞ悔《くや》しき　（巻十二・三〇〇一）

のように、太陽が隠れ行くさまに焦点が当てられており、先掲三一三四のほかはその美しさを詠まれる例がない。

夕《ゆふ》づく日　さすや川辺《かはへ》に　作る屋《や》の　形《かた》を宜《よろ》しみ　うべ寄《よ》そりけり　（巻十六・三八二〇）

も、建物の形の良さを言っているに過ぎない。同義の「入日」も「入日《いりひ》なす　隠《かく》りにしかば」（巻二・二一三、巻三・四六六）の例があって、基本的には沈み行く太陽に時の経過が託されている。ただ、名歌と評される

わたつみの　豊旗雲《とよはたくも》に　入日《いりひ》見し　今夜《こよひ》の月夜《つくよ》　さやけかりこそ　（巻一・一五）

は、夕日の美しさを捉えた例として良いだろう。西方の海上にたなびく雲に沈む太陽を見て、その夜の月の清らかな明るさまでを願うところには、二つの天象の視覚的な美しさが対比的に歌われており、それを短詩形の文学に凝縮して詠み込んだ歌柄の大きさが名歌たり得ている理由であろう。

五　月の美

巻一・十五にもあらわれる月は、万葉集ではむしろ太陽よりも多く歌われている。これは一つには、古代の夜の闇の中で、月が天然の照明として有用であることによる。

天の原《あまのはら》　振《ふ》り放《さ》け見れば　白真弓《しらまゆみ》　張りてかけたり　夜道《よみち》は良《よ》けむ　（巻三・二八九）

ぬばたまの　夜《よ》渡る月は　はやも出《い》でぬかも　海原の　八十島《やそしま》の上《うへ》ゆ　妹があたり見む　（巻十五・三六五一）

これらは月の、闇を照らし出す役割が歌われており、この他にも、

月夜良《つくよよ》み　妹に逢《あ》はむと　直道《ただち》から　我《われ》は来《き》つれど　夜《よ》そ更《ふ》けにける　（巻十一・二六一八）

月夜良《つくよよ》み　門《かど》に出で立ち　足占《あしうら》して　行く時さへや　妹《いも》に逢《あ》はざらむ　（巻十二・三〇〇六）

照る月を　雲な隠しそ　島陰《しまかげ》に　我《わ》が船泊《ふねは》てむ　泊《と》まり知らずも　（巻九・一七一九）

などは、月が照っているから少々険しい近道でも通って妹に会いに行こうとか、月が夜道を明るく照ら

し出してくれているから妹に逢いに行こうと歌ったり、舟の停泊地を探すために月が隠れないことを望む。しかし、月はたんに闇を明るく照らし出すという理由だけで歌われるのではない。

味酒《うまさけ》の　三諸《みもろ》の山に　立つ月の　見が欲《ほ》し君が　馬の音そする　（巻十一・二五一二）

あらたまの　年の緒《を》長く　照る月の　飽《あ》かざる君や　明日《あす》別れなむ　（巻十二・三二〇七）

渋谿《しぶたに》を　さして我《わ》が行《ゆ》く　この浜に　月夜《つくよ》飽《あ》きてむ　馬しまし止《と》め　（巻十九・四二〇六）

二五一二は君を月のように見ていたいという譬喩であり、三二〇七、四二〇六は月あるいは月夜を、満足するまで楽しみたいと歌う。いずれも月を賞美すべきものとしていた考え方がうかがわれる。

玉垂《たまだれ》の　小簾《こす》の間通《まとほ》し　ひとり居《ゐ》て　見る験《しるし》なき　夕月夜《ゆふづくよ》かも　（巻七・一〇七三）

一人では眺める価値がないという右の歌も、月を見る楽しみが前提となっている。

また、月を「清し」や「さやけし」、「さやかに」と表現する一群がある。

ももしきの　大宮人《おほみやひと》の　罷《まか》り出《で》て　遊ぶ今夜《こよひ》の　月のさやけさ　（巻七・一〇七六）

思はぬに　しぐれの雨は　降りたれど　天雲《あまくも》はれて　月夜《つくよ》さやけし　（巻十・二二二七）
久《ひさ》にあらむ　君を思《おも》ふに　ひさかたの　清き月夜《つくよ》も　闇《やみ》のみに見ゆ　（巻十二・三二〇八）

これらの表現は、月の明るさや清く澄んだ光だけでなく、月光によって浮かび上がる地上の自然の美しさにまで拡張する。

ますらをの　弓末《ゆずゑ》振り起《おこ》し　猟高《かりたか》の　野辺《のへ》さへ清《きよ》く　照る月夜《つくよ》かも　（巻七・一〇七〇）
春日山《かすがやま》　おして照らせる　この月は　妹《いも》が庭にも　さやけかりけり　（巻七・一〇七四）
水底《みなそこ》の　玉さへさやに　見つべくも　照る月夜《つくよ》かも　夜《よ》の更《ふ》け行《ゆ》けば　（巻七・一〇八二）
春霞《はるかすみ》　たなびく今日《けふ》の　夕月夜《ゆふづくよ》　清《きよ》く照るらむ　高松《たかまつ》の野に　（巻十・一八七四）
我《わ》が背子《せこ》が　かざしの萩《はぎ》に　置く露《つゆ》を　さやかに見よと　月は照るらし　（巻十・二二二五）

このように、月の光は、地上の自然をも澄明に照らし出すはたらきを持つことによって、いくつかの景物とのとりあわせによって歌われる。

夕月夜《ゆふづくよ》　心もしのに　白露《しらつゆ》の　置くこの庭《には》に　こほろぎ鳴くも　（巻八・一五五二）

落ち激《たぎ》ち　流るる水の　岩に触《ふ》れ　淀《よど》める淀に　月の影見ゆ　（巻九・一七一四）

白露《しらつゆ》を　玉になしたる　九月《ながつき》の　有明《ありあけ》の月夜《つくよ》　見れど飽《あ》かぬかも　（巻十・二二二九）

月待ちて　家には行《ゆ》かむ　我《わ》が挿《さ》せる　あから橘　影《かげ》に見えつつ　（巻十八・四〇六〇）

雪の上《うへ》に　照《て》れる月夜《つくよ》に　梅の花　折りて贈らむ　愛《は》しき児《こ》もがも　（巻十八・四一三四）

一五五二、二二二九は白露を照らす月の光を詠み、一七一四は、激流と淀という動と静の対比の中に月の影を配している。四〇六〇は赤い橘の実に、四一三四は雪に反射する月の光が歌われている。一首の中で、月は夜の暗さの中で、地上の景物の赤や白といった色彩を浮かび上がらせる重要な役割を果たしている。

六　雲の美

雨はれて　清《きよ》く照りたる　この月夜《つくよ》　また更《さら》にして　雲なたなびき　（巻八・一五六九）

さ夜更《よふ》けば　出《い》で来《こ》む月を　高山《たかやま》の　峰の白雲《しらくも》　隠《かく》してむかも　（巻十・二三三二）

雲はどちらかといえば、美しいものとして歌われるよりも、美しいものとの間を隔てる存在である。

巻七の「雲を詠む」も三首が掲出されるのみで、そのうち二首の人麻呂歌集出歌（一〇八七、一〇八八）は、流れる川が水かさを増して激しく波音を立てるさまと、山上に雲が立っていることの因果関係を歌ったもので、雲の美しさを言うものではない。

ただ、「白雲」は、それを見るべき対象として歌われることがある。

梯立《はしたて》の　倉椅山《くらはしやま》に　立てる白雲《しらくも》　見まく欲《ほ》り　我《あ》がするなへに　立てる白雲　（巻七・一二八二）

青山《あをやま》の　嶺《みね》の白雲《しらくも》　朝に日《け》に　常《つね》に見れども　めづらし我《あ》が君　（巻三・三七七）

一二八二は倉椅山に立つ雲を見たいと歌い、三七七は青山との好対照をなす白雲のように、我が君を見続けていたいと歌う。この二首を参照すれば、巻七の「雲を詠む」の三首目、

大《おほ》き海《うみ》に　島もあらなくに　海原《うなはら》の　たゆたふ波に　立てる白雲　（巻七・一〇八九）

は、水平線しか見えないような大海原の波の上に立つ白雲を賞美した歌と見て良いであろう。

雲を見たいと歌う例はこれだけではないが、他は

直《ただ》に逢《あ》はば　逢ひかつましじ　石川に　雲立ち渡れ　見つつ偲《しの》はむ　（巻二・二二五）

雲だにも　著《しる》くし立たば　心遣《や》り　見つつも居《を》らむ　直《ただ》に逢ふまでに　（巻十一・二四五二）

のように、遠く離れた人や土地をしのぶよすがとして雲が見る対象に選ばれているため、美への関心は薄い。

あをによし　奈良《なら》の都に　たなびける　天《あま》の白雲《しらくも》　見れど飽《あ》かぬかも　（巻十五・三六〇二）

巻十五に「雲を詠む」の左注を持ち、「見れど飽かぬかも」と称えるかのようでもあるが、遣新羅使人が西航の旅において詠んだ「当所誦詠古歌」である事情を踏まえれば、奈良の都のある方にたなびいている雲だからこそ、そのように歌われるのである。美という観点からは、雲は引き立て役であることの方が多い。

七　風の美

風はそれ自体、目に見えないという特性からやむを得ないとも言えるが、それを美しいと把握した歌を見いだすことは難しい。ただ、風が他に対して起こす作用によって、風を視覚的に捉えている歌が注意される。

采女《うねめ》の　袖《そで》吹き返す　明日香風《あすかかぜ》　京《みやこ》を遠み　いたづらに吹く　（巻一・五一）

明日香に吹き渡る風――「明日香風」が一首の主題である。いま体感するその風が、采女の袖を吹きひるがえしていた記憶を呼び起こしている。采女の袖とともに、その風が強く印象に残ったのであろう。やはり、風も他の素材に作用することで、それとともに美的景観を作り出すと言える。

淡路《あはぢ》の　野島の崎の　浜風に　妹《いも》が結びし　紐《ひも》吹き返す　（巻三・二五一）
君待つと　我《あ》が恋ひ居《を》れば　我《わ》が屋戸《やど》の　簾《すだれ》動かし　秋の風吹く　（巻四・四八八）
尾《を》の上《うへ》に　降り置ける雪し　風のむた　ここに散るらし　春にはあれども　（巻十・一八三八）
…いつしかも　使ひの来《こ》むと　待たすらむ　心さぶしく　南風《みなみ》吹き　雪消溢《ゆきげはふ》りて　射水川《いみづかは》…　（巻十八・四一〇六）

実際に見られているのは風ではないものの、風はいろいろな素材に美的契機を与えている。風との関係が歌われるのは波が多い。

…時つ風　雲居《くもゐ》に吹くに　沖見れば　とゐ波立ち　辺《へ》を見れば　白波騒《しらなみさわ》く…（巻二・二二〇）

天降《あも》りつく　天《あめ》の香具山　霞《かすみ》立つ　春に至《いた》れば　松風に　池波立ちて…（巻三・二五七）

風をいたみ　沖つ白波《しらなみ》　高からし　海人《あま》の釣船《つりぶね》　浜に帰りぬ（巻三・二九四）

大野山《おほのやま》　霧《きり》立ち渡る　我《わ》が嘆く　おきその風に　霧《きり》立ち渡る（巻五・七九九）

…清《きよ》き渚《なぎさ》に　風吹けば　白波騒《しらなみさわ》き　潮干《しほふ》れば　玉藻刈《たまもか》りつつ…（巻六・九一七）

天霧《あまぎ》らひ　日方《ひかた》吹くらし　水茎《みづくき》の　岡《をか》の水門《みなと》に　波立ち渡る（巻七・一二三一）

英遠《あを》の浦に　寄する白波　いや増しに　立ちしき寄せ来《く》　あゆを疾《いた》みかも（巻十八・四〇九三）

「日方」、「あゆ」はいずれもその土地の風向の呼び名で、いずれも風と波の因果関係が歌われている。なかでも「白波」は「白雲」同様見たいものであり、あるいは思い人に見せたいものとしてもしばしば歌われている。

我《わ》が命《いのち》し　ま幸《さき》くあらば　またも見む　志賀《しが》の大津《おほつ》に　寄する白波《しらなみ》（巻三・二八八）

行《ゆ》き廻《めぐ》り　見《み》とも飽《あ》かめや　名寸隅《なきすみ》の　船瀬の浜に　しきる白波（巻六・九三七）

住吉《すみのえ》の　岸に家《いへ》もが　沖に辺《へ》に　寄する白波　見つつしのはむ　（巻七・一一五〇）
朝なぎに　来寄る白波　見まく欲《ほ》り　我《われ》はすれども　風こそ寄せね　（巻七・一三九一）
風無《かざなし》の　浜の白波　いたづらに　ここに寄せ来《く》る　見る人なしに　（巻九・一六七三）

風が吹くことで波が立ち、水辺に動的な景観を作り出す。海や湖の白波に風はかかせないものであり、見えるものを媒介にして、美的世界を生み出すのである。

天《あま》の川《がは》　水陰草《みづかげくさ》の　秋風に　なびかふ見れば　時は来《き》にけり　（巻十・二〇一三）

三つの素材のとりあわせで美的世界を構成する例で、水陰草は風になびくこと、つまり動きによってその存在を主張する。天象は他の素材とのとりあわせで詠まれるとき、あらためてその重要性を高める。

八　雨の美

天象はだいたいにおいて地上の物に対して作用するさまが描かれる。雨も、後述する雪も天から降り下る物として地上の物に何らかの作用をおよぼす役割が歌われている。ただ、雪は降り落ちる様子も描写されるが、降る雨の美しさを描いたものは、次の一首くらいである。

この夕《ゆふへ》　降り来《く》る雨は　彦星《ひこほし》の　はや漕《こ》ぐ舟の　櫂《かい》の散りかも　（巻十・二〇五二）

七夕歌群の一首で、その夕に降り出した雨の粒を、天の川を渡る彦星の舟の櫂が散らす飛沫になぞらえる。天上世界の物語の一場面に、船の櫂一般の情景が想起されており、雨は水滴のきらきらと飛び散る美しさに重ねられているものの、そこには虚構世界を美しく飾り立てようとする意図もあったことは否定できない。

次に、雨粒が地に降り置いた水滴は「白露」として歌われることもある。

夕立《ゆふだち》の　雨うち降れば　春日野《かすがの》の　尾花《をばな》が末《うれ》の　白露《しらつゆ》思ほゆ　（巻十六・三八一九）

「白露」と表現されているが、この場合は雨によって生じた露で、春日野の雨に濡れた尾花の水滴をあらわしている。

ひさかたの　雨も降らぬか　蓮葉《はちすば》に　溜《た》まれる水の　玉《たま》に似たる見む　（巻十六・三八三七）

の蓮葉に溜まった水玉も同様で、文字どおり玉のような美しさを見たいと歌う。

紅《くれなゐ》に　染めてし衣《ころも》　雨降りて　にほひはすとも　うつろはめやも　（巻十六・三八七七）

紅花で染めた衣の赤系統の色が雨に濡れることによって赤さを増し、艶やかな色に照り映える美しさを描いている。雨に濡れた赤の鮮やかな美しさを詠む例は他にも見える。

我妹子《わぎもこ》が　赤裳《あかも》の裾《すそ》の　ひづつらむ　今日《けふ》の小雨《こさめ》に　我《われ》さへ濡《ぬ》れな　（巻七・一〇九〇）

…紅《くれなゐ》の　赤裳の裾の　春雨《はるさめ》に　にほひひづちて　通《かよ》ふらむ…　（巻十七・三九六九）

…秋付《づ》けば　しぐれの雨降り　あしひきの　山の木末《こぬれ》は　紅《くれなゐ》に　にほひ散れども…（巻十八・四一一一）

前二首は赤裳、後の一首は紅葉が雨に濡れるさまを詠む。赤色が雨に濡れることで鮮やかさを増すように感じられるのは、いまの私たちにとっても納得されることで、現代にも通ずる美的感覚が歌われていると言える。

結局のところ、雨もそのほとんどは地上の物への作用が歌われており、とりわけ春雨としぐれについては、「しぐれは、十二例を除き他はすべて黄葉と共に詠まれ、早く降っては木の葉を色づかせ、遅く降るものは黄葉を散らす雨として詠まれている。それはあたかも春雨が花をほころばせ、花を散らす雨だったことと同様(6)」と指摘されており、

春の雨は　いやしき降るに　梅の花　いまだ咲かなく　いと若みかも　（巻四・七八六）
春雨は　いたくな降りそ　桜花《さくらばな》　いまだ見なくに　散らまく惜しも　（巻十・一八七〇）
九月《ながつき》の　しぐれの雨に　濡《ぬ》れ通り　春日《かすが》の山は　色付《いろづ》きにけり　（巻十・二一八〇）
しぐれの雨　間《ま》なくな降りそ　紅《くれなゐ》に　にほへる山の　散らまく惜《を》しも　（巻八・一五九四）

のそれぞれに見えるような、春の開花と落花、秋の黄葉と落葉を促す存在として歌われる。やはり取りあわせて歌われる中で、美的世界の構築を助けている。

九　雪の美

見てきているように、天象は他の景物に作用し、引き立てる役割を果たすことが多いが、雪は比較的そのものの美しさが歌われる。

奥山《おくやま》の　菅《すが》の葉しのぎ　降る雪の　消《け》なば惜《を》しけむ　雨な降りそね　（巻三・二九九）

天霧《あまぎ》らし　雪も降らぬか　いちしろく　このいつ柴《しば》に　降らまくを見む　（巻八・一六四三）

池の辺《へ》の　松の末葉《うらば》に　降る雪は　五百重《いほへ》降り敷け　明日《あす》さへも見む　（巻八・一六五〇）

松陰《まつかげ》の　浅茅《あさぢ》が上《うへ》の　白雪《しらゆき》を　消《け》たずて置かむ　ことはかもなき　（巻八・一六五四）

我《わ》が背子《せこ》と　二人《ふたり》見ませば　いくばくか　この降る雪の　嬉《うれ》しからまし　（巻八・一六五八）

梅《うめ》の花　降り覆《おほ》ふ雪を　包《つつ》み持ち　君に見せむと　取れば消《け》につつ　（巻十・一八三三）

松《まつ》が枝《え》の　地《つち》に着《つ》くまで　降る雪を　見ずてや妹《いも》が　隠《こも》り居《を》るらむ　（巻二十・四四三九）

これらは、雪を見ていたい、あるいは愛する人に見せたいと歌い、消えてしまうことを惜しむ内容を持つ。二九九は雪を惜しみ、この場合の雨には価値を見いださない点で二つの天象の違いもあらわれている。雪がこのように人々を魅了した理由の一つには、

田子《たご》の浦ゆ　うち出《い》でて見れば　ま白《しろ》にそ　富士の高嶺《たかね》に　雪は降《ふ》りける　（巻三・三一八）

天《あめ》の下《した》　すでに覆《おほ》ひて　降る雪の　光を見れば　貴くもあるか　（巻十七・三九二三）

大宮《おほみや》の　内《うち》にも外《と》にも　光るまで　降らす白雪《しらゆき》　見れど飽《あ》かぬかも　（巻十七・三九二六）

と歌われるように雪の持つ白さがある。白雲や白波、白露と同じく白雪とも表現される雪はとりわけ輝くような白さを持つ。

立山《たちやま》に　降り置ける雪を　常夏《とこなつ》に　見れども飽《あ》かず　神《かむ》からならし　（巻十七・四〇〇一）

もちろん、極めて寒いところにしか降らぬゆえに瑞兆とされるほどの珍しさも理由の一つに数えられるであろうが、

矢釣山《やつりやま》　木立《こだち》も見えず　降りまがふ　雪驪朝楽毛（7）　（巻三・二六二）

ぬばたまの　今夜《こよひ》の雪に　いざ濡《ぬ》れな　明けむ朝《あした》に　消《け》なば惜《を》しけむ　（巻八・一六四六）

の二首が、おそらくは雪にはしゃぐ官人や、溶ける前に雪にたわむれたいという心を描くように、雪は知性に働きかけるのではなく、現代にこどもがはしゃぎ、犬もかけまわるように、多くの人々にとって心をうきたたせる存在であった。

大殿《おほとの》の　このもとほりの　雪な踏《ふ》みそね　しばしばも　降らぬ雪ぞ　山のみに　降りし雪ぞ　ゆめ

寄るな…　（巻十九・四二二七）
ありつつも　見《め》したまはむそ　大殿《おほとの》の　このもとほりの　雪な踏みそね　（巻十九・四二二八）
大宮《おほみや》の　内《うち》にも外《と》にも　めづらしく　降れる大雪　な踏みそね惜《を》し　（巻十九・四二八五）

その白さを、汚すべきでないと歌わせるのも、理性からでなく、感覚的な愛惜の心が根底にあることはわれわれが経験的にも知るところであろう。雪は天象の中で万葉びとがすぐれて美を感じた素材と言える。ただし、万葉集の中で、雪は梅とのとりあわせで詠まれたものが多い。

我《わ》が園に　梅の花散る　ひさかたの　天《あめ》より雪の　流れ来《く》るかも　（巻五・八二二）
梅の花　散らくはいづく　しかすがに　この城《き》の山に　雪は降りつつ　（巻五・八二三）
春の野に　霧《きり》立ち渡り　降る雪と　人の見るまで　梅の花散る　（巻五・八三九）
妹《いも》が家《へ》に　雪かも降ると　見るまでに　ここだも紛《まが》ふ　梅の花かも　（巻五・八四四）
残りたる　雪に交《ま》じれる　梅の花　早くな散りそ　雪は消《け》ぬとも　（巻五・八四九）
雪の色を　奪《うば》ひて咲ける　梅の花　今盛《さか》りなり　見む人もがも　（巻五・八五〇）
沫雪《あわゆき》か　はだれに降ると　見るまでに　流らへ散るは　何《なに》の花そも　（巻八・一四二〇）

花を主題に据える意図を持った「梅花の宴」の歌群の万葉歌の歴史における存在の大きさゆえか、梅を雪に見立てる歌が多い。

我《わ》が岡《をか》に　盛《さか》りに咲ける　梅の花　残れる雪を　まがへつるかも　（巻八・一六四〇）
今日《けふ》降りし　雪に競《きほ》ひて　我《わ》がやどの　冬木《ふゆき》の梅は　花咲きにけり　（巻八・一六四九）
梅の花　咲き散り過ぎぬ　しかすがに　白雪庭《しらゆきには》に　降りしきりつつ　（巻十・一八三四）

のように、雪と梅とを並立、または等価値に捉えるものや、逆に雪に注目して、

我《わ》がやどの　冬木《ふゆき》の上《うえ》に　降る雪を　梅の花かと　うち見つるかも　（巻八・一六四五）
梅の花　枝にか散ると　見るまでに　風に乱れて　雪そ降り来《く》る　（巻八・一六四七）

のごとく、雪を花に見立てるものは少ない。むろん、梅の花を美しいと感じなかったわけではないだろうが、中国由来の花を愛でるという異国趣味という面を考慮すると、万葉集では、雪の美からくる感動よりも、理知的な興味が多く歌われていると言える。

雪をおきて　梅にな恋《こ》ひそ　あしひきの　山片付《かたづ》きて　家居《いへゐ》せる君　（巻十・一八四二）

この歌も、標高の高い山では梅はまだ咲かず、雪のみがある事情に加えて、雪よりも梅が珍重される傾向を背景に持つであろう。

梅とのとりあわせでは、雪が従属的な場合が多いものの、次の二首は山橘の赤い実と雪の白さが対比的に歌われている。

この雪の　消残《けのこ》る時に　いざ行《ゆ》かな　山橘《やまたちばな》の　実《み》の照るも見む　（巻十九・四二二六）

消残りの　雪に合《あ》へ照る　あしひきの　山橘を　つとに摘《つ》み来《こ》な　（巻二十・四四七一）

二首の作者でもある大伴家持は、越中に赴任していたこともあって雪の体験がゆたかで、同じ天象である月の光に、地上に降り置いた雪が照らされる情景を梅の花とあわせた「宴席に雪月梅花《せつげつばいくわ》を詠《よ》む歌」（巻十八・四一三四）もある。さらに、家持の周辺では、

ここに、積む雪に重巌《ちようがん》の起《た》てるを彫《ゑ》り成し、奇巧《たく》みに草樹の花を綵《いろど》り発《いだ》す。これに属《つ》けて

掾《じよう》 久米朝臣広縄《くめのあそみひろなは》が作る歌一首

なでしこは　秋咲くものを　君が家《いへ》の　雪の巌《いはほ》に　咲けりけるかも　（巻十九・四二三一）

遊行女婦《あそびめ》蒲生娘子《かまふをとめ》が歌一首

雪の山斎《しま》　巌に植ゑたる　なでしこは　千代《ちよ》に咲かぬか　君がかざしに　（巻十九・四二三二）

という人工的な雪の美を詠む歌もある。

十　露の美

露も「白露」と詠まれて、賞美すべきものとして歌われる。

秋萩《あきはぎ》の　上に白露　置くごとに　見つつそ偲《しの》ふ　君が姿《すがた》を　（巻十・二二五九）

夕占《ゆふけ》問ふ　我《わ》が袖《そで》に置く　白露《しらつゆ》を　君に見せむと　取れば消《け》につつ　（巻十一・二六八六）

秋草《あきくさ》に　置く白露《しらつゆ》の　飽《あ》かずのみ　相見《あひみ》るものを　月をし待たむ　（巻二十・四三一二）

二二五九も四三一二も、白露を見飽かぬものと捉えた譬喩である。

さ雄鹿《をしか》の　萩に貫《ぬ》き置ける　露の白玉《しらたま》　あふさわに　誰《たれ》の人かも　手に巻かむちふ　（巻八・一五四七）

我《わ》がやどの　尾花《をばな》が上の　白露を　消《け》たずて玉《たま》に　貫《ぬ》くものにもが　（巻八・一五七二）

さ雄鹿の　朝立《た》つ野辺《のへ》の　秋萩に　玉と見るまで　置ける白露《しらつゆ》　（巻八・一五九八）

玉《たま》に貫《ぬ》き　消《け》たず賜《たば》らむ　秋萩の　末《うれ》わわらばに　置ける白露　（巻八・一六一八）

秋萩《あきはぎ》に　置ける白露《しらつゆ》　朝《あさ》な朝《さ》な　玉としそ見る　置ける白露　（巻十・二一六八）

おおむね秋の景物として鹿や秋萩ととりあわせた中に、植物の上に置く白露が歌われている。「露の白玉」といわれることもあれば、玉に譬えずとも、夕月夜に光る白露が置く美しい庭も描かれる。ことに朝や月夜の露が歌われるのは、その光に照らし出されて玉のような輝きを放つ様子が賞美されるのであろう。

白露《しらつゆ》を　玉になしたる　九月《ながつき》の　有明《ありあけ》の月夜《つくよ》　見れど飽《あ》かぬかも　（巻十・二二二九）

有明の月夜が白露を玉のように見せたとする歌には、その関係が如実に歌われている。

夕月夜《ゆふづくよ》　心もしのに　白露《しらつゆ》の　置くこの庭《には》に　こほろぎ鳴くも　（巻八・一五五二）

この歌も夕月夜であるからこそ、庭一面に光を散りばめたようにして白露が置く様が描かれるのであろうが、その視覚的な世界にこほろぎの鳴き声が加わることでいっそう臨場感を高めて、白露の美しい情景が効果的に浮かび上がる歌となっている。

またしぐれと同様に、露は秋に黄葉を促し、萩を散らすものとして描かれる。

秋の露《つゆ》は　移しにありけり　水鳥《みづとり》の　青葉《あをば》の山の　色付《いろづ》く見れば　（巻八・一五四三）
さ雄鹿《をしか》の　来立《きた》ち鳴く野の　秋萩《あきはぎ》は　露霜負《つゆしもお》ひて　散りにしものを　（巻八・一五八〇）
手に取れば　袖《そで》さへにほふ　をみなへし　この白露《しらつゆ》に　散らまく惜《を》しも　（巻十・二一一五）
秋さらば　妹《いも》に見せむと　植ゑし萩　露霜負《つゆしもお》ひて　散りにけるかも　（巻十・二一二七）
このころの　暁露《あかときつゆ》に　我《わ》がやどの　秋の萩原《はぎはら》　色付《いろづ》きにけり　（巻十・二一一三）
秋されば　置く露霜《つゆしも》に　あへずして　都の山は　色付《いろづ》きぬらむ　（巻十五・三六九九）

露が山の木の葉を色づかせたり、露が降りて萩の花が散るという継起的なつながりを類縁的に歌っているが、

…繁山《しげやま》の　谷辺《たにへ》に生《お》ふる　山吹を　やどに引き植ゑて　朝露《あさつゆ》に　にほへる花を　見るごとに　思ひ

は止《や》まず　恋し繁しも　（巻十九・四一八五）

と、露に濡れることでにほふ山吹の花が詠まれることからすれば、秋においても露が黄葉を促すという見立てだけではなく、

妻隠《つまごも》る　矢野《やの》の神山《かむやま》　露霜《つゆしも》に　にほひそめたり　散らまく惜《を》しも　（巻十・二一七八）

朝露《あさつゆ》に　にほひそめたる　秋山に　しぐれな降りそ　あり渡るがね　（巻十・二一七九）

雁《かり》が音《ね》の　寒き朝明《あさけ》の　露ならし　春日の山を　にほはすものは　（巻十・二一八一）

妹《いも》が袖《そで》　巻来《まきき》の山の　朝露《あさつゆ》に　にほふ黄葉《もみち》の　散らまく惜《を》しも　（巻十・二一八七）

に見える「にほふ」は、すでに黄葉した葉が露に濡れることによってより鮮やかさを増す様子を詠んでいる可能性もある。先に、雨について、濡れた赤系統の色がより鮮やかにみえることを詠む歌を挙げたのと同じように、露によってしっとりと濡れた葉を「にほふ」と表現しているのではないか。

二　霜の美

霜は「露霜」とも歌われるように露とともに、秋から冬にかけて、やはり黄葉や落葉との関わりで歌われることが多いが、萩の花と歌われるのは露で、霜が現れるのは「露霜」（巻六・一〇四七、巻八・一五八〇、一六〇〇、巻十・二二二七、二二七〇、巻十五・三六九二）の例のみである。逆に、霜は鳥の羽に降るものとして現れる。

葦辺《あしへ》行《ゆ》く　鴨《かも》の羽《は》がひに　霜《しも》降りて　寒き夕《ゆふへ》は　大和《やまと》し思ほゆ　（巻一・六四）

埼玉《さきたま》の　小埼《をさき》の沼に　鴨そ翼《はね》霧《き》る　己《おの》が尾《を》に　降り置ける霜《しも》を　払《はら》ふとにあらし　（巻九・一七四四）

おしてる　難波《なには》堀江《ほりえ》の　葦辺には　雁寝《ね》たるかも　霜の降《ふ》らくに　（巻十・二一三五）

…明け来《く》れば　沖になづさふ　鴨《かも》すらも　妻とたぐひて　我《わ》が尾《を》には　霜《しも》な降りそと　白《しろ》たへの　翼《はね》さし交《か》へて　打ち払《はら》ひ　さ寝《ぬ》とふものを　行《ゆ》く水の…　（巻十五・三六二五）

寒い季節に池沼などの水辺でじっとしている鴨、雁そして鶴といった渡り鳥の羽を白くする霜という捉え方は、露にはない。それは露が萩の花の頃であるのにくらべて、霜は遅い時期に見られるという違いにもよるであろう。六四や三六二五には、朝夕の冷え込みにみじろぎしない鴨の生態がよく観察されていて、鴨の羽がひや尾に霜が降り置く様子がやはり微視的に捉えられている。

はなはだも　夜更《よふ》けてな行《ゆ》き　道の辺《へ》の　ゆ笹《ざさ》の上《うへ》に　霜の降る夜《よ》を　（巻十・二三三六）

ここに見えるのもゆ笹の上の霜で、基本的には地上に降り置いた霜が詠まれることが多いが、

霜曇《しもくも》り　すとにかあるらむ　ひさかたの　夜《よ》渡る月の　見えなく思《おも》へば　（巻七・一〇八三）

の「霜曇り」の語は「霜を空から降ってくるもののように考えていた理解から生れた」（新編全集）とされるように、霜は天から降ってくるものという認識があったらしい。

旅人《たびひと》の　宿りせむ野に　霜《しも》降らば　我《あ》が子羽《は》ぐくめ　天《あめ》の鶴群《たづむら》　（巻九・一七九一）
天飛《あまと》ぶや　雁《かり》の翼《つばさ》の　覆《おほ》ひ羽《ば》の　いづく漏《も》りてか　霜の降りけむ　（巻十・二二三八）

一七九一は空を飛翔する鶴の群れに、降り落ちてくる霜から我が子をその羽根で守って欲しいと歌い、二二三八は、空を覆うようにして飛ぶ雁の大群の翼の間から霜が漏れ落ちてくると描く。いずれも霜が天から降ってくることが前提であり、天空を飛ぶ鳥の群れをとらえた巨視的な歌である。

◆三　霧の美

視界をさえぎるものとして歌われる点で、霧は雲に似る。

まそ鏡《かがみ》　照るべき月を　白たへの　雲か隠せる　天《あま》つ霧《きり》かも　（巻七・一〇七九）

しかし、すっかり見えなくなることによって、かえって聴覚の世界は開かれることになる。

このころの　秋の朝明《あさけ》に　霧隠《きりごも》り　妻呼ぶ鹿の　声《こゑ》のさやけさ　（巻十・二一四一）

妹《いも》を思《おも》ひ　眠《い》の寝《ね》らえぬに　暁《あかとき》の　朝霧隠《あさぎりごも》り　雁《かり》がねそ鳴く　（巻十五・三六六五）

さらに、霧によって遮られた見えない空間に、美しい情景を想像することも行われている。

高円《たかまと》の　秋野の上《うへ》の　朝霧《あさぎり》に　妻呼ぶ雄鹿《をしか》　出《い》で立つらむか　（巻二十・四三一九）

こうした歌に詠まれるのは、霧ではなく、その向こうにあるものと言えるが、他の天象と同じように、やはり一首の歌に美的世界を演出する重要な役割を果たしている。

三　霞の美

霞もまた、霧と同じように視界が遮られた状態が歌われる。

春されば　霞隠《かすみがく》りて　見えざりし　秋萩咲きぬ　折りてかざさむ　（巻十・二一〇五）

ひばり上がる　春へとさやに　なりぬれば　都も見えず　霞《かすみ》たなびく　（巻二十・四四三四）

家思《いへおも》ふと　眠《い》を寝《ね》ず居《を》れば　鶴《たづ》が鳴く　葦辺《あしへ》も見えず　春の霞に　（巻二十・四四〇〇）

ただし、すっかり見えなくなるほど霞がかかることはあまりないようで、それだけに風景の一部に溶け込むようにかかっている状態が歌われることが多い。

秋の田の　穂の上《うへ》に霧《き》らふ　朝霞《あさがすみ》　いつへの方《かた》に　我《あ》が恋止《こひや》まむ　（巻二・八八）

清き瀬に　千鳥妻《つま》呼び　山の際《ま》に　霞《かすみ》立つらむ　神奈備《かむなび》の里　（巻七・一一二五）

これらはいずれも、秋の田の穂の上や、春日の野辺、神奈備の里などに、文字どおりうっすらと霞がかかって見えるほどの風景であろう。そのため霧のように、向こうにあるものが思われることはない。霞に隔てられた空間を聴覚で捉えようとする歌は先の四四〇〇が、見えない葦辺に鳴く鶴を詠む程度である。

ひさかたの　天《あめ》の香具山《かぐやま》　この夕《ゆふへ》　霞《かすみ》たなびく　春立つらしも　（巻十・一八一二）

月数《よ》めば　いまだ冬なり　しかすがに　霞《かすみ》たなびく　春立《た》ちぬとか　（巻二十・四四九二）

霞は、春の到来を告げるものとして歌われており、霞を美しいととらえていたことが明確な歌は少ない。

見渡せば　春日《かすが》の野辺《のへ》に　立つ霞　見まくの欲《ほ》しき　君が姿《すがた》か　（巻十・一九一三）

この一首が、君の姿を、霞を見たいのと同じように見ていたいと歌うだけである。

春霞《はるかすみ》　流るるなへに　青柳《あをやぎ》の　枝《えだ》くひ持ちて　うぐひす鳴くも　（巻十・一八二一）

春の野に　霞《かすみ》たなびき　うら悲《がな》し　この夕影《ゆふかげ》に　うぐひす鳴くも　（巻十九・四二九〇）

そしてやはり、こうしたとりあわせの中で、環境の変化として歌われるのである。

一四　おわりに

天象としては他に雷、霰《あられ》、虹があり、それぞれ見たいものとして次のように歌われている。

天雲《あまくも》に　近く走りて　鳴る神の　見れば恐《かしこ》し　見ねば悲しも　（巻七・一三六九）

雷に寄せる一首のため、逢えないと悲しい思い人の存在が託されているが、稲妻が興味深いものであったことは確かだろう。はたしてそこに好奇心以上の美を感じたかはわからない。

我《わ》が袖《そで》に　霰《あられ》たばしる　巻《ま》き隠《かく》し　消《け》たずてあらむ　妹《いも》が見むため　（巻十・二三一二）

霰を妹に見せるために、溶かさないように包み隠しておこうと歌う。用例は少ないながら、玉になぞらえることもないから、美しいものというよりも珍しさが勝っているように思われる。

伊香保《いかほ》ろの　やさかのゐでに　立つ虹《のじ》の　現《あら》はろまでも　さ寝《ね》をさ寝《ね》てば　（巻十四・三四一四）

伊香保のやさかの土手に立つ虹がはっきりとしているとは詠まれるが、虹は万葉集にはこの一首しかなく、美しいと感じていたかはやはり分からない。雷にはむしろ畏敬の念を抱くようだし、少なくともこれらは月や雪ほどには共有できる美意識が和歌に詠まれることはなかったようである。

天象は万葉集の歌に数多く詠み込まれているが、それのみの美しさに魅せられて詠まれた歌はわずかしかない。日々のいとなみの中に当たり前のようにある普遍性がそれのみを美しく感じさせ、歌わせる契機を奪っていたとも言えるであろう。太陽にあっては、朝日や夕日など一瞬の美しさが詠まれることはあっても、そうした変化を見せないかぎりは気づきにくいものである。それだけに、雪は、極めて限られた季節にしか見られず、かつ純白という色からその美は多く詠まれている。他にも、白雲、白露があり、天象それ自体が美しいと捉えられるのは、白の色彩によっている面も大きい。鳥の羽に降り置く霜が詠まれるのも、その色がとりわけ目を引くからであろう。

しかし、むしろ天象は単独での美しさよりも、他の景物とのとりあわせによって歌われる。天象は環境として時間の推移にしたがってすべてのものに何らかの作用をおよぼす。そこにもたらされた変化に気づくことで歌が詠まれるのである。月の光は景物を照らし出し、風は白波を起こす。雨は地上の物を濡らし、景物の色をより鮮やかにする。雪が色の対比を主眼とするとりあわせで詠まれるのも、その白が他の素材の色を視覚的に鮮やかに浮かび上がらせるからであろう。また視覚だけでなく、視界をさえぎる霧の場合には聴覚によって見えない世界の美しさが思われることもある。天象はその変化によって、他の景物に新たな価値を付与することで、とりあわせの要素の一つとしてしばしば詠み込まれるのである。

注1 次田真幸氏「万葉集の作者不明の歌の分類と排列」(『お茶の水女子大学紀要8』昭和三十一年三月)小島憲之氏『上代日本文学と中国文学　中』(塙書房、昭和三十九年三月)、伊藤博氏「編者の庖厨」(『万葉集の歌群と配列　上』塙書房、平成二年九月)。小沢正夫氏は「一二〇首の詩そのものが類書または百科辞書的な性質を持っている」と指摘する(『古代歌学の形成』塙書房、昭和三十八年十二月)。

2 内藤湖南氏は、『爾雅』の配列について、「釋詁から釋訓に至る三篇は詩書の古い部分、若しくは古い傳の解釋といふべきものであつて、後に附益せられたと思はれるものでも、春秋公羊傳がそれに加つてゐる位の程度である。(中略)それから釋訓以下の各篇即ち釋親・釋宮・釋器・釋樂・釋天・釋地等の各篇であるが、其の大部分は禮に關係のあるものである。これらの諸篇は禮學が起つたが爲めに、其の解釋として必要になつたのである。それで釋親は禮に於て最も重んずる宗法の爲めに書かれたものであり、釋宮以下は名物度數の解釋をしたものである。」(「爾雅の新研究」大正十年九月、十月「支那學」第二卷第一號、第二號『内藤湖南全集　第七卷』筑摩書房、昭和四十五年二月)と述べている。

3 伊藤博氏「編者の庖厨」。

4 小沢正夫氏前掲書は、「この歌集にみられるいわゆる辞書的分類が中国の類書から何らかの影響を受けていることは恐らく間違いあるまい。この場合、歌を集め、分類し、歌集を編集しようという精神には、辞書を編集しようとする精神と共通したものがあることではあろうが、『万葉集』の中で辞書的分類を施された巻々が、何らかの意味での辞書的性格を帯びているとは考えられない。」と述べる。

5 「万葉集の成り立ち」（『万葉集釈注　別巻』集英社、平成十一年三月）。

6 森淳司氏「万葉の景物」（『万葉とその風土』桜楓社、昭和五十年四月）。

7 結句の訓および歌の内容については、小稿「『たのし』と『楽』」（『高岡市万葉歴史館論集13　生の万葉集』笠間書院、平成二十二年三月）に触れた。

＊万葉集の引用は『新編日本古典文学全集　万葉集』による。

赤人・ことばの美的整齊

森　朝男

序・赤人における美

山部赤人の歌は、言うなら「こころ」より「ことば」を先立てている。表現は洗練された歌句と緻密な構成意識に支えられている。「ことば」(表現)の完成度を追うあまり、「こころ」(内容)を故意に削ぎ落としているところさえある。赤人歌のいわゆる「叙景」といったものも、事実の写生であるより、ことばによって構成された「言語としての自然」であったことは、すでに指摘されている。[1]

赤人の歌の美とは、したがってそのことばの美、ことばによって整齊、構築された景なり感情なりの美でなければならず、また赤人の歌がそれによって果たしているところの和歌史的な意義でなければならない。大伴家持の歌のことばも美しいが、傾向はかなり異なっている。またしばしば叙景歌人として並べられる高市黒人の歌とも、たいそう異なっていると言うべきだ。本論ではこうした見かたから赤人のことばを読んでみたい。

一　赤人歌の美的構成法1（玉津島離宮歌の場合）

玉津島離宮歌の簡潔さ

まずは右に概括した赤人歌の特質を具体的に見ておこう。

やすみしし　わご大君の　常宮《とこみや》と　仕《つか》へ奉《まつ》れる　細賀野《さひがの》ゆ　そがひに見ゆる　沖つ島　清き渚《なぎさ》に　風吹けば　白波騒き　潮干《ふ》れば　玉藻《たまも》刈りつつ　神代《かみよ》より　然《しか》そ貴き　玉津島山《たまつしまやま》（巻六・九一七）

反歌二首

沖つ島荒磯《ありそ》の玉藻潮干《しほひ》満ちい隠《かく》り行ゆかば思ほへむかも（同九一八）

若《わか》の浦に潮満ち来れば潟をなみ葦辺《あしへ》をさして鶴《たづ》鳴き渡る（同九一九）

右の歌は、題詞によって神亀元年十月の聖武天皇の玉津島行幸時の歌と知れる。柿本人麻呂の吉野離宮従駕の歌（巻一・三六～三九）を比較に持ち出してみれば明らかなように、行幸従駕歌としては離宮を讃えたり、奉仕する官人らの姿を叙述したりすることがほとんどなく、奇異である。それらは「常宮《とこみや》と仕《つか》へ奉《まつ》れる」という簡素な叙述に集約されてしまっている。先に内容を「削ぎ落としている」と言ったのはこういうところである。しかし離宮の宮褒めはこれで十分だとも言える。「常宮《とこみや》と仕《つか》へ奉《まつ》れる」は、それだけで離宮と奉仕の永遠を讃えたことになる。

「沖つ島清き渚《なぎさ》に」以下六句の海浜の叙述も、簡潔といえばいかにも簡潔である。しかしここには周到な構成意識が行き渡っている。「風吹けば白波騒き」は、次の二句の潮干の叙述と対《つい》をなしていると見られるから、潮満ちの叙述なのだろう。次句の藻刈りの叙述と対にするなら、満潮時の魚釣りのことなどが叙述されてもよいのだが、赤人はそれを嫌って「白波」の叙述に限っている。ここにも削ぎ落としがある。

神代より然《しか》そ貴き

こういう削ぎ落としあるいは表現の簡潔化は赤人歌に一般的な傾向で、しばしば赤人の長歌の無内容、感動の薄さとして批判されてきた。ここもその例に相当する。しかしこれを以て赤人長歌を非難するのは妥当ではない。なぜならその削ぎ落とし、簡潔化が、先立つ「清き渚に」と相俟って、次の「神代より　然《しか》そ貴き　玉津島山」という表現への展開を可能にしているからである。「貴し」というような抽象的な讃辞は、表現に人の営み（魚釣り他）といった内容を豊富に抱えさせず、簡素にしたことで可能になっているのである。「潮干れば　玉藻刈りつつ」に人の営みの藻刈りがあるではないか、矛盾しないか、と言われそうだが、これは藻刈りよりも藻そのものを詠むことに力点が置かれたものだ。なぜなら、これを受ける第一反歌が、潮満ちによってそれが隠れるのを惜しんでいることで分かる。長歌と反歌の関係については後述する。

この「貴し」は直ちに次の歌を連想させる。

み吉野の　吉野の宮は　山からし　貴《たふと》くあらし　川からし　さやけくあらし　天地《あめつち》と　長く久しく　万代《よろづよ》に　変はらずあらむ　行幸《いでまし》の宮　（巻三・三一五）

同じ年神亀元年の作と推定される、大伴旅人の吉野離宮歌である。「暮春の月に芳野の離宮に幸しし時に…勅を奉りて作れる歌」とあり、「未だ奏上を経ざる歌」と注記される。これも極めて簡素な歌で、形式を重んじ内容を削ぎ落としている。

ここでも離宮は「貴し」と表現される。この「貴し」、続く「さやけし」も、ともに抽象的な讃辞である。別稿(2)にも触れたとおり、こうしたこの期の離宮賀歌の簡潔で抽象的な表現態には、大宰府圏の新風和歌出現という和歌史の屈折点を直前にしたこの時期の、伝統歌（宮廷賀歌）への雅体視意識が働いているのではないか。旅人はいわゆる宮廷歌人ではなく、これは希有な作歌であるが、この期の宮廷賀歌の傾向を典型的に表している。赤人の宮廷賀歌はその時代傾向をさらに完璧に達成して、表現美に至ろうとしたものだ。赤人は天平八年度の吉野離宮歌（巻六・一〇〇五）にも「神さびて　見れば貴く　宜《よろ》しなへ　見ればさやけし」と詠む。概してこの時期の宮廷賀歌は実感に乏しい形式的歌句を連ねる傾向にあるとしばしば説かれるところだが、それを否定的に評価するだけでなく、少なくとも赤人歌については、表現の「美」的達成とみる視座を要するだろう。

長歌と反歌の構成的関係

さて再び玉津島離宮の歌に戻って、反歌を見よう。反歌は二首とも潮満ちを詠む。長歌の「風吹けば　白波騒き　潮干《しほふ》れば　玉藻刈りつつ」の対句の前半を第二反歌が、後半を第一反歌が引き継いでいる。それゆえ第一反歌は「潮干満《しほひ》ちて」と「潮干」を詠み込む結果になっている。赤人歌の長歌と反歌との対応的な構成は、他の作品にも色濃く認められるところである。

第一反歌の、潮干の折に刈られる玉藻が、潮満ちによって隠れるのを惜しむ、という趣意は、内容としてはむしろ些末であまり実質的でない。またすぐに潮干の時が来るのだから。これも長歌と反歌との連繋という構成に力を注ぐあまり、内容を削ぎ落とした結果であると言えそうだ。それに対し第二反歌は、ここで初めて「鶴《たづ》」の芦辺への飛来を詠んで、内容として豊かである。近代の批評はこういう第二反歌を高く評価し、他を否定的に見るが、そのような分断的な批評は、赤人歌の「ことば」を「こころ」に先立てる特質を見のがすことになると言えないか。長歌・反歌の緊密な構成的布置を全体として評価せねばならない。そのとき初めて赤人歌の「美」が明らかになる。

二　赤人歌の美的構成法2（辛荷の島羈旅歌の場合）

辛荷の島歌の地名表出

赤人歌の構成法を追って、次に羈旅歌の例を見よう。

あぢさはふ　妹《いも》が目離《か》れて　しきたへの　枕もまかず　桜皮《かには》巻き　作れる舟に　ま梶貫《かぢぬ》き　我が漕ぎ来れば　淡路の　野島《のしま》も過ぎ　印南《いなみ》つま　辛荷《からに》の島の　島の間ゆ　我家《わぎへ》を見れば　青山の　そことも見えず　白雲も　千重《ちへ》になり来ぬ　漕ぎたむる　浦のことごと　行き隠《かく》る　島の崎々　隈《くま》も置かず　思ひそ我が来る　旅の日《け》長み　（巻六・九四二）

反歌三首

玉藻刈る辛荷の島に島廻《しまみ》する鵜《う》にしもあれや家思《おも》はざらむ　（同九四三）

島隠《しまがく》り我が漕ぎ来ればともしかも大和《やまと》へ上《のぼ》る真熊野《まくまの》の船　（同九四四）

風吹けば波か立たむとさもらひに都太《つた》の細江《ほそえ》に浦隠《うらがく》り居《を》り　（同九四五）

「辛荷の島を過ぎし時に、山部宿祢赤人の作れる歌一首　并せて短歌」とあり、瀬戸内海を西行する往路の作と理解される。長歌に「淡路の　野島《のしま》も過ぎ　印南《いなみ》つま　辛荷《からに》の島の　島の間ゆ　我家《わぎへ》を見れば」とあって、淡路島北端をかすめて印南の海に出、辛荷島へ達する辺りでの歌である。「印南つま」は現高砂市、加古川河口のデルタ状の島、辛荷は現たつの市御津町室津の海上の、地の唐荷・中の唐荷・沖の唐荷の島々をいう、と諸注一致して説く。反歌の第一、二首は辛荷の島を詠むと見てよかろう。第三首の「都太《つた》の細江《ほそえ》」については現在の姫路市飾磨区に津田・細江の地名が伝わるという(3)。

これらの考証によってこの歌の地名を地図に示すと下図(4)の太字の野島・加古川・唐荷島・津田のようになる（敏馬については272頁にふれる）。第三首に詠まれる「都太の細江」が長歌から第二反歌に展開する西航の行程順に逆行して、東へ戻ることになる。多くの注釈がこのことに頭を悩めてきた。歌の順序を誤る（新考）、第三反歌は反歌として不適切（金子評釈）、時間的に前のことを詠んだ（注釈）、などの諸説を見るが、これに最も卓越した解を与えたのは犬養孝氏である(5)。

犬養氏の所説を要約すれば次のようになる。長歌は移動風景的に展開してパノラマ型の構成をなし、反歌はそれを受けてまず辛荷島とそこでの望郷を、続いてその望郷を引き継いで倭へ帰る真熊野の船への

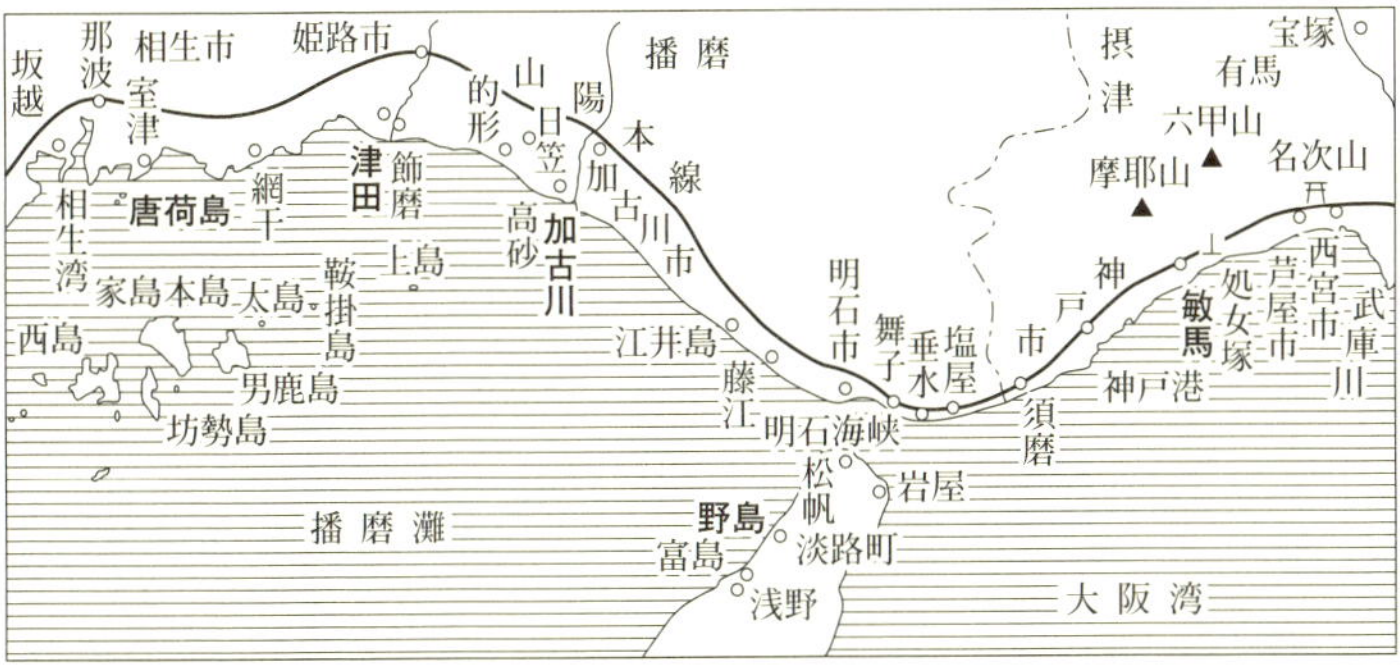

羨望を詠む。第三反歌では、真熊野の船が行く方向の都太での、詠み手自身の停泊の時のことを詠んで、旅行く不安を表し、過ぎて来た地点の都太を出すことで、長歌から第二反歌までのパノラマ的な空間を再び際だたせて収束させている。——おおよそそのような趣旨である。要するに第三反歌で時間軸を逆転させたことに、構成意識の存在を読むのである。これは優れた解読である。

超克される時間軸

これに導かれつつ言えば、この長反歌の構成法は、航路の時間軸に沿った叙述という方法は捨てていることになる。羈旅歌の基本は旅の途上に展開する異郷の景（あるいは道行きの地名表出）と旅情（行旅の不安と郷愁）の表現にある。郷愁はしばしば家妻への恋情に置き換えられる。そうするとこの歌は景と行旅の不安と郷愁とを、統合的に表現することで、いかに全円的な羈旅歌を作り上げるかという創作意図を先行させた作品となる。つまりはいかに典型的な完成品としての羈旅歌を詠むかに目的が置かれた。作意をそのように理解することができる。

その点を少し具体的に見ておこう。長歌は「野島」「印南つま」「辛荷の島」と道行きを詠みつつ、望郷をそれに絡める。第一反歌は長歌を受けて「辛荷の島」の鵜を詠む。これは景の叙述でもあるが、それに望郷を絡めようとする。この歌、種々の解があるが、「辛荷の島を廻って餌をあさっている、あれは鵜であるので、家を思わずにいるのだろうか」と解する『全注』（吉井巌注）が最も明快である。「自分は鵜でないから家を思うのだ」という含意が下にあることになる。この逆接的表現はいささかの複雑さを抱えるが、景の叙述と郷愁の叙述を融合させた点において、長反歌の構成の中で成功を収めている。また第三反歌の時間軸を無視した「都太の細江」の叙述は、不安な旅行きの心を表現する時待ちの場所として、細く内陸に入り込んだ「細江」が相応しかったからであろう。どちらも構成意識がしからしめた表現であって、実状よりも表現を、つまりは「こころ」より「ことば」を先立てていると見られる。

なおこの歌群の長歌について、新日本古典文学大系の脚注は、「青山の　そことも見えず　白雲も　千重になり来ぬ」の「青山」「白雲」に「旧宅青山遠く　帰路白雲深し」（鄭公超「送庾羽騎抱」）のような漢詩の対句が典拠をなしている可能性を指摘する。十分に考えられることだ。概して赤人の長歌には均斉のとれた対句が多い。

三　美的表現の根拠としての平城古代都市

赤人歌における季節と暦

巻八・春雑歌部には、季節を詠んだ「山部宿祢赤人の歌四首」という歌群が見える

春の野にすみれ摘みにと来し我そ野をなつかしみ一夜《ひとよ》寝にける　（巻八・一四二四）

あしひきの山桜花《やまさくらばな》日《ひ》並べてかく咲きたらばはだ恋ひめやも　（同一四二五）

我が背子《せこ》に見せむと思《おも》ひし梅の花それとも見えず雪の降れれば　（同一四二六）

明日《あす》よりは春菜《はるな》摘まむと標《し》めし野に昨日《きのふ》も今日も雪は降りつつ　（同一四二七）

万葉集は、第三期に至ってにわかに季節の歌が豊かになる。別稿[6]にも簡略にふれたとおり、季節感というものは暦によって季節を区分する意識がもとになっていて、村落・庶民の側からでなく、むしろ都市（古代都市）・貴族の側から出てきたものなのである。暦は為政者の側のものであり、庶民の側のものではない。季節を代用する花や鳥（例えば梅・桜・橘・あやめ・鴬・ほととぎす等々）は、東歌にはあまり見えない、ないしは全くない。そのことがそれの証明になる。律令国家の文化的制度と、それの先端的具現化である平城京古代都市の形成に歩調を合わせながら、季節の歌は歩みを始める。万葉集の代表的歌人の中で最も鋭敏な季節感を詠んだのは第四期の大伴家持であるが、第三期の赤人に、右の四首をはじめとして何首かの鋭敏な季節感を見せた歌があるのは注目される。

右の第三、四首は、到来しそうでなお足踏みしている春の気配を、際どく表現に掬い上げている。第三首の梅と雪を見紛う趣向は、和歌では大伴旅人の梅花の宴歌群中の歌（巻五・八二二）をはじめとして万葉集や平安和歌に多い。旅人歌は梅花落の楽府詩などを継承したものとされる[7]。第四首は春菜摘みを詠むこと、これも万葉集にはじまって平安和歌に継承される春の歌の代表的題材であり、右の歌は成立年次が明らかではないが、その最も早い例の一つであろう。

第三首は雪を冬のもの、梅を春のものとする意識なしには出てこないだろう。「梅の花それとも見えず」には雪と梅を同色であることにおいて見紛うという前提に立って「それとも見えず」と言っているのであり、多分に理知的で美的な趣向によるものである。また第四首は「春菜」という語に季節の名を明示している。それゆえ下句の雪は明らかに冬のものとなる。冬か春かの微妙な時の区分に対するこのような明敏な意識は、やはり暦の観念と繋がっていて、都市人のものである。

第二首にも時の移ろいが逆接的に表現されている。山の桜が何日も続いて咲くなら、ひどく恋い焦がれようかの意。桜の花の散るのを惜しむ歌は平安以降の和歌に多くなる。

待てといふに散らでし止《と》まるものならばなにか桜に思ひまさまし　（古今巻二・七〇）
うつせみの世にも似たるか花ざくらさくと見しまにかつちりにけり　（同七三）
桜花今日よく見てむ呉竹《くれたけ》の一夜《ひとよ》のほどに散りもこそすれ　（後撰巻二・六四）

桜に限らず散るのを惜しむ歌は万葉集には多くない。それは万葉集の花の歌がなお古代の呪術的な思考法を残していて、咲くのをめでたいこととして、喜び迎える姿勢で詠まれやすい傾向にあったからだ。この赤人歌には平安和歌の姿勢を先取りした印象がある。花を美しいものとする感性が潜む。これもやはり都市人的である。

都市人と野

さて右四首の第一首は、すみれを摘みに野に出て来て、春の野と一体になろうとしている。こうした野への憧憬も都市人のものであろう。「野をなつかしみ」というのには、野と隔てられた場所に生きる者の自然への渇きが存在する。またこの「野」は、大自然の中の野であるよりは、多少とも人が入り立って菜摘をしたり野の花を愛でたりすることのできる人里近い、美的感覚に堪えうる野でなければならない。古橋信孝氏は平城京の成立とともに、周辺に自然とソフトに接する場所として〈郊外〉が成立したとし、春日野で繰り広げられる様々な野遊びに注目している。(8) そうした平城京近郊の野は京の東側から北側にかけて、すなわち高円《たかまと》・春日《かすが》・佐保《さほ》・佐紀《さき》・髙野原《たかのはら》あたりであったと思われる。佐紀には宮廷が松林苑《しょうりんえん》を営んでもいる。京の西側及び南側にはそうした遊覧の記録がほとんどない。特に南側は低地で死体を遺棄したらしく人骨が出たりするようだ。地形的にも東と北は京域内に比べ微高地をなしていることに加え、金子裕之氏が指摘するような(9)都城の東方・北方を聖地と見る中国的地勢観も働いているのであろう。この歌の「野」もそうした平城京周辺の野の像を思わせ、平城都市人の文化的感覚と無縁ではないのである。（なお右の四首の表現上の特色については、最終節に再びふれる。）

都市と庭園

赤人には庭の花卉を詠んだ歌がある。

古《いにしへ》の古き堤《つつみ》は年深み池のなぎさに水草《みくさ》生《お》ひにけり　（巻三・三七八）

我がやどに韓藍《からあゐ》蒔《ま》き生《お》ほし枯れぬれど懲《こ》りずてまたも蒔《ま》かむとぞ思ふ　（同三八四）

恋しけば形見にせむと我がやどに植ゑし藤波今咲きにけり　（巻八・一四七一）

一首めは「故太政大臣《もとのだいじやうだいじん》藤原家の山池《さんち》を詠める歌」とある。藤原不比等《ふひと》没（養老四年）後の邸に来ての歌であろう。二首めは比喩の歌かも知れないこと後述するが、ひとまずは韓藍の歌と見ておく。三首めも恋の歌としてよいものだが「夏雑歌」部にある。

この三首は庭園を詠む。庭園は第二期の歌にすでに少し見え、明日香・藤原京時代に築造が行われていたが、平城京時代に入って進んだ。平城宮内に高度な庭園が存在したが、京内の貴族の邸宅にも幅広く営まれたようである。庭園に花卉を植えることも多くなったのだろう。和歌の題材が庭園の植物に向けられるようにもなった。

都城は方位に叶う地を選んでの、整然と区画された人工的な空間として成立した。和銅元年（七〇八）二月の平城京遷都の詔（続日本紀）には「平城の地は四禽図《しきんと》に叶《かな》ひ、三山鎮《しづめ》を作《な》し…」とある。四方を示す四神獣と東西北の三つの山とが、方位の理想を満たしているというのである。都城は秩序ある空間であり、それを作りそこに住むことは、自然的時空を四方位・四季に区分する秩序感覚を持つことに繋がる。あるがままの自然を一歩乗り超えることに繋がる。

赤人に叙景歌というべきものがあるとしても、その叙景とはそのような都市人的意識の上に成り立つ構図化された景であった。赤人歌の美の起源はここにある。

四　明日香古京の歌の表現美

明日香古京の歌の鶴《たづ》

京跡を詠んだ歌は人麻呂にも金村にもある。人麻呂は近江大津京を、金村は恭仁京遷都後の平城京を詠んでいる。どちらも廃墟として嘆きとともに詠んでいる。比べて次の明日香古京の歌は、追懐の心こそ詠まれるが、荒廃を嘆く趣きはない。題詞には「神岳に登りて山部宿祢赤人の作れる歌」とある。

みもろの　神奈備山《かむなびやま》に　五百枝《いほえ》さし　しじに生ひたる　栂《つが》の木の　いや継《つ》ぎ継ぎに　玉葛《たまかづら》　絶ゆる
ことなく　ありつつも　やまず通はむ　明日香《あすか》の　古き都は　山高み　川とほしろし　春の日
は　山し見がほし　秋の夜は　川しさやけし　朝雲に　鶴《たづ》は乱れ　夕霧に　かはづはさわく　見る

ごとに　音《ね》のみし泣かゆ　古思《いにしへ》へば　（巻三・三二四）

反歌

明日香川川淀《かはよど》さらず立つ霧の思ひ過ぐべき恋にあらなくに　（同三二五）

この歌では、清々しい古京思慕が簡素な均斉の取れた歌句に詠まれる。「明日香の古き都は」以下には、山／川、春／秋、日／夜、朝／夕、天（鶴）／地（かはづ）といった、徹底した対句構成が見える。こういう手法は実体としての古京の景観を写そうとする意図よりも、言語の力によって古京の理想的な景を構成しようとする意図、つまりは美を意図したものに違いない。そしてそれは山と川の景を骨格とする。山水詩などの影響を受けているのだろう。「古き都」と言いながら、荒廃の様などには全く言い及ばない。

ことに注目されるのは「鶴《たづ》」である。万葉集では海辺を背景に詠まれるのが習いの鶴を、この歌では内陸の明日香に詠む。実景ではないだろう。これについて最近の井上さやか氏の研究[10]に、神仙界に飛ぶ鳥とする『文選』の「舞鶴賦」（鮑明遠）のような鶴の像が影響していると説かれる。優れた見解である。明日香古京の理想的景観として導かれたものであろう。またこの歌の題詞に「神岳に登りて」とあることの背景に登高詩の影響があることを、辰巳正明氏が指摘[11]し、井上氏も同様に言う。

出遊地としての明日香古京

京が平城に移った後の明日香は宴を開いたり、「古里」として自然に接する場所になっていったらしく、豊浦寺の尼の私房に宴して秋萩を詠んだ歌（巻八・一五五七）などが見えるが、この赤人の歌も、基本的には平城京都市人の出遊地として明日香を詠む。その出遊の地は、この歌の場合、「鶴《たづ》」に象徴されるように神仙境に近い理想化が施されている。詠まれるのは山と河で、これには中国の山水詩の影響が認められる。山水詩は神仙詩と密接であった。

さらにその出遊（登高）が、古都として郷愁、追懐を誘うものともされているのが、この歌の特色である。長歌の結句「見るごとに　哭《ね》のみし泣かゆ　古《いにしへ》思へば」は旧京亡滅への悲嘆か、懐旧思慕の情か、批評の分かれるところであるが、少なくとも歌の表現に荒廃への嘆きは表現されていず、むしろ山水の美しさだけが詠まれている。悲嘆が全くないと言えば言い過ぎになるものの、むしろこの歌は生々しい悲嘆を周到に回避して、懐旧という静かな情味を前面に打ち出したものと見るのが妥当であろう。そこにも赤人の美意識が働いている。

古京への恋情

果たせるかな、反歌ではその「音《ね》のみし泣かゆ」の情を「恋」と言い換えている。反歌に「恋」と言い換えられている以上、長歌末尾の感情表現は、廃都への悲嘆より懐旧思慕と取るべきだろう。「恋」という名詞形は、もちろん万葉集中で男女間の恋情にも用いられた例を見るが、名詞形は動詞形よりも恋情を概念化、観念化する。ここではさらに進んで、古京思慕の情を概念化している。それだけこの語は比喩性が高く歌語になっている。赤人はそうしたレベルのことばを獲得した歌人であった。

この歌は一首単独に見れば、例えば、

秋の田の穂の上《うへ》に霧《き》らふ朝霞いつへの方に我《あ》が恋やまむ　（巻二・八八）

と比べて明らかな如く、男女の歌というほかにない。しかしここには赤人独自の問題が隠れているように思われる。すなわち赤人歌には、景や季節の風物への恋慕の表現が多く、表現の特質にもなっている。節を改めてそれを述べよう。

五　赤人歌における羇旅と恋

敏馬の歌の恋

赤人には恋の歌がある。次の一首は様々な疑問を抱かせられる歌である。

御食向《みけむ》かふ　淡路の島に　直《ただ》向かふ　敏馬《みぬめ》の浦の　沖辺《おきへ》には　深海松《ふかみる》採り　浦廻《うらみ》には　なのりそ刈る　深海松の　見まく欲しけど　なのりその　己《おの》が名惜しみ　間使《まつか》ひも　遣《や》らずて我は　生けりともなし　（巻六・九四六）

反歌一首

須磨の海人《あま》の塩焼き衣《きぬ》のなれなばか一日《ひとひ》も君を忘れて思はむ　（同九四七）

題詞には「敏馬の浦を過ぎし時に、山部宿祢赤人の作れる歌」とある。題詞の趣旨によれば、敏馬（261頁地図太字）の浦を航行中、嘱目の海浜の景を織り込みつつ、恋を詠んだ歌ということになるが、長歌の「見まく欲しけど…己が名惜しみ…」とあるのによれば、家妻との関係を詠むものでないのは明らかだ。この恋は忍ぶ恋の段階にあるものと分かる。反歌は女の立場からの歌であり、長歌を男女いずれからの歌と見るかは説が分かれるが、「間使いも遣らずて」はどちらかといえば男からのものだろう。反歌の意味のとり方には諸説があるけれども詳述を避けて、「須磨の海人の塩焼衣が萎えるように君に馴れ親しんだなら、一日として忘れられなくなることだろう」との趣意と理解したい。それが長歌の、名を惜しんで間使も遣らずにいる心と、堪え忍んでいる点において最もよく対応するからである。この反歌は、あくまで「歌の趣向として、赤人が女性の立場で創作したもの」であり、長歌と反歌が男女の歌を組み合わせた形に作られた可能性を指摘する梶川信行氏の所説(12)に従いたい。またこうした歌が作られるのは官人たちの地方往来が頻繁になるのに呼応して生まれた、「非日常空間＝異郷での恋というエキゾチシズム」に支えられるとする高松寿夫氏の見解(13)もよく首肯される。平城京古代都市の成立とともに、ようやく地方と旅の空間が色あいを強める。

海浜の恋歌

赤人の歌の中には他にも羈旅と恋を結んだ次のような歌が見られる。

秋風の寒き朝明《あさけ》を作農《さの》の岡越ゆらむ君に衣貸《きぬか》さましを　（巻三・三六一）

みさご居る磯《いそ》廻《み》に生《お》ふるなのりその名は告《の》らしてよ親は知るとも　（同三六二）

ともに羈旅の短歌を集めたと思われる「山部宿祢《すくね》赤人の歌六首」という題詞にくくられたもので、二首とも羈旅歌と見るべきものだろう。右歌は旅行く男を土地の女が思いやる歌。衣を与えるのは恋のこころを含むと見てよい。「衣貸す」には少なくとも歌語的には共寝の印象がこもる。一方左歌は敏馬の歌の長歌（巻六・九四六）と通いあうもので、海辺を旅行く男が土地の女に求愛する歌である。

海浜における海人乙女への恋を詠む歌は、他にも神亀三年印南行幸の折の笠金村歌（巻六・九三五〜九三七）、無名氏作（巻十二・三二〇三〜三二〇四）その他が万葉集に見える。これらは後世にも古典的地位を保ったようであって、海浜の景物と恋とを絡めた歌は平安時代に入ってからもしばしば詠まれる。古今集からその一部を引く。

みるめなきわが身をうらと知らねばや離《か》れなで海人《あま》の足《あし》たゆくくる　（巻十三・六二三）
満《み》つ潮《しほ》の流れひるまを逢ひがたみ見るめの浦によるをこそ待て　（同六六五）
伊勢のあまの朝な夕なに潜《かづ》くてふ見るめに人の飽《あ》くよしも哉《がな》　（巻十四・六八三）
須磨のあまの塩やくけぶり風をいたみ思はぬ方《かた》にたなびきにけり　（同七〇八）
あまの刈る藻《も》にすむ虫の我《われ》からと音《ね》をこそなかめ世《よ》をばうら見じ　（同八〇七）

これらは、みるめ（海松藻・見る目）、め（藻）、うら（浦・憂・怨み）、海人、塩焼きなど、赤人の歌に出てくる歌語を、場合によっては巧みに掛詞にして用いている。二首めの「見るめの浦に」には地名「敏馬《みぬめ》の浦」も意識されているだろう。瀬戸内の海浜の地名が多いが、三首めのように転じて伊勢の海人を詠んだ歌も二三見える。赤人の歌はこうした歌の典拠として仰がれていたかも知れない。錬磨されたことばと形式美を整えた赤人の歌が、平安時代の嗜好に迎えられたのだろう。

六　美的自然と恋情――平安和歌の美意識へ

春日野の歌の形式美

さて、赤人には次のような歌もある。

春日《はるひ》を　春日《かすが》の山の　高座《たかくら》の　三笠《みかさ》の山に　朝去《さ》らず　雲居《くもゐ》たなびき　容鳥《かほどり》の　間なくしば鳴く　雲居なす　心いさよひ　その鳥の　片恋《かたこひ》のみに　昼はも　日のことごと　夜《よる》はも　夜《よ》のことごと　立ちて居て　思ひそ我がする　逢はぬ児《こ》ゆゑに　（巻三・三七二）

反歌

高座《たかくら》の三笠《みかさ》の山に鳴く鳥のやめば継《つ》がるる恋もするかも　（同三七三）

題詞に「春日野《かすがの》に登りて作れる歌」とあり、雑歌

三笠山（中央丸い木の後の三角形の山）

部にある。羇旅の歌ではないが、景物を序にしながら恋に転じるところ、先の敏馬《みぬめ》の歌（巻六・九四六〜九四七）と等しい。赤人らしい特質のよく出た歌で、景物から恋情への転換の技巧だけを見せ場とするかのように、後半の恋の内容は削ぎ落としている。そこには明らかに抑制が働いている。反歌も同じ手法を反復しているから、長歌の形式主義の欠を反歌が補うというわけでもない。長歌反歌ともに、いわゆる寄物陳思の典型を打ち出したような作りである。作者の主たるねらいは多分その形式美の達成にあって、表現内容にはない。しばしば、赤人は短歌に優れ、長歌は形式的、模倣的で劣る、と説かれるが、こうした例を見ると、近代のその見方は赤人のねらいに沿うものかどうか、反省が必要なのではないか。

赤人の最も強く意図したものは、形式美の達成であった。この歌における形式は寄物陳思であるが、赤人には寄物陳思形式の恋の歌（恋歌風に詠んだ歌も含め）や望郷歌が多い。

明日香川川淀去らず立つ霧の思ひ過ぐべき恋にあらなくに　（巻三・三二五）
阿倍《あへ》の島鵜《う》の住む磯に寄する波間《ま》なくこのころ大和《やまと》し思ほゆ　（同三五九）
みさご居る磯廻《いそみ》に生ふるなのりその名《の》は告らしてよ親は知るとも　（同三六二）
沖つ島荒磯《ありそ》の玉藻《たまも》潮干《しほひ》満ちてい隠《かく》り行かば思ほへむかも　（巻六・九一八）
須磨の海人《あま》の塩焼き衣《きぬ》のなれなばか一日《ひとひ》も君を忘れて思はむ　（同九四七）

さらに次の譬喩歌的表現態を見せる歌も、寄物歌の比喩の技巧を基礎にしていよう。

我がやどに韓藍《からあゐ》蒔き生《お》ほし枯れぬれど懲《こ》りずてまたも蒔かむとぞ思ふ　（巻三・三八四）

これは、一つの恋に敗れたのに懲りずにまた新たな恋を始めてしまう、という意味の恋の歌ともとれそうで、譬喩歌と説く注釈も多い。「蒔く」は恋を始める意味の比喩として用いられる表現だ。しかし「枯れぬれど」は恋の歌には相応しくないようである。恋の歌か花の歌か、花の歌とすべきと思うが、あえてこう詠んで、歌のことばが比喩にも直叙にもなりうる微妙を楽しんだものなのだろう。一種の言語遊戯である。

からあゐ（けいとう）

赤人歌における季節と恋

先述の春雑歌四首にも花と恋の複合が見てとれる。

春の野にすみれ摘みにと来《こ》し我《われ》そ野をなつかしみ一夜《ひとよ》寝にける　（巻八・一四二四）

あしひきの山桜花《やまさくらばな》日《ひ》並べてかく咲きたらばはだ恋ひめやも　（同一四二五）

我が背子《せこ》に見せむと思《おも》ひし梅の花それとも見えず雪の降れれば　（同一四二六）

明日《あす》よりは春菜《はるな》摘まむと標《し》めし野に昨日《きのふ》も今日も雪は降りつつ　（同一四二七）

「一夜《ひとよ》寝にける」（四二四）・「恋」（四二五）・「背子《せこ》」（四二六）・「標《し》め」（四二七）に恋の歌的な表現が見える。比喩ありとみて恋の歌と解してもよい歌も混じる。これは偶然だろうか。季節の花などへの思慕を、恋歌的手法で表現する意図がありそうだ。

万葉集の季節分類の二巻、巻八・巻十は四季の雑歌と相聞を並べる。季節の物を詠む歌と、季節の物に寄せて恋情を詠む歌とは、万葉第四期、平安和歌に継承され、和歌の主潮流になって行く。そして時にこの二者は相互に紛れ合う。

やどにある桜の花は今もかも松風疾《はや》み地《つち》に散るらむ　（万葉巻八・一四五八　春相聞）

我がやどの花橘のいつしかも玉に貫くべくその実なりなむ　（同一四七八　夏雑歌）

よそにのみあはれとぞ見し梅花《うめのはな》あかぬ色香《いろか》は折《をり》てなりけり　（古今巻一・三七　春）

花見れば心さへにぞうつりける色には出《い》でじ人もこそしれ　（同巻二・一〇四　同）

花の色はうつりにけりないたづらにわが身世にふるながめせしまに　（同一一三　同）

山ざくら霞の間よりほのかにも見てし人こそ恋しかりけれ　（同巻十一・四九　恋）
春霞たなびく山の桜花みれどもあかぬ君にもある哉《かな》　（同巻十四・六八四　同）

初めの二首は万葉集。作者は厚見王・家持で第四期の歌。後の五首は古今集。雑歌・相聞（四季・恋）の双方に渡って、このように花を詠むことと恋を詠むこととが複合させられたような歌が見える。比喩と取れば恋（相聞）の歌になる花（雑歌または四季）の歌もあり、花と恋しい人とを重ね合わせたような恋（相聞）歌もある。女を花に譬えたり、逆に花を人に擬して思慕の情を表現したりしている。季節の歌が成熟し、折々の花・鳥などの趣きへの耽溺が表現されるが、それらは対象への恋情としてなされた。平安和歌は美的自然と恋情の協調の中で成熟していった。その形式の源流に、赤人の歌はあったと思われる。

注1　中西進「万葉集の自然」（中西『万葉集と海彼』角川書店・平成二年。初出昭和五五年）
2　森朝男「巻五への途」（『文学』・平成一〇年一・二月号）
3　犬養孝「辛荷島歌考―赤人美の構造一面―」（犬養『萬葉の風土　続』塙書房・昭和四七年。初出昭和三四年）
4　犬養孝『万葉の旅　中』の地図をもとに作製。
5　3に同じ

6　森朝男「季節」（森『古歌に尋ねよ』ながらみ書房・平成一三年）
7　中西進「六朝詩と万葉集―梅花歌をめぐって―」（1の書に同じ。初出・平成元年）
8　古橋信孝『古代都市の文芸生活』（大修館書店・平成六年）
9　金子裕之『平城京の精神生活』（角川書店・平成九年）
10　井上さやか『山部赤人と叙景』第二章第一節（新典社・平成二二年。初出平成一四年）
11　辰巳正明『万葉集と中国文学　第二』（笠間書院・平成五年）
12　梶川信行『万葉史の論　山部赤人』第五章第一節（翰林書房・平成一九年。初出昭和六四年）
13　高松寿夫『上代和歌史の研究』第三部第五章（新典社・平成一九年。初出平成八年）

＊引用歌は、万葉集・勅撰集ともに新日本古典文学大系本による。

大伴家持の美
——巻十九巻頭越中秀吟——

小野　寛

◆一　はじめに

万葉歌人大伴家持の「美」を取り上げるのに、その歌一首々々の「美」については、先学たちのすぐれた注釈や評釈や鑑賞において、あるいは家持の研究論文、研究書において、十分に説き明かされて来た。それらを一つ一つ繰り返しまとめ直すのも家持の歌の美を語る有効な手段ではあるが、紙幅も限られているので今はそれをしないことにする。

ここでは大伴家持の歌の美を、個々の歌の美ではなく、万葉集を最終的にまとめ上げた家持にしか出来ない、万葉集の構成にかかわる歌群や配列の中から探ってみようと思う。その最も顕著な、そしてすぐれた「家持のわざ」として、巻十九の巻頭を構成する、いわゆる「家持の越中秀吟」十二首の構成を取り上げて考えてみたい。

その十二首は次の通りである。

天平勝宝二年三月一日の暮《ゆふへ》に、春苑の桃李の花を眺矚《てうしよく》して作る二首

春の苑《その》　紅《くれなゐ》にほふ　桃の花　下照《したで》る道に　出で立つ娘子《をとめ》　（巻十九・四一三九）

わが園の　李《すもも》の花か　庭に落る　はだれのいまだ　残りたるかも　（同・四一四〇）

翻《と》び翔《かけ》る鴫《しぎ》を見て作る歌一首

春まけて　もの悲しきに　さ夜更《よふ》けて　羽振《はふ》き鳴く鴫《しぎ》　誰《た》が田にか住む　（同・四一四一）

二日に、柳黛《りうたい》を攀《よ》ぢて京師《みやこ》を思ふ歌一首

春の日に　萌《は》れる柳を　取り持ちて　見れば都の　大路《おほち》し思ほゆ　（同・四一四二）

堅香子《かたかご》草の花を攀《よ》ぢ折る歌一首

もののふの　八十娘子《やそをとめ》らが　汲《く》みまがふ　寺井《てらゐ》の上《うへ》の　堅香子《かたかご》の花　（同・四一四三）

帰雁《きがん》を見る歌二首

燕《つばめ》来る　時になりぬと　雁《かり》がねは　国偲ひつつ　雲隠《がく》り鳴く　(同・四一四四)

春まけて　かく帰るとも　秋風に　もみたむ山を　越え来《こ》ざらめや　(同・四一四五)

一に云ふ、「春されば帰るこの雁」

夜裏《やり》に千鳥の喧《な》くを聞く歌二首

夜ぐたちに　寝覚《ねさ》めて居《を》れば　川瀬尋《と》め　心もしのに　鳴く千鳥かも　(同・四一四六)

夜くたちて　鳴く川千鳥　うべしこそ　昔の人も　しのひ来にけれ　(同・四一四七)

暁《あかとき》に鳴く雉《きぎし》を聞く歌二首

杉の野に　さ躍《をど》る雉《きぎし》　いちしろく　音《ね》にしも鳴かむ　隠《こも》り妻《づま》かも　(同・四一四八)

あしひきの　八《や》つ峰《を》の雉　鳴きとよむ　朝明《あさけ》の霞　見れば悲しも　(同・四一四九)

江《かは》を泝《さかのぼ》る船人《ふなびと》の唱《うた》を遥《はる》かに聞く歌一首

朝床《あさとこ》に　聞けば遥けし　射水川《いみづかは》　朝漕《あさこ》ぎしつつ　唱《うた》ふ船人　(同・四一五〇)

二　時間の秩序

その十二首は、天平勝宝二年（七五〇）三月一日から三月三日上巳《じょうし》の節句の日まで、恐らく作歌日時の順に配列されていると考えてよい。

四一三九～四一四〇　三月一日の暮
四一四一　その夜が更けて
四一四二　二日、春の日に照らされて柳の若葉がふくらんでいるのを手に取って見ている→二日の日中
四一四三　大勢の娘子たちが寺井で入り乱れて水を汲む、そのそばにかたかごの花が咲いているのを引き折った→二日の日中
四一四四～四一四五　雁が雲に見え隠れしながら鳴きつつ飛んでいるのを見る→二日の日中
四一四六～四一四七　二日の夜裏（「夜裏」は夜中、夜半）
四一四八～四一四九　「暁《あかとき》」に雉が鳴くのを聞く→翌三日の暁
四一五〇　「朝床」で船人の唱うのを聞き、船人が「朝漕ぎ」しつつ唱っているという→三日の朝

右の十二首には題詞に日付とともに「暮」「夜裏」「暁」という一日の時間の流れを意識した、その時間を表わす言葉があり、歌の中にも「さ夜更けて」「春の日に」「夜ぐたちに」「夜くたちて」「朝明」「朝床」「朝漕ぎ」と、歌われた時間を表わす表現が目立つ。

題詞・左注に「暮」「夜」「暁」といった一日のある時間帯をさす言葉が見えるのは家持歌に顕著な現象だと指摘したのは鈴木武晴氏の論文「大伴家持の越中秀吟」（『都留文化大学大学院紀要』2、平成10・3）であるが、その通り、題詞や左注にこの作歌の時点を示す表現があるのは家持に特異な現象で、集中家持以外には次の「夜」の例があるのみ（漢文中の例は勘定に入れていない）。

山上憶良　巻八・一五一九左「右、神亀元年七月七日の夜に左大臣の宅《いへ》にして」
同・一五二三左「右、天平元年七月七日の夜に憶良、天の川を仰ぎ観《み》て」
同・一五二六左「右、天平二年七月八日の夜に、帥《そち》（大宰帥）の家に集会《つど》ひて」
遣新羅使（天平八年）　巻十五・三六一二題「備後国水調《みつき》郡の長井浦に船泊りする夜に作る歌三首」
同・三六一五題「風速浦に船泊りする夜に作る歌二首」
同・三六二二題「長門浦より船出する夜に、月光を仰ぎ観《み》て作る歌三首」
同・三六四〇題「熊毛浦に船泊りする夜に作る歌四首」
同・三六八一題「肥前国松浦《まつら》郡の狛島亭《こましまのとまり》に船泊りする夜に、海浪を遥かに望み、各《おのもおのも》旅の心を慟《いた》みて作る歌七首」

その他には家持自身の歌があるのみ。

巻十七・三九〇〇題「(天平)十年七月七日の夜に、独《ひと》り天漢《あまのがは》を仰ぎて、聊《いささ》かに懐《おもひ》を述ぶる一首」
同・三九四三題「(天平十八年)八月七日の夜に、守大伴宿祢家持が館に集ひて宴する歌」
同・三九八二左「右、三月二十五日夜裏に、忽《たちま》ちに恋情を起して作る」
同・三九八八題「四月十六日夜裏に、遥かに霍公鳥《ほととぎす》の喧《な》くを聞きて懐を述ぶる歌一首」
巻十八・四〇七二左「右、此の夕、月光遅く流れ、和風稍《やくや》く扇《あふ》ぐ。即ち属目《しよくもく》に因《よ》り、聊かにこの歌を作る」
巻十九・四一七一題「二十四日は立夏四月の節に応《あた》る。此《これ》に因《よ》りて二十三日の暮に、忽《たちま》ちに霍公鳥《ほととぎす》の暁に喧《な》かむ声を思ひて作る歌二首」
巻二十・四四七一題「冬十一月五日の夜に小雷起り鳴り、雪落《ふ》りて庭を覆《おほ》ふ。忽ちに感憐を懐《むだ》き、聊かに作る短歌一首」

右の七例、すべて家持の歌である。家持にも「夜」の例が多いが、「夜裏」が二例、「夕」「暮」が各一例ある。このように巻十七、十八、十九、二十の万葉集巻末四巻にも家持以外に見られぬこの表現が、この十二首歌群に集中的に見られるのは、やはり尋常ではないと思われる。それは「時間の流れ」を家持が意識して、意図して、これを構成したと言えるだろう。

その日時の流れを整理してみよう。

三月一日
　暮二首（四一三九〜四一四〇）
　夜更け一首（四一四一）
三月二日
　日中四首（四一四二〜四一四五）
　夜裏二首（四一四六〜四一四七）
三月三日
　暁二首（四一四八〜四一四九）
　朝一首（四一五〇）

右のようにこの十二首は「時間の流れが整然と秩序だてられていることが明らかである」と始めて発表したのは、伊藤博氏の論文「大伴家持の手法」（『萬葉』一一七号、昭和59・3。のちに『萬葉集の歌群と配列下』に所収）であった。右の構成表は伊藤論文による。ただ氏は、これが一日の「暮」から三日の「朝」までにわたると言いながら、構成表では最後の四一四八〜四一五〇の三首をどこまでも「三月一日」に入れられた。私はもう「三月二日」としてしまおうと思う。

家持は三月の初日「朔日《ついたち》」から三月三日上巳の節句の日まで歌作りに励み、その歌を、恐らく秀歌を、その配列を考慮に入れながら選んだのだろう。中でも二日の夜は「夜ぐたちに寝覚めて居れば」（四一四六）と、夜半を過ぎても眠れないで起きて千鳥の鳴き声に耳を傾け、その千鳥の鳴き声に「昔の人」を思い出して、その昔の人が千鳥の鳴くのを聞いて、またその昔を偲んだことを思い、千鳥への切ない思いを歌った。

二日の夜に入ってずっと眠れずにいて、夜半を越して次の日に入ってしまったが、これは二日の夜の歌と言っていい。そしてその夜が明けて来た。その「暁」に雉が鳴いた。もう夜が明ける。この「暁」は実質は三月三日の暁である。しかし二日の夜を眠れずに過してしまったので、四一四六、四一四七の「夜裏」から連続している。家持の意識では日が改まっていない。それが四一四八の題詞に「暁」と書きながら「三日」と記さなかったのだろう。しかし「暦」は間違いなく「三日」である。そしてここで気持に区切りをつけて、三月三日上巳の節句に入った。「朝床」の歌（四一五〇）までを「越中秀吟」の時と場のまとまりとして家持はこれを構成した。

◆三 植物と動物

右の時間の流れの中で家持が歌った対象、歌の素材は次の通りである。

四一三九　春の苑の桃の花を眺矚する。
四一四〇　わが園の李の花を眺矚する。
四一四一　羽振《はふ》き鳴《な》く鴫《しぎ》の飛び翔《かけ》るのを見る。
四一四二　芽ばえる柳の若葉を手に取る。
四一四三　八十《やそ》おとめを見、かたかごの花を手折る。
四一四四　北へ帰る雁が雲隠れつつ鳴くのを聞き、その姿を見る。
四一四五　その雁に思いをかける。
四一四六　鳴く千鳥の声を聞く。
四一四七　同右
四一四八　雉の鳴くのを聞く。
四一四九　雉の鳴くのを聞き、朝霞を見る。
四一五〇　朝床で、朝漕ぎしつつ唱《うた》う船人の唱を聞く。

右を更に整理する。

四三九、四四〇　桃と李の花を眺矚する。

四四一　鴫を見る

四四二　柳の葉を手に取って見る

四四三　かたかごの花を手折って見る

四四四、四四五　雁を聞き、見る

四四六、四四七　千鳥を聞く

四四八、四四九　雉を聞く

四五〇　船人の唱《うた》うのを聞く

四三九から四四三まで前半五首は「見る歌」とし、四四一に「鳥」の歌が入っているが、あとは植物の歌で聞く対象ではない。その次の四四四と四四五の二首「帰雁」の歌は題詞に「見る」とあるが、歌は「雲隠り鳴く」で締められていて、そこは「聞く」歌である。四四五歌はその雁を「見」「聞」いて、思うところを述べる。この二首は「見る」歌とあるが、「聞く」歌でもある。「見る、聞く」歌である。

十二首の歌の素材とその「見る」「聞く」ところをまた整理すると次の通りである。

四二三九、四二四〇	植物（花）	見る
四二四一	動物（鳥）	
四二四二	植物（木）	
四二四三	植物（花）	
四二四四、四二四五	動物（鳥）	——見る、聞く
四二四六、四二四七	動物（鳥）	聞く
四二四八、四二四九	動物（鳥）	
四二五〇	動物（人）	

（「見る・聞く」を少し変えたが、この表の原案は伊藤博氏の前掲書にある）

十二首は前半五首に「見る」歌を並べ、後半五首（四二四六〜四二五〇）はもっぱら「聞く」歌で、その中間の四二四四と四二四五の二首「帰雁」の歌は、「聞き、見る」歌として、前後をつなぐ結果になっている。これはまことに巧みな構成ではないか。

四 桃の花の歌

巻十九巻頭、家持の「越中秀吟」十二首は三月一日に始まる。弥生三月は三日の上巳の節句に始まると言ってもいい。それは三月一日を迎えた時、家持に格別の思いを抱かせた。上巳の節句は古代中国で陰暦三月の最初の「巳《み》」の日を格別な吉日とした。この日には川に入って身を清める習俗があったが、のちに三月三日を「上巳」と固定して称するようになり、この日に「曲水《ごくすい》の宴」が行なわれ、桃花と柳葉とを取り合わせて詩に詠むのを習いとした。漢籍に通じている家持と、その部下で大伴氏一族の越中掾《じよう》大伴池主とが、天平十九年二月の末から三月にかけて、家持の病気を池主が何らかの形で見舞ったのに始まって、家持がそれに病床から応え、また池主が応えるというふうに漢文書簡と歌と詩を交換したのには、この上巳の節句を一緒に楽しみたい思いを込めていた。

二月二十九日、家持から池主に病床に臥す悲しみの思いを書き送って、

…今し、春朝に春花は、馥《にほ》ひを春苑に流し、春暮に春鶯《あう》は、声を春林に囀《さひづ》る。この節候に対《むか》ひ、琴《きん》罇翫《そんもてあそ》ぶべし。興に乗る感ありといへども、杖を策《つ》く労に耐《あ》へず。…

と、ひとり病床に臥して拙い歌を作るばかりと、書簡と歌を贈れば、池主は三月二日付の返辞に、

…春は楽しぶべく、暮春の風景を最も怜《あは》れぶべし。紅桃灼々《こうたうしやくしやく》、戯蝶《きてふ》は花を廻《めぐ》りて舞ひ、翠柳依々《すいりういい》、嬌鶯《けうあう》は葉に隠りて歌ふ。楽しぶべきかも。…

と、暮春三月の風景が最も心引かれると言い、また「紅桃」と「翠柳」の景を称えているのは、上巳の節句の曲水の宴の詩作にあやかっている。続けて池主は「晩春三日遊覧」と題する七言詩を家持に贈り、その序に、

上巳の名辰《めいしん》は、暮春の麗景なり。桃花は瞼《まなぶた》を照らして紅《くれなゐ》を分《わか》ち、柳色は苔を含《ふふ》みて緑を競《きほ》ふ。ここに手を携へ、江河の畔《ほとり》を曠《はる》かに望み、酒を訪《とぶら》ひ、野客《やかく》の家に逈《とほ》く過《よぎ》る。既《すで》にして琴罇《きんそん》性を得、蘭契《らんけい》光を和《やわら》げたり。…（七言詩略）

という。上巳の宴を意識していたことは明らかである。そして家持も七言詩を返した。

七言一首

抄春《べうしゆん》の余日《よじつ》媚景《びけい》麗《うるは》しく、
初巳《しよし》の和風払ひて自ずからに軽し。

来燕《らいえん》は泥《ひぢ》を銜《ふふ》み宇《いへ》を賀《ほ》きて入り、
帰鴻《きこう》は蘆《あし》を引き迥《とほ》く瀛《おき》に赴《おもぶ》く。
……

この三年前の池主との詩文の交換は、家持の歌作りに生き、

上巳の和風
紅桃
柳色、翠柳
来燕
帰鴻（雁の大きいもの）

などの景が、「越中秀吟」十二首に見事に歌われている。そして今、春の到来の遅い越中で待ちに待った暮春のその朔日《ついたち》、上巳の節句を期して歌えば、まず「春苑桃李花」が主題に選びとられ（芳賀紀雄「家持の桃李の歌」『古典学藻』昭和57・11）、「紅桃灼々」「桃花は瞼を照らして紅を分ち」が「春の苑紅にほふ、桃の花下照る道に」となる。「春の苑」は題詞にも記した漢語「春苑」を歌に移したものであることは今更言うまでもない（小島憲之『上代日本文学と中国文学 中』昭和39・3）。

「紅にほふ」は集中四例、家持にも他に一例ある。

黒牛《くろうし》の海　紅にほふ　ももしきの　大宮人し　あさりすらしも　（巻七・一二一八）

…神奈備《かむなび》の　三諸《みもろ》の山は　春されば　春霞立つ　秋行けば　紅にほふ　神奈備《かむなび》の　三諸の神の　帯にせる　明日香の川の…　（巻十三・三二二七）

雄神川《をかみがは》　紅にほふ　娘子《をとめ》らし　葦附《あしつき》取ると　瀬に立たすらし　（巻十七・四〇二一、大伴家持）

「紅にほふ」は赤く照り輝き、照り映えることで、右の第二例は秋の山は全山もみじすることをいう。三例はいずれも終止形でここで切れ、下に続いて行く場合は次のように歌われている。

しぐれの雨　間無くな降りそ　紅ににほへる山の　散らまく惜しも　（巻八・一五九四、仏前唱歌）

…秋づけば　しぐれの雨降り　あしひきの　山の木末《こぬれ》は　紅ににほひ散れども　橘の　成れるその実は　ひた照りに　いや見が欲しく…　（巻十八・四一一一、大伴家持「橘の歌」）

桃の花　紅色ににほひたる　面輪のうちに　青柳の　細き眉根《まよね》を　笑《ゑ》みまがり　朝影見つつ　娘子《をとめ》らが　手に取り持てる　まそ鏡　二上山《ふたがみやま》に…　（巻十九・四一九二、大伴家持「霍公鳥と藤の花とを詠む」）

「春の苑紅にほふ」は右の「紅にほふ」の歌が、黒牛の海がまっ赤に照り映え、神なびの三諸の山がもみじして赤く照り輝き、雄神川がまっ赤に照り映えているのと同じく、「春の苑」が今まっ赤に照り輝いているると言ってそこで一端切れる。それは「桃の花」だった。「桃の花」が紅色に照り輝いているのは言うまでもないが、それだけを歌っているのではない。「桃の花」によって「春の苑」がまっ赤に照り映えているると歌うのである。

しかし「紅にほふ」を下の「桃の花」にかける解釈もある。『全釈』に「春ノ園ニ紅ノ色ニ美シク咲イテヰル桃ノ花ノ…」と口訳にあり、続く『総釈』にも「春の庭園に紅色に照り輝いてゐる桃の花によって…」とあって、どちらも初句から第三句まで続けて、またすぐ第四句に続けている。二句切れではないが、三句切れでもない。一文句切れなしに解釈する。

始めてはっきり三句切れに解釈したのは『全註釈』だろうと思う。次の通りである。

春の苑の、紅色の美しいモモの花。その下を照らす道に立ち出る娘さん。

と口訳し、「評語」に次のようにある。

桃花の照り咲く下に、娘子を配した、艶麗の作である。初句三句五句に体言どめを使用し、印象的に叙せられてゐる。

続いて窪田空穂『評釈』も三句切れで、同じように口訳する。

春の苑に、紅色に色美しく咲いてゐる桃の花。その木下も花に照つてゐる道に、出で立つてゐるをとめよ。

そしてその「評」に次のようにある。

苑の桃の花の咲いてゐる下道に、その花を愛でて立つてゐる妻を、屋内から見て花のやうに美しいと感じて、妻を愛でた心である。その気分を現すに、純客観的に、名詞止めの上下二句とし、それを続けるだけといふ、印象を主とした詠み方をして、その気分をあらわさうとしてゐる。

それに二年遅れて、佐佐木信綱『評釈』は、口訳を次のようにまとめる。

春の苑は紅に照り映えてゐる。桃の花が色美しく輝くばかりに咲きさかる道に出で立つてゐる少女。花と少女と、まことに此の苑の眺めは美しい。

絵を見るように美しい歌だと言って、その「評」に次のようにある。

この歌の解としては、「くれなゐにほふ」を「桃の花」につづけて三句切のやうに見るのが普通であるが、巻十七の「四〇二一」と同じ句法の二句切で、花と少女との艶麗な照応を、「春の苑くれなゐにほふ」と大きく写し取つたものとすべきである。もし、三句切れとすると、春の苑と桃の花と少女との三つの名詞が句切れにならぶことになつて、おもしろくない。春の苑と桃の花とは、単に少女に対する道具立てではない。

ここに始めて二句切れを明確に主張した。古く大正十四年（一九二五）に島木赤彦がその著『萬葉集の鑑賞及び其批評』（岩波書店）に、

第一句・第三句・第五句三ケ所で切れてゐる句法が、現さんとする景情に対して硬ぎてゐるのみならず、その切れ句が皆名詞止めであつて、この歌の場合特に窮屈を感ぜしめる。「春の苑」も要らな

い句である。春など断らずとも春といふことは現れて居る。観念的な歌ひ方をすると、斯ういふ句が生れるのである。

と言っている。「春の苑」と場所を示して小休止し、紅にほふ桃の花」でまた一旦切って「下照る道に出で立つ娘子《をとめ》」と続けるよみ方をした場合に、島木赤彦の言う通り「窮屈」な感じになり、初句の「春の苑」が浮いてしまう。家持はこの「春の苑」が一面紅色に照り映えている美しい景を歌いたかったので、それは「春の苑紅にほふ。」とよんでこそ、初句もこの初二句も生きるのである。そして一首の中心の第三句の「桃の花」が上二句へも下二句へも自由に働いてゆくのである。

それを「春の苑。紅にほふ桃の花。下照る道に出で立つ娘子」とよんでは、まるで漢詩で、それもごつごつして、島木赤彦の懸念するように歌でなくなってしまう。私たちは、家持の越中五年間の最高傑作「越中秀吟」の第一作の歌としてよみたい。

暮春三月一日を迎えた越中国守館の庭園が、まっ赤に照り輝いている。その中に「桃の花」が満開だ。その「桃の花」が次の句「下照る道」の主語になる。「桃の花」が赤く照らしている木の下道があるという。その「道」に「出で立つ娘子《をとめ》」である。

題詞には「桃李の花を眺矚して」とあって「娘子《おとめ》」を見たとは書いていない。それは「桃李の花を眺矚して」いるうちに見えて来たものなのだろう。当時世に知られていた「樹下美人図」(その一つが正倉院宝物の「鳥毛立女屏風」、天平勝宝四年六月以後の制作)の構図を目に浮かべて歌に詠んだのではないか。夙《つと》に尾山篤二郎が「娘子」を幻想の像と捉えている（『大伴家持の研究』昭和31・4）。

その「娘子」がどのように現われたのか。家持の「出で立つ娘子」という表現がそれを表わしている。それは「立ち出る」「立ち現われる」や、まして「たたずむ乙女よ」では、家持の意図を表わしていない。

諸注釈、解説の中で、

新潮古典集成（昭和59・9）
有斐閣『全注』（巻十九青木生子、平成9・11）
つと出で立っているおとめよ。

越中万葉百科（平成9・9）　ふと立ちあらわれる少女の姿。

の三書が他と異なる独自の味を出そうとしている。そして平成十年刊行の伊藤博『釈注』十（巻十九）にこの「出で立つ」の真意というものを詳述した。それは凡そ次の通りである。

この「出で立つ」は、

高円《たかまと》の　秋野の上の　朝霧に　妻呼ぶ雄鹿　出で立つらむか　（巻二十・四三一九、家持）

の「出で立つ」と同様、今までそこに存在しなかったものがひょっこり立ち現われることと言い、これまで桃の花が群れ咲くばかりで、その花の照り輝やかす道には何者もいなかったところへ、美しい一人の娘子《おとめ》が忽然と姿を現わし、艶然と立つさまを述べたのが「出で立つ」だという。

「出で立つ」という言葉は、名詞形「出で立ち」も含めて三十四例もあり、その解釈はその都度その文脈に応じて、その場に合った解釈をしなければならないだろう。それは複合語の特性にかかわる問題や日本語の語構成の全体の中で考察しなければならない問題などがあることを、伊藤氏は十分に考慮した上で、自らの考えの基本を次のように述べた。

「出で立つ」は、まったく当然のことながら、ある所から「出」て、別の所に「立つ」ことをいう。

そして、その「出で立つ」の古い用例、

ここに、その妻須世理毗売《すせりびめ》は喪具《はふりつもの》を持ちて哭《な》き来、その父の大神は、すでに死にきと思《おも》ほして、その野に出で立たしき。(『古事記』上)

おしてるや　難波の崎よ　出で立ちて　我が国見れば　淡島《あはしま》　自疑島《おのごろしま》　檳榔《あぢまさ》の　島も見ゆ　放《さけ》つ島見ゆ(古事記歌謡五三)

などによれば、「ある所」とは日常の世界、「別の所」とは異次元の世界であることが確認される。

そしてそのことは、「出で立つ」が本来、地から天へ、神秘な姿をもって突っ立つ威容についていう表現だったかと推測され、人の行為などに言い及んでも、何か神秘性を伴うに至ると述べ、更に次のように結論した。

家持の目下の「出で立つ」は、その原始的な「出で立つ」の姿を、中国文化に洗われた新しい感覚の中において鮮明によみがえらせた点に意義が存するのではないかと思う。新しいものが古いものを、今風が古風を包み込み再生しながら輝いているところに、この歌の絶唱といわれるゆえんの一つがあるのだと思う。

と述べた。しかし『釈注』の口訳は「つと出で立つ娘子《おとめ》よ」とするばかり。現代語にその真意を表出することはむずかしい。

五 李の花の歌

「春苑の桃李の花を眺矚して作る二首」は桃の花の紅と李の花の白とが鮮やかに対応する。家持は当初からこれを意識していたに違いない。

桃の歌は集中に全六首、その実から「毛桃」をいう歌三首、実の成るか成らぬかを歌う一首があるが、桃の花の美しさを歌うのは家持の本歌と前掲四一九二歌しかない。李の花の歌もこの歌一首のみで、他にない。

わが園の　李の花か　庭に落る　はだれのいまだ　残りたるかも　（巻十九・四一四〇）

とある。二首ともに前例を見ない、家持の創造と言える歌である。桃の花の歌は春苑を紅色に照り輝かせて、その赤く照り輝く木の下道につと立ち現われた娘子《おとめ》を歌った、絵のように濃艶に美しい歌であった。李の花の歌はどうだろう。李の花の歌は白の世界で、白の世界と言えば「雪」である。家持の父大伴旅人の大宰帥時代、大宰府で梅花の宴を催して歌った歌に、

わが園に　梅の花散る　ひさかたの　天《あめ》より雪の　流れ来るかも　（巻五・八二二）

とある。共通点が多い。初句「わが園」、第二句にそれぞれ主題の「李の花」と「梅の花」を出し、それが上の句。下の句に「雪」、その雪が「はだれのいまだ残りたるかも」と「雪の流れ来るかも」と、同じ文末の語で結ばれる。構造、構成が非常によく似ている。家持は父に、白い花と雪の対比の美しさを学んでいるのだろう。

家持は李の花の咲くどんな景を歌ったのだろうか。「わが園の李の花」が咲いているのを、「はだれ」がまだ消えずに残っているのかと想像する思いつきを歌ってみせたのだろうか。しかし古くから第三句「庭に落る」を庭ニチルと訓んで、李の花が庭に散り落ちていると解釈していた。その中で幕末期の『古義』だけが庭ニフルと訓んでいるが、「その落花をよめりとはきこえたり」と、李の花が庭に散り落ちていると解釈している。しかし集中仮名書きでチルとあるのは「散る」意で、花に八十五例、葉（もみじ葉）に二十三例がほとんどである。フルというのは「降る」意で、雪に十八例、雨に九例、霜に五例、

露に一例がある。花や黄葉がフルという例はない。

「はだれ」がフルという「庭にふるはだれのいまだ残りたるかも」と訓《よ》んだ最初の人は佐伯梅友氏で、昭和三年の論文「萬葉集の助詞二種」だった。その主語につく「の」について「叙述句」の場合としてこの歌が例にあげられ、右のように記されている。

しかし、井上通泰『新考』も、『全釈』も『総釈』も、『全註釈』も窪田『評釈』も、「わが園の李の花か庭に落《ち》る」であったが、佐佐木『評釈』(昭和29・9)が、桃の花の歌でも二句切れ説の魁《さきがけ》であったが、李の花の歌も、先頭を切って二句切れ説をとる。「前の四一三九とともに二句切れとして味ふべきである」とあり、第三句から下の句を「庭に落《ふ》るはだれのいまだ残りたるかも」とよむ。

『全註釈』、窪田『評釈』、佐佐木『評釈』より前、昭和二十五年『文学』(岩波書店)九月号に、五味智英氏の論文「家持の李の花の歌」が発表され、氏は先述の佐伯論文にも注目され、家持の歌の調べを探り、「落」の字の訓みについて考察し、「庭」という言葉の意味を考え、この「庭に落る」は李の花をうけるよりも「はだれ」に続くのではないかと述べられた。更に越中国府辺りの李の開花の時期について検討されたのにならって言うと、天平勝宝二年三月一日は太陽暦で四月十五日に当り、越中国府辺の桃の開花は平均して四月十日頃と推定されるから、四月十五日は桃の花は満開に近い状態だっただろう。家持の歌も桃の花の満開がふさわしく、李の花は桃より少し遅れるとしても、もう咲きそろっているだろう。家持の桃の花の歌との関連において、この年この日の李の花は散り始《そ》めてなどいないと言っていいだろう。この日、家持が「わが園の李の花か庭に散る」などと歌うことはありえない。

五味論文は枝にある白い李の花をはだれ雪が残っているのかと見まごうたというのである。しかし諸注釈は、庭に降った「はだれ雪」が残っているのは庭の面、庭とは木もあり草もあり竹群もあるのだが、「庭に降るはだれ」が残っているところと言えば木の枝とは考えにくい。従って「わが園の李の花」も「庭に落《ち》る」と三句切れによんでしまう。

二句切れによむ五味氏の『岩波古典大系』と、五味説に賛同する青木生子氏の『全注』(有斐閣)は、「あれは、わが家の庭の李の花だろうか。」(大系)、「わが園の、あれは李の花であろうか。」(全注)と口訳し、『岩波新古典大系』も「わが庭の李の花だろうか」で一旦切って、「庭に降った薄雪がまだ残っているのだろうか」と下の句と並列させている。

二句切れ説には最近山﨑健司「〈庭尓落〉考」(熊本県立大学『国文研究』49、平成16・3)があり、「落」の用例の詳細な検討から「庭に落る」は「わが園の李の花」を受けるのではなく、「はだれ」にかかると理解すべきだと論じられ、確かな論拠を得た。

しかし同じ二句切れ説でも『講談社文庫』(中西進)は「わが庭上の李の落花か」と口訳し、最も新しい『全解』(多田一臣)は「庭に降るはだれの…」と訓みながら、「わが庭園の李の花が散ったのか、それとも庭に降った斑雪がまだ消えずに残っているのか」と訳して、李の花を地上に落して見ている。

李の白い花を雪に見まごう光景は実景でないかも知れない。芳賀紀雄氏が「家持の桃李の歌」(前出)

に李花の歌が詩的感興から選ばれ詠まれた蓋然性が高いといい、遠藤宏氏が『研究資料日本古典文学⑤』（昭60・4）の「大伴家持」の項で、桃の花の歌と李の花の歌とには微妙な時間の推移があって、李の枝に咲いていて白い花と地面に残るはだれの白が暮色迫る時刻に一色となって浮き上がってくるのだと幻想的な光景を描いている。

とにかくこうして、三月一日の夕暮れ時の桃と李の紅白の花の競演が、この「越中秀吟」の見事な出発点となった。花から始まったのである。

六 花—鳥の構成

桃の花と李の花を見る歌で始まったその次は、同じ一日の夜ふけに飛び翔《かけ》る鴫《しぎ》を見て作る歌だった。歌には「見る」ことは歌われていない。月のない朔日《ついたち》のそれも夜ふけに飛び翔る鴫を見ることは出来ない。しかし題詞に「見て作る歌」とある。題詞の「見」は「聞」の誤りだろうという説もあるが、家持はこの歌を「見る歌」にしたかった。それは十二首の構成上、花を見る歌の次は、鳥を見る歌でなければならなかった。家持が参考にしたであろう先人山部赤人の、

ぬばたまの　夜の更け行けば　久木《ひさぎ》生ふる　清き川原に　千鳥しば鳴く

（巻六・九二六、吉野行幸従駕歌）

がある。土屋文明『私注』がこの歌を引いて、

（巻六・九二五）も、夜の視界についての論があつたが、昼の知見による記憶が、夜の認識にも混入して来ることは、何も此の時代だけのことでもあるまい。

と評しているのに、伊藤博氏も同感だと述べ（『釈注』）、

しいて言へば、題詞は「暮」における記憶、歌は「暮」の記憶を引きずっての、「夜」に入ってからの認識と考える。

と記している。

「春まけてもの悲しき」は家持にしかない、家持独自の感性による。また「鴫」を歌に詠むのも家持のこの一首しかない。

一日の「花—鳥」を見る歌がこのあと全体の基調となって、続く二日の昼の四首（四一四二〜四一四五）は、

柳の芽ぶき——かたかごの花——帰雁

と並び、いずれも「見る歌」という。四一四二歌は柳の芽ぶきを手に取って見ることで、奈良の都の大路のさまを思い浮かべ、郷愁にふけっていた。全体を流れる望郷の念をもろに表に出した歌である。また「かたかごの花」の歌も「来燕」と「帰雁」を詠む歌も、家持のこの各一首のみである。この三組四首

は「若葉—花—鳥」と並び、ここにも「花—鳥」の構成がある。

続いてその二日の夜半から「夜がくたち」、三日の暁へ「千鳥」と「雉」の鳴くのを「聞く歌」を前の「帰雁」の二首に合わせて二首ずつ並べている。「鳥」の歌が三組六首である。「鳥—鳥—鳥」と連続する。そして最後が三日の早朝の「遥かに船人の唱《うた》を聞く歌」になる。「木（柳の芽ぶき）—花—鳥」の世界から「人間」の世界に戻って来た。朝早く射水川を漕ぎ上りつつ船唱を唱う船人とそれを朝床の中で遥かに聞く自分である。

以上、何と見事な十二首の構成であろうか。すばらしい「時間の秩序」から「花—鳥」の構成、それを「見る（七首）」から「聞く（五首）」へ展開させた、この十二首の配列に、家持の類い稀なものづくりの「美」を見るのである。

萬葉集古写本の美

——藍紙本萬葉集について——

小川靖彦

◆一　調度本としての萬葉集古写本

藤原行成の日記『権記』から

八世紀末に二十巻にまとめられた『萬葉集』は、平安中期の十世紀末から本格的に書写されるようになりました。二十巻本の『萬葉集』の書写についての最も早い記録は、藤原《ふじわらの》行成《ゆきなり》《こうぜい》の日記『権記《ごんき》』長保《ちようほう》三年（一〇〇一）五月二十八日の記事です（読み下し文で引用）。

廿八《にじふはち》日、己亥《きがい》、故民部卿《みんぶきやう》在世の折、続色紙《つぎしきし》一巻を送られ、古萬葉集《こまんえふしふ》を書くことを謂《い》ふ。仍《よ》りてこれを書く。数年を経《ふ》と雖《いへど》も、誰人《たれびと》の料《れう》なるかを知らず。箱底塵《さうていちり》に埋もれり。左兵衛権佐《さひやうゑのごんのすけ》能通朝臣《よしみちあそん》をしてこれを尋ねしむ。前備前介《さきのびぜんのすけ》中清《なかきよ》朝臣が女子の料なりと云々《しかじか》。仍りてこれを付し送る。〈訳〉

二十八日、己亥、故民部卿（藤原文範《ふじわらのふみのり》）が生きていらした時、色変わりの染紙《そめがみ》を巻物に仕立てた一巻を私に送られ、古萬葉集を書くことを依頼なさった。そこでこれを書いた。その後、数年を経てもそれが誰のためのものかわからなくなった。手筥に収めてそのまま塵に埋もれていた。左兵衛権佐（藤原）能通朝臣にこれを尋ねさせたところ、前備前介（藤原）中清朝臣の娘のためのものであるとのことである。そこでこれを託して送った。）

文範《ふみのり》は中清《なかきよ》の祖父ですから（『尊卑分脈《そんぴぶんみゃく》』）、中清の娘は曾孫に当たります。文範はこの女性のために「古萬葉集」の美しい写本を調《ととの》えることを思い立ち、その書写を行成に依頼したのです。平安時代の文献に見える「古萬葉集」は二十巻本の『萬葉集』をさすと考えられます（伊藤博氏『萬葉集の構造と成立 上』第一章第一節、小松茂美氏『古筆学大成』第十二巻）。文範は左大臣冬嗣《ふゆつぐ》の長男・長良《ながら》の曾孫で従二位《じゅにい》の高位にも昇りましたがこの時代には傍流となっており、希少な二十巻本の『萬葉集』の写本を所蔵していたとは思えません。文範は行成の手許にあった二十巻本の書写を望んだのでしょう。

行成の祖父伊尹《これまさ》は、天暦《てんりやく》五年（九五一）に村上天皇の命によって、第二の勅撰和歌集『後撰和歌集《ごせんわかしゅう》』の編纂と『萬葉集』の訓読事業のために設けられた撰和歌所《せんわかどころ》の別当《べっとう》（長官）でした。「かな」の誕生以前に編まれた『萬葉集』の歌（約四五四〇首）は全て漢字で書かれていましたが、この訓読事業において四〇〇〇首以上が読み下されました（『萬葉集』の読み下しを「訓」や「訓点」、この時の読み下しを「古点」と言います）。

そして『萬葉集』は、一首ごとに漢字で書かれた本文の次に改行してその読み下し文を「かな」で記すという新しいスタイル（「別提訓《べっていくん》形式」）の「書物」に生まれ変わりました（「天暦古点本《てんりゃくこてんぽん》」）。清書され仕上げられた、この新しい『萬葉集』は村上天皇に献上された後、宮廷で秘蔵され世に出ることなく、やがて所在不明となったようです。

しかし、献上本の一段階前の本（「中書本《ちゅうしょぼん》」）が伊尹のもとにあり、これが行成に伝えられていた可能性があります。福田秀一《ひでいち》氏によれば、勅撰和歌集は、撰者の手許の中書本が撰者の縁故者から順次転写され流布してゆくものでした（「勅撰和歌集の成立過程」）。平安時代には『萬葉集』は〝勅撰和歌集〟と考えられていた上に、「天暦古点本」は村上天皇の勅命によるものです。同様なルートで平安貴族たちの間に流布していったと思われます（『萬葉集』の訓読事業を実際に担当した源順《みなもとのしたごう》から中書本が行成に渡った可能性もあります。このあたりの推測については小川『萬葉学史の研究』第一部第一章参照）。

調度本の『萬葉集』に託された思い

文範は長徳《ちょうとく》二年（九九六）三月に八八歳で亡くなりました（『公卿《くぎょう》補任《ぶにん》』）。この年行成は二五歳。行成が依頼を受けたのはそれ以前です。二十代前半の行成は天皇の御前での賭弓《のりゆみ》（物を賭けた弓の競技）の定め事の記録や宣命《せんみょう》（天皇の命を伝える和文体の文書。漢字で書く）の清書を担当し（『権記』）、当代の随一の書き手への道を歩み始めていました。長徳元年には蔵人頭《くろうどのとう》（天皇の秘書官長）に抜擢され宮廷中枢で有能な貴族官僚として頭角を現し始めます。

行成は色変わりの染紙《そめがみ》を継いだ巻物一巻に、「天暦古点本」の中書本二十巻の一巻を書写したか、あるいは二十巻の中から抄出しながら、得意とする優美で温雅な筆致で書写したことでしょう。洋の東西を問わず巻子本は本来料紙を継いでから書き記すものですが、この『権記』の記事からもそれがわかります。行成は注文主文範の調えた巻物に、巧みに本文を収めたはずです。この現存しない、若き行成が揮毫《きごう》した色変わりの巻子本の『萬葉集』の華麗さは想像するに余りあります。

文範は中清の娘の裳着《もぎ》（十二歳から十四歳頃に行われた女子の成年式）などの儀礼に際して、『萬葉集』の調製を思い立ったのでしょう。文範の曾孫には紫式部もいました。中清の父為雅《ためまさ》の兄である為信《ためのぶ》の娘が紫式部の母です。角田文衞《つのだぶんえい》氏によれば、文範は幼くして母を亡くした紫式部を鍾愛《しょうあい》していたようです（『紫式部伝』）。その紫式部は長徳《ちょうとく》四年（九九八）頃に二十代で藤原宣孝《ふじわらののぶたか》と結婚したと推測されています。同世代の、中清の娘も文範の晩年には裳着の年齢となっていたと思われます。

平安時代の貴族社会では、女性の裳着・婚儀・出産や宮廷行事などに際して、美しい料紙に能書《のうしょ》が揮毫《きごう》し、装丁にも贅《ぜい》を尽くした、『古今和歌集』などの歌集が贈り物とされていました（『栄花物語』巻第八「はつはな」、巻第十九「御裳ぎ」、『源氏物語』「梅枝《うめがえ》」など）。このような調度品としての写本を今日「調度本《ちょうどぼん》」「調度手本《ちょうどてほん》」（「手」は筆跡の意）と言います。

『栄花物語』（巻第十九「御裳ぎ」）には、治安《じあん》三年（一〇二三）の禎子《ていし》内親王（三条天皇の皇女、母は藤原妍《ふじわらのけん》子《し》。時に一二歳）の裳着の折に、紀貫之筆の『古今和歌集』二十巻、兼明《かねあきら》親王自筆の『後撰和歌集』二十巻とともに、「道風《みちかぜ》（小野道風）が書きたる萬葉集」が太皇太后藤原彰子《たいこうたいごうふじわらのしようし》から贈られたことが記されています。平安時代の貴族社会において『萬葉集』が調度本として珍重されていたことがわかります。

文範が曾孫の女性のために『萬葉集』の調度本を調えようとしたことは、時代の好尚に沿うものです。しかし、当時流布していた抄出本の『萬葉集』を書写させるのではなく（「道風が書きたる萬葉集」も抄出本と思われます）、二十巻の「古萬葉集」を探し求め書写させたことには、大学寮の文章生《もんじようしよう》（歴史書と漢詩文を修めた学生）出身の文範の教養の高さと、曾孫への深い慈しみの心を窺うことができるようです。

二 平安時代の萬葉集古写本

「書物」としての萬葉集古写本

『権記《ごんき》』の記事以後、平安中期・後期の十一世紀から十二世紀にかけて、二十巻本の『萬葉集』の写本に関する記録が多く見えるようになります。そしてこの時期に書写された写本の何点かが、今日まで伝えられています。主要なものは次の6点です（なお「古典テクスト」とは、装飾性の乏しい、実用のための写本のことです）。

1 桂本《かつらぼん》　平安中期・十一世紀半ば写。源兼行《みなもとのかねゆき》筆。巻子本《かんすぼん》（金泥《きんでい》・銀泥《ぎんでい》で下絵《したえ》を施した色変わりの染紙《そめがみ》

を交用）。〈藤原頼通《ふじわらのよりみち》時代〉 【調度本】

2 **藍紙本《あいがみぼん》** 平安後期・十一世紀後半写。藤原伊房《ふじわらのこれふさ》筆。巻子本（銀の揉《も》み箔《はく》を散らした薄藍色の染紙）。

〈白河天皇親政期〉 【調度本】

3 **元暦校本《げんりゃくこうほん》** 平安後期・十一世紀末写。粘葉装《でっちょうそう》の冊子本（飛雲紙《とびくもがみ》）。〈白河院政初期〉

【調度本にして書入本】

4 **金沢本** 平安後期・十二世紀前半写。藤原定信《ふじわらのさだのぶ》筆。粘葉装の冊子本（白・淡緑・淡黄の唐紙《からかみ》）。

〈白河院政後期〉 【調度本】

5 **天治本《てんじぼん》** 平安後期・十二世紀前半写。巻子本（歌合《うたあわせ》の料紙を転用）。〈白河院政後期〉

【古典テクスト】

6 **尼崎本《あまがさきぼん》** 平安後期・十一世紀半ば過ぎ～十二世紀初写（小松茂美氏『古筆学大成』第十二巻）。綴葉《てっちょう》装《そう》の冊子本（雲母《きら》引《び》き）。 【装飾的料紙を用いた古典テクスト】

これに『萬葉集』を題材と歌体によって編成し直した、

7 **龍谷大学蔵本類聚古集《るいじゅこしゅう》** 平安末期写。粘葉装の冊子本（白界〈竹の篦《へら》などで筋を引いて罫線《けいせん》としたもの〉）。 【調度本と古典テクストの中間的性質】

と、8点の断簡が現存するのみですが装飾性の高い、

8 **金砂子切《きんすなごぎれ》** 平安後期・十一世紀後半写（小松茂美氏『古筆学大成』第十二巻）。巻子本（金砂子を撒い

た、香染《こうぞ》め紙〈香末を煎じた汁で染めた紙〉)。

【調度本】

これらの古写本は、『萬葉集』の原本の本文を復元するための重要な手がかりとして、佐佐木信綱《ささきのぶつな》氏らの『校本萬葉集』(一九二五年〈大正一四〉)以来研究が進められています。そして、『萬葉集』の本文研究においては、これらは「新点本(仙覚本《せんがくほん》)」(鎌倉時代中期・十三世紀の学僧仙覚の校定を経た写本)に対する「次点本(非仙覚本)」(「古点《こてん》」以後、仙覚の「新点」の間の訓読の成果を「次点」と言います)として一まとめに扱い、その内容について本文を比較検討することが一般的です。

しかし、これらの古写本の多くは調度本として製作されたものです。また純粋に調度本ではないと見られる古写本も調度本的な装飾性を具《そな》えています。平安時代の文化と美意識に深く根ざしたこれらの古写本の工芸品としての「美」を見逃してはならないでしょう。

そもそも「書物」の本文は抽象的に存在しているのではありません。その都度、書、または版木や活字の印刷によって形を与えられ、「書物」の素材や装丁、そしてレイアウトによって姿を現すのです。「書物」の内容と外形は不可分の関係にあります。

『萬葉集』の古写本や古刊本もそのような「書物」と捉えることができます。それぞれの古写本・古刊本の製作者(依頼主、書き手、印刷者、装丁者ら)は、書写の拠りどころとした『萬葉集』の写本を機械的にコピーしたのではありません。その製作の目的に叶うよう、独自の美意識のもと、持てる技術を駆使して『萬葉集』に姿を与えたのです。この時製作者は、その時代における『萬葉集』の価値や自分自身にとっての意義を改めて強く意識していました。写本・刊本の製作は、『萬葉集』の解読や解釈を伴うものなのです。

特に能書《のうしょ》が書き手であった平安時代の萬葉集古写本では解読や解釈が積極的に行われました。能書たちは製作目的にふさわしい書のスタイルを追求しながら、漢字（漢字本文）と「かな」（訓）が美しく響き合う書の空間をそれぞれに作り上げました。さらに和歌の教養もあった能書たちは、『萬葉集』の歌を味わい、美しい料紙との調和も考えて〝文字の姿〟を与えることに工夫を凝らしました。能書たちの書の「美」の追求は、『萬葉集』の本文を意識・無意識に改めることにもなりました（小川「『書物』としての萬葉集古写本」参照）。

平安時代の萬葉集古写本は、それぞれに独自な社会的・文化的価値を具えた「書物」として見ることが必要なのです。

藍紙本萬葉集について

今回これらの中で取り上げたいのは、藍紙本《あいがみぼん》です。藍紙本は現存する萬葉集古写本の中で二番目に古いものです。「藍紙本」という名称は料紙の色にちなんで佐佐木信綱氏が付けたものです（佐佐木信綱氏「藍紙萬葉集解説」など）。それ以前には「藍地萬葉《あいじまんよう》」「藍紙萬葉《あいがみまんよう》」と呼ばれました。佐佐木氏は「らんしぼん」と音読みし、文化庁や博物館・美術館などでも音読みで登録されています。しかし、この読み方はこの写本のための特殊なもので、「藍紙」は訓読みが古来のものです。私は『日本書誌学用語辞典』『書道基本用語詞典』などのように「あいがみぼん」と呼んでいます。

藍紙本は巻子本《かんすぼん》で、巻第九の残巻《ざんかん》（残欠本）とその欠けた部分から出た断簡、および巻第十八の断簡が現存します。巻第九は明治時代に世に出た時には、本紙（本文を記した紙）25紙からなる長巻と4紙からなる小巻の二軸がありました（なお両方を合わせても欠けた部分があります）。長巻は国宝に指定され、現在京都国立博物館が所蔵しています〔整理番号B甲五九七〕。小巻は古筆・古画の優れた模写・複製を手掛けた田中親美《しんび》氏（一八七五〈明治八〉～一九七五〈昭和五〇〉）が所蔵しましたが、その後の所在を私は把握できていません。断簡は現在巻第九からの10点（うち1点は小巻からの断簡）、巻第十からの5点、巻第十八からの17点の存在が知られています。

京都国立博物館蔵の巻第九残巻は縦二六・六、本紙全長（巻首紙《かんしゅし》・尾紙《びし》を含む）一二二〇・八センチメートルです（**表1**）。表紙は後補の藍色紙表紙。料紙は銀の揉《も》み箔《はく》を散らした薄藍色の漉《す》き染《ぞ》め紙《がみ》（雁《がん》皮《ぴ》の地紙《じがみ》に、藍色に着色した楮《こうぞ》繊維を流し掛けた「漉《す》き掛《か》け」の技法による）に統一されています。なお現状では金の揉み箔も見えますが、これについては次節で説明します。本紙25紙の他に、巻首紙・尾紙各1紙。料紙の上下には、それぞれ薄墨で横に界線《かいせん》が引かれています。界高《かいこう》（上下の界線の間の幅）は二一・五センチメートルほどです（巻第九での寸法ですが、紙によって若干揺れがあります。巻によってもやや出入りがありま

表1　藍紙本巻第九残巻の色相と横寸法

番号	色　　　相	横寸法
巻首紙	10.0Y 7.5/2.5（明るい灰味の黄緑）	17.8cm
第①紙	5.0GY 6.0/2.5（灰味の黄緑）	46.8
第②紙	5.0GY 6.0/2.5（灰味の黄緑）	46.9
第③紙	5.0GY 6.0/2.5（灰味の黄緑）	46.8
第④紙	5.0GY 6.0/2.5（灰味の黄緑）	46.8
第⑤紙	5.0GY 6.0/2.5（灰味の黄緑）	47.1
第⑥紙	5.0GY 6.0/2.5（灰味の黄緑）	47.0
第⑦紙	10.0Y 7.5/2.5（明るい灰味の黄緑）	47.1
第⑧紙	10.0Y 7.5/2.5（明るい灰味の黄緑）	47.2
第⑨紙	10.0Y 7.5/2.5（明るい灰味の黄緑）	47.1
第⑩紙	10.0Y 7.5/2.5（明るい灰味の黄緑）〔但し⑨より薄い色〕	47.1
第⑪紙	5.0G 6.0/2.5（灰味の緑）〔青味が強い〕	47.2
第⑫紙	5.0G 6.0/2.5（灰味の緑）〔青味が強い〕	47.1
第⑬紙	5.0G 6.0/2.5（灰味の緑）〔但し⑫よりやや薄い色〕	47.3
第⑭紙	5.0G 6.0/2.5（灰味の緑）〔青味が特に強い〕	47.3
第⑮紙	5.0G 6.0/2.5（灰味の緑）	26.3
第⑯紙	10.0Y 7.5/2.5（明るい灰味の黄緑）	47.2
第⑰紙	5.0G 6.0/2.5（灰味の緑）	47.1
第⑱紙	5.0G 6.0/2.5（灰味の緑）	47.2
第⑲紙	10.0GY 6.0/2.5（灰味の黄味を帯びた緑）〔⑱との違いは僅か〕	47.1
第⑳紙	10.0GY 6.0/2.5（灰味の黄味を帯びた緑）	50.8
第㉑紙	10.0GY 6.0/2.5（灰味の黄味を帯びた緑）	50.8
第㉒紙	10.0GY 6.0/2.5（灰味の黄味を帯びた緑）	50.8
第㉓紙	5.0GY 7.5/2.5（明るい灰味の黄緑）	50.6
第㉔紙	5.0GY 7.5/2.5（明るい灰味の黄緑）	50.6
第㉕紙	10.0Y 7.5/2.5（明るい灰味の黄緑）	45.7
尾　紙	10.0Y 7.5/2.5（明るい灰味の黄緑）	30.0
	合計	1220.8

・色相は、日本規格協会 JIS 色名帳委員会監修・財団法人日本色彩研究所制作『JIS Z 8102 準拠　JIS 色名帳［第 2 版］』（財団法人日本規格協会発行）に拠る。
・白色蛍光灯下で観察。
・色相はあくまでも観察者の判断によるもので、大まかな目安にとどまる（表 2 も同じ）。
・横寸法は、小松茂美氏『古筆学大成』第 12 巻の「『藍紙本万葉集』巻第九・実測値一覧表」に拠り、その一覧表で脱落していた第㉔紙の寸法を計測して追加した。

表2　藍紙本断簡の色相と寸法

断　簡	色　相	縦寸法	横寸法
巻第九断簡 「藍紙本万葉集切」 （東京国立博物館蔵）〔B－2450〕	10.BG 6.0/2.5 （灰味の青緑）	26.4cm	30.6cm
巻第十八断簡 「藤原伊房筆藍紙本万葉集切」 （公益財団法人香雪美術館蔵）	10.0GY 7.2/1.0 （緑味の明るい灰色）	25.7	49.3

・色相については、表1に同じ。
・巻第九断簡は白色蛍光灯下で、巻第十八断簡は黄色電球下で観察。

す）。

筆者は、田中親美氏によって、奥書などから藤原伊房《ふじわらのこれふさ》（行成《ゆきなり》の孫。一〇三〇〈長元《ちょうげん》三〉～九六〈嘉保《かほう》三〉）筆と推定できる財団法人前田育徳会蔵「北山《ほくざん》抄《しょう》」巻第三（乙）・巻第七（承保《じょうほう》三年〈一〇七六〉写）と同筆と推断され（『校本萬葉集』首巻、佐佐木信綱氏「萬葉集古写本攷」など）、以後その論拠が固められています（飯島春敬《しゅんけい》氏『飯島春敬全集』第六巻・論章7、小松茂美氏『小松茂美著作集』第二十二巻・第四章第二節）。書写年代は書道史的観点から承保から応徳《おうとく》（一〇七四～八七）頃と推測されていますが、『萬葉集』の書写の歴史からも、『萬葉集』への関心が著しく高揚する白河天皇親政期（一〇七二～八六）の可能性が高いと思われます（小川『萬葉学史の研究』第一部第一章）。

私は巻第九残巻、東京国立博物館蔵巻第九断簡、公益財団法人香雪《こうせつ》美術館蔵巻第十八断簡を調査する機会を得ました。薄藍色の漉き染めの料紙は、地の雁皮繊維が黄味を帯びているため、灰味の黄緑、あるいは緑、青緑に見えます（**表1・2**）。深みのある、そして静けさを湛えた清雅な緑色の料紙は、見る者を厳粛な気持ちにさせます。その料紙に墨色濃く、縦画や払いを極端に太く強調しながら、細部にこだわらずに書き下してゆく伊房の書は、〝力〟と捉われぬ心を強く感じさせます。

藍紙本は桂本《かつらぼん》の約三十年後に製作されました。桂本は金泥《きんでい》・銀泥《ぎんでい》で佳麗な下絵を施した、色変わりの染紙《そめがみ》に、漢字と「かな」を調和させながら端正に書き下した華麗で優美な写本です。『権記』に記録された色変わりの『萬葉集』にも共通する「美」です。それと藍紙本の「美」の大きな違いに驚きを禁じ得ません。

三　藍紙本の料紙装飾（藍紙本の復元）

銀の揉み箔

この藍紙本《あいがみぼん》の「美」はどのように生み出されたのでしょうか。それを考えるためには、藍紙本の原形を復元する必要があります。藍紙本は伝来の間に姿を少しずつ変えているのです。

まず注意されるのが料紙装飾です。藍紙本の料紙には銀の揉《も》み箔《はく》（揉み砕かれた、不定形の箔）が散らされていますが、それらの中にやや大きめなものがあります。料紙の全面に撒《ま》かれたこの大きめの銀の揉み箔は、藍紙本に華やかな表情を与えています。

ところが、この大きめの揉み箔はしばしば、書写された文字の上に乗っています。私は調査した3点の藍紙本で実見しましたが、写真版（『藍紙本万葉集　伝藤原公任筆』日本名筆選18）や財団法人国立文化財機構の運営するサイト（「e国宝」）の画像でも容易に確認できます。

巻第九・巻第十・巻第十八に共通して見える大きめの銀の揉み箔は、後世、ただし三巻が別々に所蔵されるようになる以前に、藍紙本をより華やかなものにするために加えられた装飾と考えられます。銀箔は酸化して黒くなりやすいものですが、この大きめの銀の揉み箔が今日なお銀の趣を感じさせることも、後のものであるからでしょう。

小さい銀の揉み箔には文字の下となっているものが見えます。当初の藍紙本の銀の揉み箔散らしは、抑制の効いたものであったと考えられます。一九七一年（昭和四六）に製作された複製『国宝 藍紙本万葉集』（講談社）では、銀の揉み箔は小さなものをわずかに散らすにとどめています。大きめの揉み箔を後世のものとする、製作責任者（小松茂美氏と思われます）の判断によるものと思います。

金の揉み箔

この講談社版の複製は小さな金の揉み箔も散らしています。実は藍紙本の巻第九残巻《ざんかん》には小さな金の揉み箔も散らされています。図版や画像では混入した異物や蒸煮《じょうしゃ》していない繊維との区別が難しく、私は実物の調査の中で気づきました。その後、公益財団法人畠山《はたけやま》記念館の水田《すいた》至摩子氏も既にこの金の揉み箔に注目していたことを伺いました。宮内庁書陵部蔵「琵琶譜《びわふ》」（平安中期・十一世紀写）のように染《そめ》紙《がみ》に金と銀の揉み箔を散らした写本も現存します。

そこで二回目の調査の時に改めてこの金の揉み箔を詳細に調べたところ、これが巻首紙、飛んで本紙第⑳紙から尾紙《びし》（ただし第㉒紙を除く）にのみ見え、書写された文字の上に乗っているものがあることがわかりました（現在の巻第九残巻の本紙の番号は丸囲みで示します）。

巻第九残巻は、本文を記した本紙の前に、何も書かない紙を一枚継いでいます。これを仮に「巻首《かんしゅ》紙《し》」と呼びました。本来、巻子本《かんすぼん》は、このような冊子本で言う「遊《あそ》び紙《がみ》」を巻首に置くことはしません。これは、巻第九残巻が本来あった冒頭の一紙を失ったための処置と見られます。この巻首紙は本紙と同質の紙で、上下に横界線も引いてあります。

同様の紙が尾紙として用いられています。巻首紙と尾紙の界高は二二・六センチメートルで一致します。加えて尾紙は直前の第㉕紙との継ぎ目付近に汚れが見られます。この汚れは本来軸がここに糊付けされていたこと、そしてある時点で、この尾紙が左右を逆にして付け替えられたことを窺わせます（これに気づかれたのは調査に同席してくださった京都国立博物館の赤尾栄慶《えいけい》氏です）。これらによれば巻首紙は尾紙から切り出されたものと考えられます。巻首紙と尾紙の横寸法の合計も四七・八センチメートルで、本紙の1紙分に近い数値です。

つまり、第⑳紙から尾紙（本来の）にかけて、後のある時点で金の揉み箔が施されたと考えられます。なお、同じような金の揉み箔は香雪《こうせつ》美術館蔵巻第十八断簡では確認できませんでした（ただし、微細な金の粒が角度によって光って見えるところがあります）。『藍紙本万葉集　伝藤原公任筆』（日本名筆選18）の図版では畠山記念館蔵巻第十八断簡に金箔に見えるものが1箇所写っています。水田氏に確認していただいたところ、金箔ではあるものの、装飾経の界線として用いる截金《きりかね》のように、細く切ったものであるとのことでした。私はまだ全ての断簡についての情報を得てはいませんが、金の揉み箔は巻第九特有の装飾のようです。藍紙本の二十巻が別々に所蔵されるようになった後に、巻第九の末尾をより優雅なものにしようとしたのでしょう（第⑳紙以降、料紙の横寸法が少し大きくなります。このことと金の揉み箔の分布が関係あるのかは不明です）。

製作された当初の藍紙本の料紙装飾は、小さな銀の揉み箔をまばらに散らす、静謐《せいひつ》で気品あるものであったことが想像されます。

四　巻第九の原姿（藍紙本の復元）

巻第九の本来の規模

次に藍紙本《あいがみぼん》巻第九の本来の規模を推定したいと思います。京都国立博物館蔵の巻第九残巻《ざんかん》には5箇所の脱落があります。

(1)　第①紙の前（巻首題〜目録の〔一六九九〕）

(2)　第⑧紙と第⑨紙の間（〔一六六五題詞〕〜〔一六九〇漢字本文〕）

(3) 第⑪紙と第⑫紙の間（〔一七〇八訓〕～〔一七一八漢字本文〕）

(4) 第⑮紙と第⑯紙の間（〔一七四二題詞〕～〔一七五八訓〕）

(5) 第⑰紙と第⑱紙の間（〔一七六七題詞〕～〔一七七六漢字本文（一行目）〕）

このうち(3)と(4)は、一九一〇年（明治四三）に田中親美《しんび》氏が製作した複製『藍紙萬葉集』（東京・吉田竹治発行）によってある程度復元できます。この複製は、当時原三渓《さんけい》（富太郎）氏が所蔵し、現在京都国立博物館蔵となっている長巻と、当時田中氏が所蔵していた小巻の2軸からなります（複製の経緯について名宝刊行会編『田中親美』が田中氏自身の言葉を収めています）。

長巻では現在の第⑪紙の次に、〔一七〇八訓〕から〔一七一八漢字本文〕までを書写した2紙48行（23行・25行）が継がれています。これは(3)の脱落の前半に当たります。現在この2紙分の冒頭15行を東京国立博物館、末尾の8行を公益財団法人五島《ごとう》美術館が所蔵しています。また第⑮紙の次には、紙継ぎなしで〔一七四二題詞〕から〔一七四三訓〕までが続いています。現在この10行は公益財団法人常盤山《ときわやま》文庫の所蔵となっています。これら3点の断簡が一九一〇年以後に出たものであることがわかります。一方、小巻の内容は常盤山文庫蔵断簡と第⑯紙の間をそのまま埋めるものとなっています。この小巻によって(4)の脱落は完全に復元できます。

(1)、(2)、(3)の後半、(5)の脱落については、藍紙本巻第九の現存している部分の1行の文字数を手がかりに、これらの箇所の行数を推計することが可能です。なお、(2)、(3)の後半、(4)については一部断簡が残っており、それらも参考になります。

巻第九の現存部分からは、

・目録・題詞　15字までの場合1行書き、16字以上の場合2行書き
・短歌の漢字本文　17字までの場合1行書き、18字以上の場合2行書き
・短歌の訓　2行書き

という推定の基準が立てられます（これらの脱落箇所は短歌のみ。なお、実際には文字数と行数の関係は多少の揺れがあります）。これに、他の「次点本（非仙覚本《ひせんがくぼん》）」で訓が施されているかどうかという点も考慮に入れます（訓が施されていない場合は、藍紙本にも訓がなかったと考え、その分を1行分の空白として計算）。これによって割り出された行数を現存している部分の1紙の行数と比較すると、次の結果が得られます。

(1)＝1紙分　(2)＝1紙分　(3)後半＝2紙分　(5)＝2紙分

これによれば藍紙本巻第九の本来の規模は本紙が37紙、尾紙1紙の合計38紙と推定できます（前節で述べたように、巻首紙は尾紙から切り出されと考えられるので除外します）。本来の第一紙から第三十一紙までの各紙の横寸法を四七・一センチメートル（第①紙から第⑲紙〈第⑮紙を除く〉の平均値）として計算して、これに第三十二紙（第⑳紙）から尾紙《びし》（巻首紙《かんしゅし》の分を加えた四七・八センチメートル）までの横寸法を加えると、全長約一八メートル（一八〇七・二センチメートル）となります。奈良朝写経が多くの場合全長八から一〇メートルほどですから長大です。銀の揉《も》み箔《はく》を散らした薄藍色の漉《す》き染《ぞ》め紙《がみ》が約一八メートルも継がれ

た巻子本《かんすぼん》の姿は威厳に満ちたものです。巻第九の歌数は『萬葉集』二十巻の中で少ない方です（148首で十四番目）。二十巻一具《いちぐ》の藍紙本は、経典のように荘厳であったことと思われます。

継ぎ直された巻第九

藍紙本巻第九には修補の痕《あと》が認められます。よく注意しないと見過ごしてしまうこれらの修補の痕からは、巻第九の伝来の歴史が垣間見えます。また、それは製作された当初の姿を推測するさらなる手がかりともなります。

巻第九の2本の横界線《よこかいせん》は、料紙の継ぎ目でわずかにずれが見られます。中国文化圏の巻子本では料紙を継いだ後に界線を引くのが原則です（奈良朝写経については栗原治夫氏「奈良朝写経の製作手順」参照）。脱落のある5箇所は料紙を継ぎ直しているので、ずれが見られるのは当然です。ところが、脱落のない継ぎ目でも頻繁にずれているのです。

さらに脱落のない継ぎ目付近を観察すると、上となっている料紙（巻首に近い方の料紙）の文字が継ぎ目のところで切れていたり、切れた箇所が明らかに別の筆で補われたりしているところがあることに気づきます（**図1**）。巻第九はある時点で継ぎ目が剝《はが》され、巻首に近い方の料紙の左端を裁って整えた上で継ぎ直されたと考えられます。この時に必要な箇所については補筆も行われたのでしょう。

現在巻第九残巻は裏打ち（補強のために薄い和紙を糊で貼ること）された状態になっています。本来中国文化圏の巻子本は裏打ちしませんので（スーザン・ウィットフィールド氏「敦煌写本とそのデジタル化・保存」など）、これも後世の修補です。興味深いことに、裏打ちは料紙1枚ごとになされています。継ぎ目を剥した時に、裏打ちも行われたと見られます。

なお、**図1**では補筆部が元の文字と複雑にずれています（「詠」ではやや上方に、「真」ではやや下方に、「娘」ではやや上方に）。このような継ぎ目は他にも見られます。補筆の後にも継ぎ直された可能性があります。補筆は(2)の脱落を継ぎ合わせたところ（第⑧紙と第⑨紙の継ぎ目）にも見られます。脱落した本来の第十紙（ただし冒頭2行と末尾3行を欠く）は、『校本萬葉集』刊行時には朝吹英二氏が所蔵し、後に関戸家の所

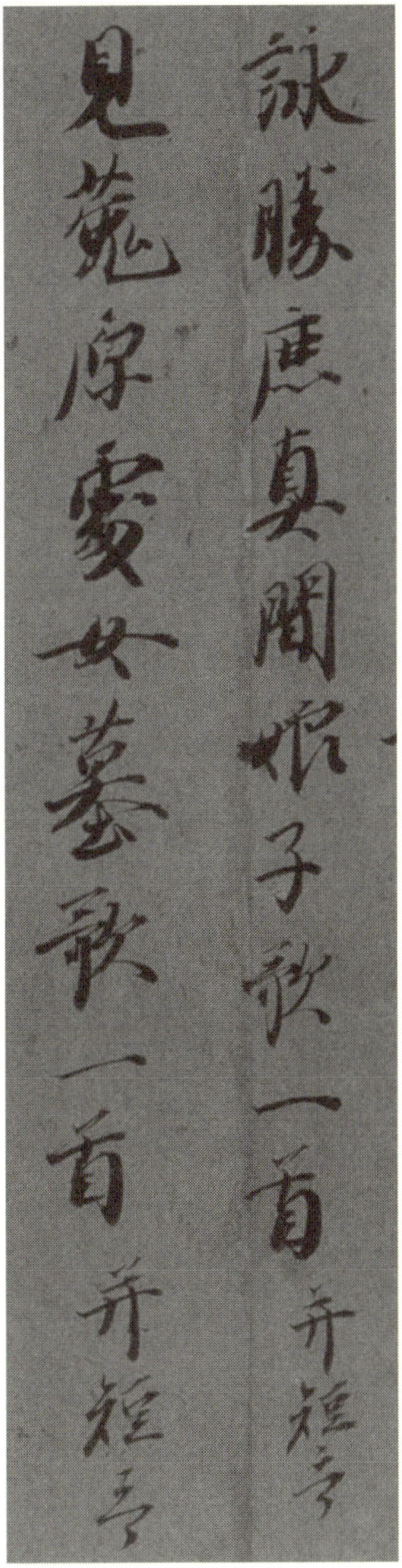

図1　萬葉集巻第九残巻（藍紙本）〈国宝〉（京都国立博物館蔵）第④紙と第⑤紙の継ぎ目

蔵となっています。補筆を含む修補は第十紙の脱落より後です。その脱落の時期を知る直接的な資料はありませんが、小松茂美氏によれば、この他の巻第九断簡、巻第十断簡、巻第十八断簡に添えられた極《きわめ》札《ふだ》（鑑定を記した紙片）の年代から江戸初期には既に藍紙本の切り崩しが始まっていたことがわかっています（『古筆学大成』第十二巻）。

一方、一九一〇年（明治四三）の田中親美氏製作の複製では、小巻にも横界線のずれと補筆が認められます。修補は巻第九が2軸に分かれる以前に行われていたのです。田中親美氏は、原三渓氏に2軸を譲った田中光顕《みつあき》氏から、長巻の方を古筆了仲《こひつりようちゆう》（一八二〇〈文政三〉～九一〈明治二四〉）から購入し、小巻は後に大口周魚《おおぐちしゆうぎよ》（鯛二）氏から所在を知って入手した、という話を聞いています（『田中親美』）。この修補が行われたのは江戸時代と見てよいようです。

損傷個所の修補が示すもの

藍紙本巻第九の上下には虫喰いなどによる小さな損傷が所々あります。これらは巧みに修補されていて目立ちにくくなっています。注意されるのは修補に用いられた紙です。本紙の料紙と同質の薄藍色の濃き染め紙で、銀の揉み箔（小さいものの、やや大きめのものも）さえ見えます（図2）。修補箇所にはやや大きい所（縦1、横8センチメートル）もあります。修補者はこの紙をどのように手に入れたのでしょうか。

損傷の修補は、その箇所に裏から修補用の料紙をちぎり切って貼ります。修補箇所では表から本紙の断面を見ることができます。巻第九の場合、その本紙の断面は非常に薄いものとなっています。修補の痕が目立ちにくい理由の一つはこの薄さにあります。

　また、田中親美氏の複製以後に切り出された東京国立博物館蔵の巻第九断簡〔整理番号B—二四五〇〕は現在掛軸になっていますが、これを後ろから観察すると本紙の文字がよく見えます。本紙がかなり薄いためです。

　さらにこの断簡を透過光《とうかこう》で見ると、藍色に着色した繊維の密度にむらがあることがはっきりと浮かび上がります。本紙の縦方向、つまり行に沿うようにして、密度が高くなっていたり、逆に低くなっていたりします。巻第九残巻の本紙の表面にも、やはり着色繊維の密度の違いによる縦縞が全体に見られます。「漉《す》き掛《か》け」の技法では、このような縦縞は自然には現れないものです。

　このような薄さと繊維の密度のむらからは、巻第九の本紙が間《あい》剝《は》ぎされている可能性が考えられます。間剝ぎとは1枚の紙の表と裏を間で剝いで2枚にすることです。

　果たして、1紙の横の寸法が約五〇センチメートルある藍紙本の本紙の間剝ぎが可能かどうかを、「法隆寺献物帳《けんもつちょう》」〔天平勝宝八年

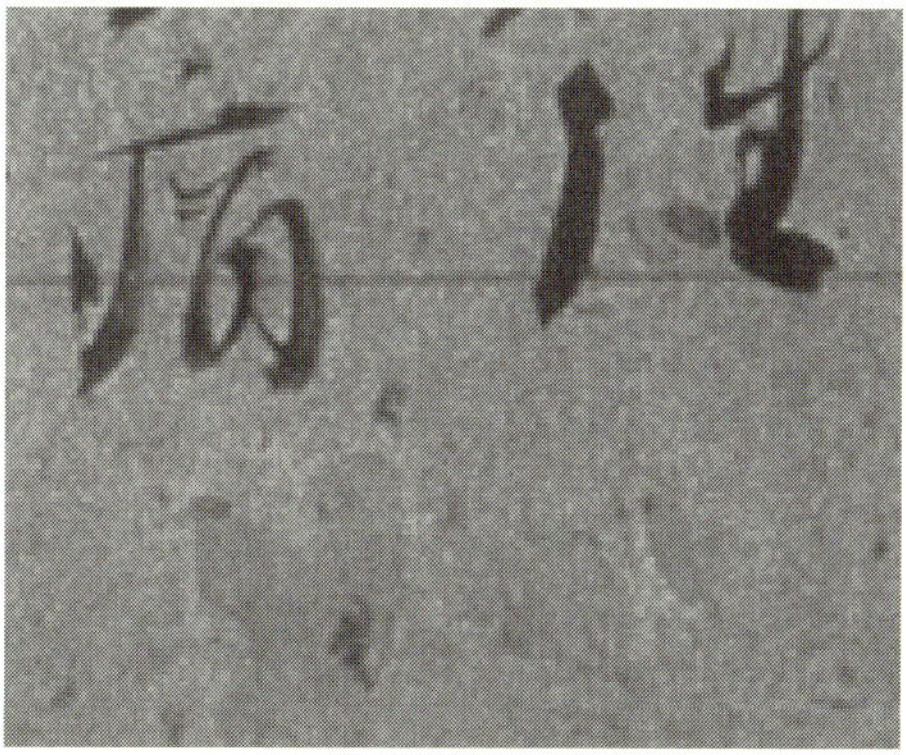

図2　萬葉集巻第九残巻（藍紙本）〈国宝〉（京都国立博物館蔵）巻九・一八〇四下部の補修箇所（第㉓紙）

表3　薄藍色の漉き染め紙の料紙の厚さ

典　籍　名	厚　さ
(1)藍紙本萬葉集巻第九残巻（京都国立博物館蔵）〔裏打ちを含む〕	0.15〜0.16mm
※修復箇所（第④紙末尾の下部）〔裏打ちを含む〕	0.09mm
(2)法華経（藍紙本）（京都・千手寺蔵）〔裏打ちを含む〕	0.14〜0.20mm
(3)大方広仏華厳経巻第十九（泉福寺経）（京都国立博物館蔵）〔裏打ちを含む〕	0.07〜0.09mm

・ダイヤル・シクネス・ゲージ（MODEL H）でそれぞれ適宜3箇所を計測。

〈七五六〉献納。東京国立博物館蔵）の修復を手がけた岡墨光堂《おかぼっこうどう》に問い合わせました。「法隆寺献物帳」は薄藍色の漉き染め紙（「漉き掛け」でなく、着色繊維と無染色繊維を混ぜて同時に漉く技法による）の2紙からなり、2紙とも間剝ぎされ著しい剝ぎむらがあります。第一紙は四五・二センチメートルです（「法隆寺献物帳」）。岡泰央《やすお》氏から送られてきた所見（担当・森香代子氏）では、薄い紙のシートが積み重なって形作られるという和紙の構造を利用する間剝ぎの難易は、紙の大きさよりも、紙繊維の種類や加工、漉き上げられ方に左右される、とのことでした。

藍紙本の本紙は間剝ぎできるものと私には思われます（写真版で藍紙本の本紙の薄さと繊維の密度のむらに鋭く注目し、間剝ぎの可能性を示唆したのは元宮内庁書陵部の吉野敏武氏です。氏のアドバイスを踏まえながら原本調査を行いました）。なお、参考までに藍紙本巻第九の本紙などの、現状での厚さの計測値を挙げておきます（**表3**）。

損傷個所の修補用の料紙が間剝ぎによって得られた裏面であったと考えれば、本紙の料紙と同質であることも納得できます。間剝ぎは継ぎ直しの際に行われたと見られますが、今後さらに巻第九断簡や他巻の断簡の調査を進め、詳細を明らかにしたいと思っています。

そして、修補用の料紙が本来本紙の裏面であったとするならば、藍紙本は裏面にも銀の揉み箔を散らしていたことになります。表と裏の両方に金箔・銀箔を散らした写本には、宮内庁書陵部蔵「琵琶譜《びわふ》」（金銀の揉み箔）がある他、

◉東京・浅草寺蔵「法華経」（平安中期・十一世紀中頃写。金の小切箔《きりはく》）
◎兵庫・白鶴《はくつる》美術館蔵「色紙《しきし》法華経巻第八」（平安中期・十一世紀後半写。金銀の砂子《すなご》）
◎愛知・笠覆寺《りゅうふくじ》蔵「色紙法華経巻第五」（平安後期・十二世紀初写。金銀の揉み箔）

〔◉国宝、◎重要文化財　以下同じ〕

などが報告されています（徳川美術館編『彩られた紙　料紙装飾』、『二玄社版日本書道辞典』など）。

一層荘厳で典雅な藍紙本の原姿が想像されます。ただし、裏面の銀の揉み箔には大きめのものも見えるので、現段階では後世の装飾である可能性も残しておきたいと思います。

この節のまとめとして藍紙本巻第九の推定される原形と現状を図にしておきます（**図3**）。

五　藍紙本の「美」

「漉き掛け」の技法

藍紙本《あいがみぼん》の原姿を念頭に置きながら、その料紙と能書藤原伊房《のうしよふじわらのこれふさ》の筆跡が織りなす「美」を見つめてみたいと思います。

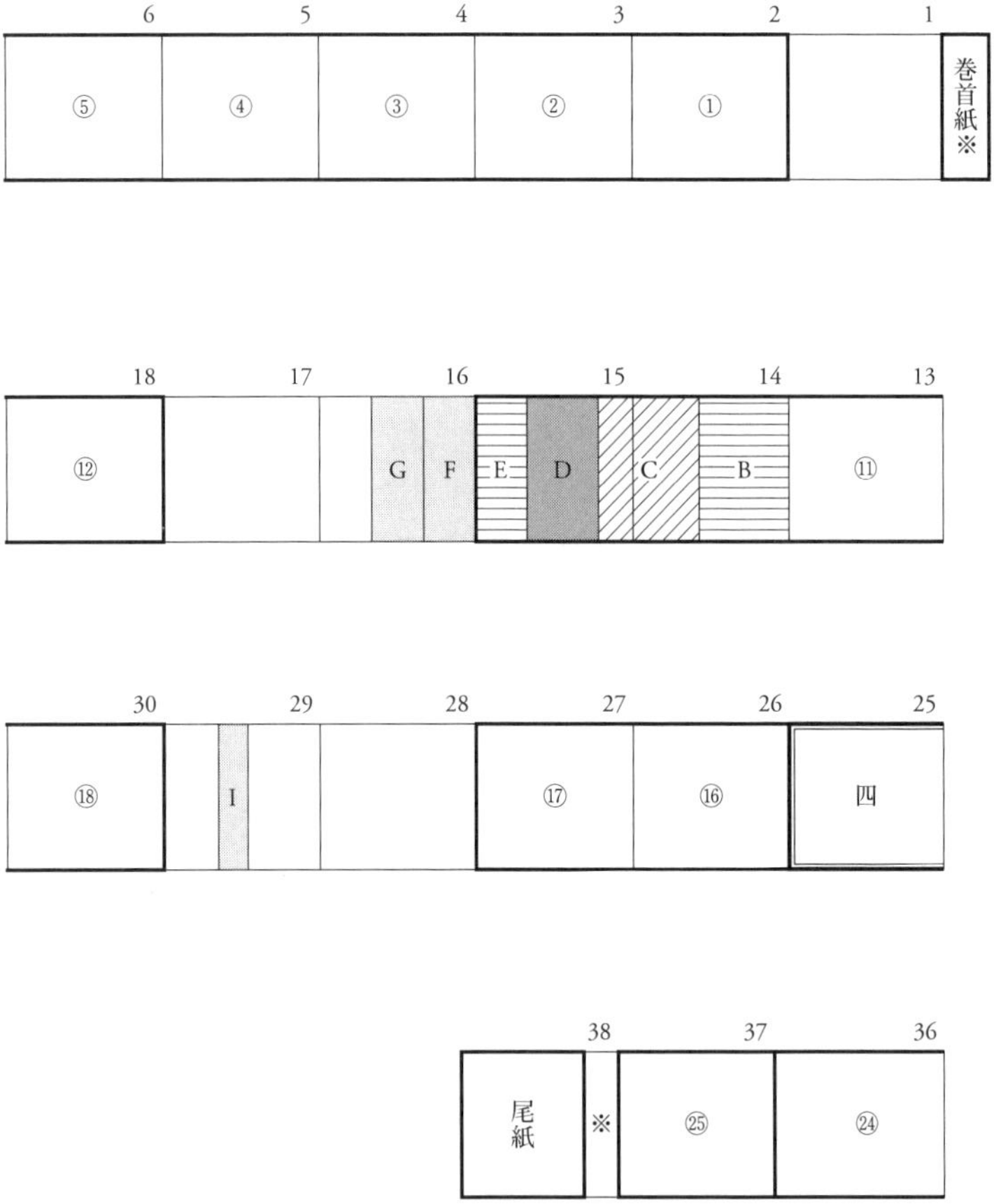

6
5
4
3
2
1
⑤
④
③
②
①
巻首紙※
18
17
16
15
14
13
⑫
G
F
E
D
C
B
⑪
30
29
28
27
26
25
⑱
I
⑰
⑯
四
38
37
36
尾紙
※
㉕
㉔

1910年複製時の長巻

1910年複製時の小巻

A　関戸家蔵（朝吹家旧蔵）

B　東京国立博物館蔵

C　個人蔵〔古筆学大成〕

D　東京美術青年会刊『わかたけ』所載

E　公益財団法人五島美術館蔵

F　吉田丹左衛門氏蔵〔校本萬葉集 1〕

G　東京・石黒久義氏蔵〔校本萬葉集 11〕

H　公益財団法人常盤山文庫蔵

I　東京・某家蔵〔校本萬葉集 11〕

図3　藍紙本萬葉集巻第九の推定原形と現状

藍紙本の伊房の力強い書が、それまでの端正優美な書に対して画期的なものであることが、書道史的観点から指摘されています（最近の成果としては別府節子氏「平安の仮名、鎌倉の仮名」）。さらに私はこの画期的な書を生み出したものとして、漉《す》き染《ぞ》め紙《がみ》の特質に注目したと思います。伊房はそれを活かしながら、新しい「美」を誕生させたように思われます。

藍紙本の料紙の表面を100倍の顕微鏡で観察すると、目の詰まった細い無染色の繊維と、その間を紙の表面近いところで走る、鮮やかな青色に染まった太く長い繊維が見えます（口絵図版3）。細い繊維は雁皮《がんぴ》で、太い繊維は楮《こうぞ》です（宍倉ペーパー・ラボ（繊維分析）の宍倉佐敏《さとし》氏にも写真を見ていただきました）。同じ薄藍色の漉き染め紙でも、藍紙本にやや遅れる京都・千手寺蔵「法華経（藍紙本）」（七巻。平安後期・十二世紀初写〈書誌・書写年代は赤尾栄慶氏「法華経（藍紙本）京都・千手寺蔵」参照〉）の場合は、青色に染まった繊維は細く短くまばらで、地の無染色の雁皮繊維の下にもぐり込んで見えにくいものとなっています。

前もって染色した繊維を用いる漉き染めでも、藍紙本と「法華経」では明らかに技法が異なることがわかります。「法華経」では着色繊維と無染色繊維を混ぜて同時に漉く技法が採られています。藍紙本については、増田勝彦氏が写真版から、一度漉いた地紙《じがみ》の上に着色繊維を流し掛けて堆積させる「漉き掛け」の技法によると推定しましたが（「着色繊維を利用した平安時代加飾紙について」「平安時代の打雲」）、顕微鏡による観察からそれが裏付けられます（大柳久栄氏も「漉き掛け」の技法によるとしています〈『日本古典籍書誌学辞典』〉）。なお、「漉き掛け」の技法では着色繊維は料紙の表面に最も多く、中に行くほど少なくなります。間剝《あいは》ぎをすると剝いだ面は表面より薄い色になります（宮内庁書陵部蔵「琵琶譜」）。

「漉き掛け」の技法による藍紙本の料紙の表面は、平滑で筆の滑りがよく墨が滲《にじ》まないという雁皮紙《がんぴし》の性質をベースに、濃い墨や細い線ではかすれやすい楮紙《ちょし》の性質も具《そな》えていると考えられます（料紙による墨付きの違いについては日野楠雄《なんゆう》氏「墨色と墨付きの検証」が参考になります）。藍紙本の着色繊維は肉眼でも観察でき、長いものは四ミリメートルもあり、着色繊維の塊《かたまり》も所々にあります。それだけに楮紙の性質も強くなっていると思われます。

藍紙本の筆致と料紙

藍紙本の伊房の書の特徴と魅力の一つに、線の「かすれ」があります。「かすれ」は書の姿を力感と速度感に溢れるものとしています。〔一六九二〕はその典型です（**口絵図版1**）。濃墨で書かれた、漢字本文の「刺」の「刂」、訓の一行目の「し」「月」、二行目末尾の「し」の「かすれ」は力の〝動き〟を感じさせます。

調査の時に、私は末尾の「をしも」に思わず目を引き付けられました。その濃さと太さには墨を塗り付けたような力強さがあります。そして太いまま短くかすれて終わる「し」はその力に動きを与えています。「かすれ」が、墨が枯れながらも進もうとする力とそれを抑えて終息させる力を作り出しているのです。そして、「をしも」の姿は感情の高ぶりをも感じさせるものとなっています。

また、漢字本文の「嶋」「山」、訓の一行目の「な」「る」「の」、二行目の「ま」では、穂先が割れて筆の動きの速さを強調しています。

「かすれ」が誤写を上手《うま》く隠した面白い例もあります。〔一六七三〕の訓の第四句「こゝによりくる」の「り」は終筆がかすれ、力感に富む姿となっています（図4）。しかし、よく見るとその下に「る」が隠れています。「よる」と書いて、すぐに誤りに気づいて力強い筆線で大胆に重ね書きしたのです（『校本萬葉集』に指摘されていませんが、「e国宝」で確認できます）。

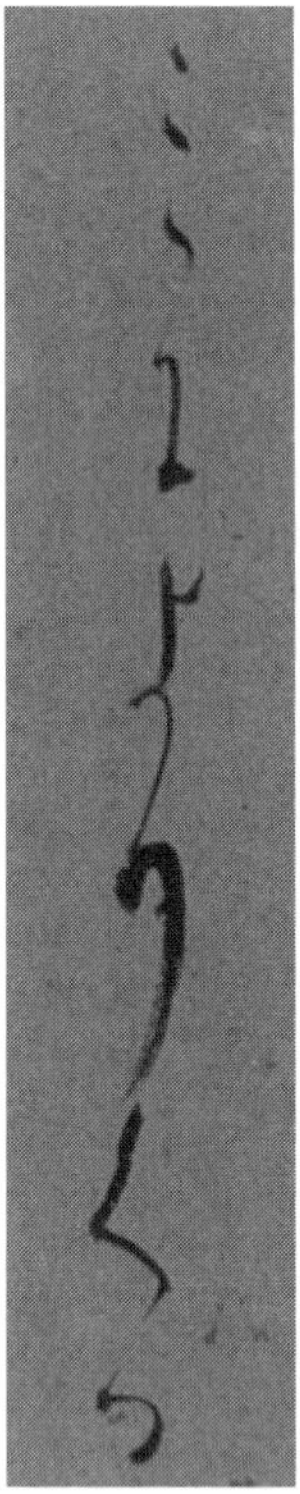

図4　萬葉集巻第九残巻（藍紙本）〈国宝〉（京都国立博物館蔵）巻九・一六七三訓の第四句

藍紙本で「かすれ」は力感や速度感を表現するだけではありません。細めの線を多用し、字間も広くとって全体として静かな印象を与える〔一七〇七〕の訓では、「かすれ」は「一抹の枯淡味と微妙な哀感」（小松茂美氏の藍紙本の書についての評〈『小松茂美著作集』第二十二巻〉）を醸《かも》し出しています（口絵図版2）。

伊房筆の「北山抄《ほくざんしょう》」巻第三（乙）・巻第七にも「かすれ」がしばしば見られます。伊房は自家の実用のために、この大部な有職故実書（朝廷の儀式・行事の決まりを記した書物）をややラフな筆跡で短期間に書写しました（奥書によれば巻第三（乙）は六日間、巻第七は五日間）。その料紙は楮紙です（尊経閣影印集成の「附載」による）。楮紙に速く書くと「かすれ」が生じやすいことと、それを意に介さず書き進めていったことがわかります。

藍紙本の「かすれ」は、「漉き掛け」の技法による料紙が楮紙の性質も持っていたことによるものと思われます。そして、伊房は藍紙本では、その「かすれ」を意識・無意識にひとつの「美」に仕上げたと言えます。

ところで、藍紙本と「北山抄」を比較すると、藍紙本の筆線の際立った装飾性が改めて感じられます。藍紙本では常に縦画や漢字の払いを濃墨で太く書こうとしています。文字は料紙の表面に塗り付けられたような表情を持っています。また、漢字の太い縦画は、2本が相対する場合には外側にふくらむように書かれ、一文字一文字の形は重厚なものとなっています。さらに、極めて細い線で、長くそり気味に引かれる横画も注目されます（例えば、**口絵図版1**の漢字本文の「嶋」の横画）。文字の大きさを強調するとともに、太い縦画で書かれた文字に軽快さを与えています。

このような極太と極細の線は雁皮繊維をベースとした料紙であるからこそ引けるものです。伊房は雁皮紙の特徴を活かしながら、筆線の装飾性を追求したのです。

力感・速度感に溢れると同時に強い装飾性も持った藍紙本の書は、「漉き掛け」の技法による料紙の特徴によって生み出されたと思われます。

もちろん、「漉き掛け」の技法による料紙を用いた平安時代の他の書が藍紙本のようであるわけではありません。白河天皇による親政という新時代の活力や、伊房の型にはまらない豪放な性格（詳細は小松茂美氏『小松茂美著作集』第二十二巻など参照）が、「漉き掛け」の技法による料紙の特徴を最大限に引き出すことになったのだと思います。それに加えて、調度本として藍紙本が製作された目的も、その独自な書に深く関わっていると考えられます。

藍紙本の製作目的を直接示す資料は現存しません。しかし、本来の二十巻一具《いちぐ》の荘厳で気品ある姿を思い描くと、その目的は同じ調度本であっても初めに紹介した藤原文範《ふじわらのふみのり》の色変わりの『萬葉集』とは異なるものであったように思われます。

平安時代には藍紙本以外にも薄藍色の漉き染め紙のみを用いた写本が製作されています。

1◎京都・立本寺《りゆうほんじ》蔵「法華経　并《ならびに》観普賢経《かんふげんきよう》」（七巻。平安中期・十一世紀半ば写。截金《きりかね》の界線〈書写年代は京都国立博物館編『日蓮と法華の名宝』に拠る〉）

2◎京都・千手寺蔵「法華経（藍紙本）」（七巻。平安後期・十二世紀初写。藍色繊維と無染色繊維を混合して漉いた料紙）

3「大方広仏華厳経《だいほうこうぶつけごんきよう》（泉福寺経）」（平安後期・十二世紀初写。金の揉《も》み箔《はく》を散らした漉き掛けの料紙。京都国立博物館等蔵）

これらの経典も製作目的を直接に示す資料はありませんが、藤原行成《ふじわらのゆきなり》『権記《ごんき》』の長保《ちようほう》四年（一〇〇二）八月一日の、為尊《ためたか》親王の四十九日法会《ほうえ》についての記事の中に、「縹紙《はなだがみ》、銀字」（縹《はなだ》は薄い青色）の経が見えることを参考にすれば、法会など供養のために特別に製作されたものである可能性があります。

奈良・平安時代には青色は、仏の国を美しく飾る七宝《しちほう》の一つの「瑠璃《るり》」（バイカル湖岸などで採れる青色の玉）を表すと考えられ、紺紙《こんし》に金字・銀字で書写する経典が盛んに製作されました（小松茂美氏『平家納経の研究　研究編上』第一編第三章）。縹紙や藍紙の経典でもそのような青色の象徴性が意識されているように思われます。

また、平安時代の人々は、永承《えいしよう》七年（一〇五二）に末法の世が始まると考え、救いを求めて美しい経典（装飾経）の製作に努めました（『平家納経の研究　研究編上』第一編第二章）。これらの藍紙の経典も末法の世にあって仏の国をイメージしながら製作されたのではないでしょうか。

私は京都国立博物館と千手寺の村口紹亨師の御厚意によって、藍紙本と2・3の3点を同時に観覧する機会を賜りました。3点の料紙の青色・青緑色は強い灰味を帯びて、深さと静けさを湛えています。歌集の写本である藍紙本の書は経典よりも自由奔放な印象を与えますが、ベースにある濃墨の重厚な上に柔らかみもある文字の姿は経典に通ずるところがあります。3点を見つめていると平安後期の人々の祈りの心が伝わってくるようです。

藍紙本も供養を目的に製作されたものであったのかもしれません。平安時代の貴族たちは善根を積む

ために様々な機会に供養を行いました。伊房は巻第九の尾題の後に、

始自九月十七日至于廿日写之了（九月十七日より始め、廿日に至りてこれを写し了《をはん》ぬ。）

と記して筆を置いています。このような奥書は平安時代の写経には広く見られますが、歌集としては異例に早い例で、調度本としても珍しいものです。大部な経典を短期間に書写することを善事としたことに通う達成感を、伊房が覚えていたように思われます。

〔複製〕
『藍紙萬葉集』東京・吉田竹治、一九一〇
『国宝　藍紙本萬葉集』講談社、一九七一
『藍紙本万葉集　伝藤原公任筆』日本名筆選18、二玄社、一九九四
前田育徳会尊経閣文庫編『北山抄』一・二（尊経閣善本影印集成7・8）、八木書店、一九九五
〔引用文献〕
川瀬一馬編『日本書誌学用語辞典』雄松堂書店、一九八二
小松茂美編『二玄社版　日本書道辞典』二玄社、一九八七
春名好重編集代表『書道基本用語詞典』中教出版、一九九一
『日本古典籍書誌学辞典』岩波書店、一九九九

＊

赤尾栄慶「法華経（藍紙本）京都・千手寺蔵」『学叢』第15号、一九九三―三
飯島春敬『飯島春敬全集』第六巻〈平安四〉、書藝文化新社、一九八六
伊藤博『萬葉集の構造と成立 上』塙書房、一九七四
スーザン・ウィットフィールド「敦煌写本とそのデジタル化・保存―国際敦煌プロジェクト（IDP）の活動」『文字のちから―写本・デザイン・かな・漢字・修復―』學燈社、二〇〇七
小川靖彦『萬葉学史の研究』おうふう、二〇〇八（二刷）
小川靖彦「『書物』としての萬葉集古写本―新しい本文研究に向けて（「継色紙」・金沢本萬葉集を通じて）―」萬葉語文研究会編『萬葉語文研究』第7集、和泉書院、二〇一一
京都国立博物館編『日蓮と法華の名宝―華ひらく京都町衆文化―』京都国立博物館・日本経済新聞社、二〇〇九
栗原治夫「奈良朝写経の製作手順」日本古文書学会編『日本古文書学論集3』〈古代I〉、吉川弘文館、一九八八
小松茂美『平家納経の研究 研究編上』講談社、一九七六
小松茂美『古筆学大成』第十二巻、講談社、一九九〇
小松茂美『小松茂美著作集』第二十二巻〈古筆学聚稿二〉、旺文社、一九九八
佐佐木信綱「藍紙萬葉集解説」『藍紙萬葉集』東京・吉田竹治、一九一〇
佐佐木信綱編輯代表『校本萬葉集』校本萬葉集刊行会、一九二五（和装本）、岩波書店、一九三一〜三二（洋装普及版）。
佐佐木信綱「萬葉集古写本攷」佐佐木信綱編『萬葉学論纂』明治書院、一九三一
角田文衞『紫式部伝―その生涯と『源氏物語』―』法蔵館、二〇〇七

徳川美術館編『彩られた紙 料紙装飾』徳川美術館、二〇〇一
日野楠雄「墨色と墨付きの検証」宍倉佐敏編著『必携 古典籍・古文書料紙事典』八木書店、二〇一一
福田秀一「勅撰和歌集の成立過程─主として十三代集について─」成城学園五十周年記念論文集編集委員会編『成城学園五十周年記念論文集 文学』成城学園、一九六七
別府節子「平安の仮名、鎌倉の仮名」財団法人出光美術館編集・発行『平安の仮名 鎌倉の仮名』二〇〇五
増田勝彦「着色繊維を利用した平安時代加飾紙について」『昭和女子大学文化史研究』創刊号、一九九八─三
増田勝彦「平安時代の打雲」宍倉佐敏編著『必携 古典籍・古文書料紙事典』（前掲）
名宝刊行会編『田中親美 平安朝美の蘇生に捧げた百年の生涯』展転社、一九八五
「法隆寺献物帳」（田畔徳一、森香代子担当）『修復』第5号（岡墨光堂）、一九九九─三
〔ウェブサイト〕
e国宝 http://www.emuseum.jp/
〔参照した本文〕権記（史料纂集）、尊卑分脈、公卿補任（以上、新訂増補国史大系）、源氏物語、栄花物語（以上、新編古典文学全集）

〔謝辞〕この考察をまとめるために、諸機関・諸氏に多大なるお力添えを賜りました。記して心より御礼申し上げます。
京都国立博物館　東京国立博物館　公益財団法人香雪美術館　公益財団法人畠山記念館
獨鈷抛山千手寺　株式会社岡墨光堂　赤尾栄慶氏　池和田有紀氏　岡泰央氏　加藤雅人氏
宍倉佐敏氏　水田至摩子氏　仙海義之氏　高橋裕次氏　田良島哲氏　羽田聡氏　藤村文男氏
村口紹亨師　森香代子氏　柳世莉氏　吉野敏武氏

編集後記

平成二十三年四月、前任の小野寛館長の後を受けて坂本信幸館長が就任された。昨年度、開館二十周年を迎えた高岡市万葉歴史館は、初代大久間喜一郎館長、二代小野寛館長、三代坂本信幸館長と引き継がれ、まさに三段跳びのホップ・ステップ・ジャンプのジャンプの段階に入ったとも言えようか。その新体制の年に高岡市万葉歴史館論集の十五冊目として『美の万葉集』をお届けする。

万葉びとたちは何を「美」と捉え、その「美」をどのように歌にしたのか。それを、山部赤人や大伴坂上郎女・大伴家持といった歌人に焦点をしぼった考察や、植物・風景などの自然の「美」を万葉歌人たちはどのように歌にしたかについて探る考察だけでなく、枕詞や序詞といった表現に見える「美」についてと『万葉集』写本の「美」に関わる考察を加えて一冊にまとめてみた。第十三冊の『生の万葉集』の時と同様に、やや抽象的なテーマでご依頼したため、いろいろと苦労されたとも承っているが、今回も国文学の分野で第一線に立つ先生方のご協力を得ることができた。ご多忙にもかかわらずご執筆いただいた先生方に深謝申し上げたい。また、このたびも編集の労をお執りいただいた笠間書院の大久保康雄氏、重光徹氏、相川晋氏に厚く御礼申し上げる。

さて、今年度、越中万葉の世界に親しんでもらおうと高岡市および周辺の学校において移動展示「越中万葉パビリオン」をはじめた。同時に、しばらく休止していた全国の万葉故地での越中万葉紹介移動展示も大阪市を皮切りに再開した。待っているのではなく、こちらから出向くことで、いま以上に高岡市万葉歴史館を知ってもらおうという姿勢である。さらに次年度からは、ギャラリートークや近隣故地めぐりをもふくめた「はじめての万葉集」という講座もはじめる。新体制のもとで、まさにジャンプの姿勢での新機軸の事業展開を図り、二十年を経た高岡市万葉歴史館をさらにアピールしようという方向で動きはじめている。

ここで、ジャンプの姿勢で次冊のテーマを掲げて紹介しなければならないのだが、十五冊を刊行してきた高岡市万葉歴史館論集は、所期の目的を十分に果たしたものと考え、来たる平成二十七年度の開館二十五周年まで、少し充電期間をいただきたい。予定では北陸新幹線が開通し、いま以上に北陸への人の流れが活発化すると思われるこの年、たっぷりと蓄えたエネルギーを放出した新企画を考えているので、ご期待いただきたい。

末筆ながら、出版不況とも言われているなか、高岡市万葉歴史館論集の刊行を引き受けていただいた池田つや子代表取締役をはじめとする笠間書院の皆さまには、深甚なる謝意を申し上げたい。

平成二十四年三月

「高岡市万葉歴史館論集」編集委員会

執筆者紹介（五十音順）

井ノ口史《いのぐちふみ》　一九七〇年京都府生、奈良女子大学大学院修了、同志社大学嘱託講師。博士（文学）。『セミナー万葉の歌人と作品』（分担執筆、和泉書院）、「戯歌を作りて問答をなせり」（『萬葉』一九七号）ほか。

岩下武彦《いわしたたけひろ》　一九四六年熊本県生、東京大学大学院修士課程修了、中央大学文学部教授。『柿本人麻呂作品研究序説』（若草書房）、「人麻呂の吉野讃歌試論」（「国語と国文学」59巻11号）ほか。

小川靖彦《おがわやすひこ》　一九六一年栃木県生、東京大学大学院博士課程単位取得満期退学、青山学院大学文学部教授。博士（文学）。『萬葉学史の研究』（おうふう）、『万葉集　隠された歴史のメッセージ』（角川学芸出版）ほか。

小野《おの》**　寛**《ひろし》　一九三四年京都市生、東京大学大学院修了、駒澤大学名誉教授、高岡市万葉歴史館特別顧問。『新選万葉集抄』（笠間書院）、『大伴家持研究』（笠間書院）、『孤愁の人大伴家持』（新典社）、『万葉集歌人摘草』（若草書房）、『上代文学研究事典』（共編・おうふう）、『萬葉集全注巻第十二』（有斐閣）、『万葉集をつくった大伴家持大事典』（編著、笠間書院）ほか。

垣見修司《かきみしゅうじ》　一九七三年兵庫県生、関西大学大学院修了、高岡市万葉歴史館研究員。博士（文学）。「長歌の字足らず句―記紀歌謡から万葉へ―」（『叙説』37号）、「『万葉集』と古代の遊戯―双六・打毬・かりうち」（『唐物と東アジア　舶載品をめぐる文化交流史』勉誠出版）ほか。

近藤信義《こんどうのぶよし》　一九三八年東京都生、國學院大學大学院博士課程修了、立正大学名誉教授、國學院大學大学院客員教授。博士（文学）。『枕詞論―古層と伝承』（おうふう）、『音喩論―古代和歌の表現と技法』（おうふう）、『万葉遊宴』（若草書房）ほか。

坂本信幸《さかもとのぶゆき》　一九四七年高知県生、同志社大学大学院修士課程修了、高岡市万葉歴史館館長、奈良女子大学名誉教授。『万葉事始』（共著・和泉書院）、『セミナー万葉の歌人と作品（全12巻）』（共編著・和泉書院）、『萬葉集　CD－ROM版』（共編・塙書房）、『萬葉拾穂抄影印翻刻（全4冊）』（共著・塙書房）、『萬葉集電子総索引（CD－ROM版）』（共編・塙書房）ほか。

新谷秀夫《しんたにひでお》　一九六三年大阪府生、関西学院大学大学院修了、高岡市万葉歴史館総括研究員。『万葉集一〇一の謎』（共著・新人物往来社）、『越中万葉うたがたり』（私家版）、「藤原仲実と『萬葉集』」（「美夫君志」60号）、「「挹乱」改訓考」（『萬葉語文研究』4集）ほか。

関《せき》　隆司《たかし》　一九六三年東京都生、駒澤大学大学院修了、高岡市万葉歴史館主任研究員。「大伴家持が『たび』とうたわないこと」（『論輯』22）、「藤原宇合私考（一）」（「高岡市万葉歴史館紀要」第11号）ほか。

田中夏陽子《たなかかよこ》　一九六九年東京都生、昭和女子大学大学院修了、高岡市万葉歴史館主任研究員。「武蔵国防人の足柄坂袖振りの歌」（「高岡市万葉歴史館紀要」17号）、「万葉集におけるよろこびの歌」（同20号）ほか。

森《もり》　朝男《あさお》　一九四〇年東京都生、早稲田大学大学院修了、フェリス女学院大学名誉教授。博士（文学）。『古代和歌の成立』（勉誠出版）、『恋と禁忌の古代文芸史』（若草書房）、『古歌に尋ねよ』（ながらみ書房）ほか。

高岡市万葉歴史館論集 15
美《び》の万葉集《まんようしゅう》
平成 24 年 3 月 25 日　初版第 1 刷発行

編　者　高岡市万葉歴史館 ©
装　幀　椿屋事務所
発行者　池田つや子
発行所　有限会社　**笠間書院**
〒 101-0064　東京都千代田区猿楽町 2-2-3
電話 03-3295-1331（代）　振替 00110-1-56002
印　刷　シナノ
NDC 分類：911.12
ISBN 978-4-305-00245-7
乱丁・落丁はお取り替えいたします。
出版目録は上記住所または下記まで。
http://kasamashoin.jp/

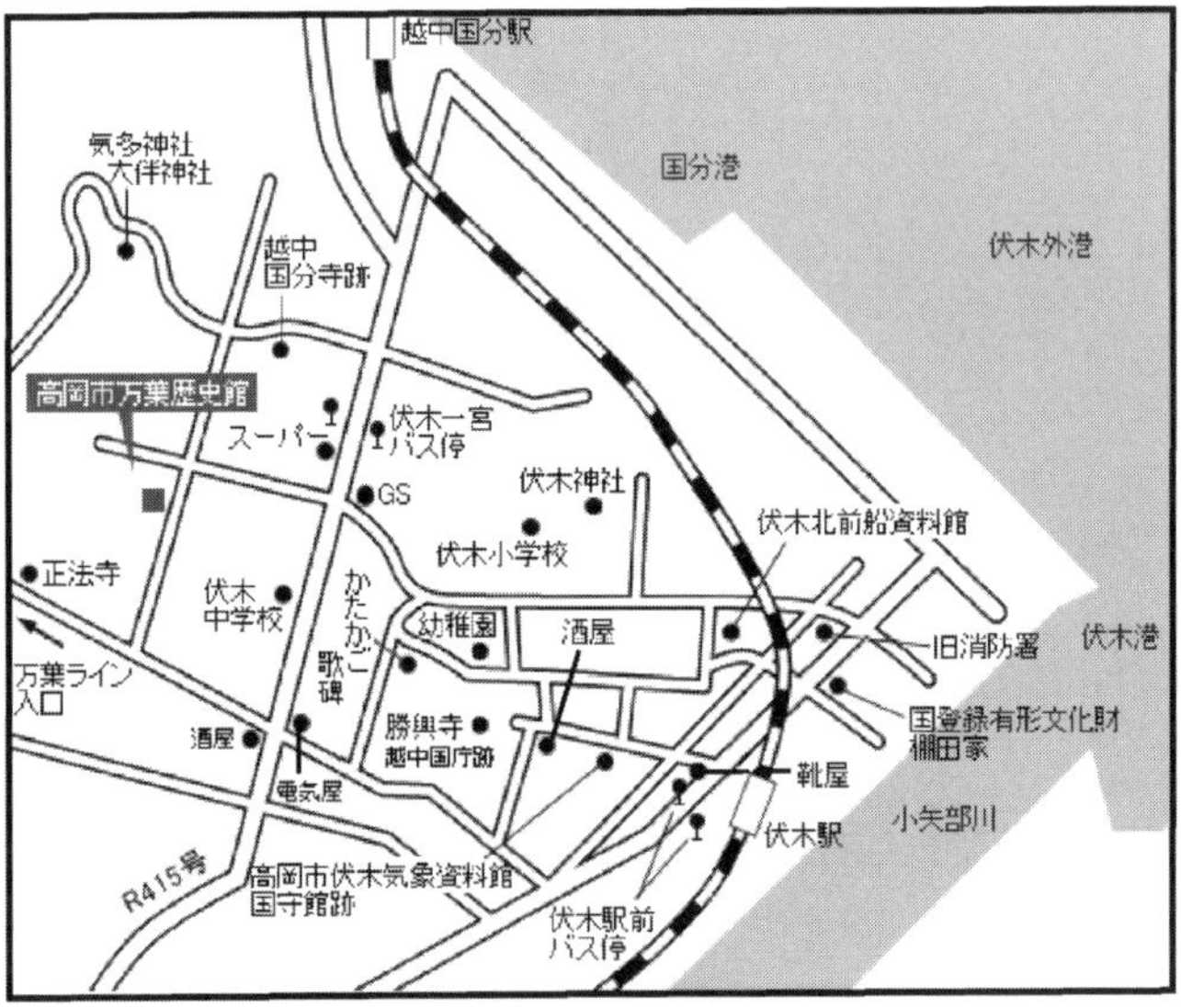

高岡市万葉歴史館

〒933−0116　富山県高岡市伏木一宮1-11-11
電話 0766-44-5511　FAX 0766-44-7335
E-mail：manreki@office.city.takaoka.toyama.jp
http://www.manreki.com

交通のご案内

■ＪＲ高岡駅より車で25分
■ＪＲ高岡駅正面口4番のりばより
バスで約25分乗車…伏木一宮下車…徒歩7分
（西まわり古府循環・東まわり古府循環・西まわり伏木循環行きなど）

◆高岡市万葉歴史館のご案内◆

高岡市万葉歴史館は、『万葉集』に関心の深い全国の方々との交流を図るための拠点施設として、1989（平元）年の高岡市市制施行百周年を記念する事業の一環として建設され、1990（平2）年10月に開館しました。

万葉の故地は全国の41都府県にわたっており、「万葉植物園」も全国に存在していました。しかしながら『万葉集』の内容に踏みこんだ本格的な施設は、それまでどこにもありませんでした。その大きな理由のひとつは、万葉集の「いのち」が「歌」であって「物」ではないため、施設内容の構成が、非常に困難だったからでしょう。

『万葉集』に残された「歌」を中心として、日本最初の展示を試みた「高岡市万葉歴史館」は、万葉集に関する本格的な施設として以下のような機能を持ちます。

【第１の機能●調査・研究・情報収集機能】『万葉集』とそれに関係をもつ分野の断簡・古写本・注釈書・単行本・雑誌・研究論文などを集めた図書室を備え、全国の『万葉集』に関心をもつ一般の人々や研究を志す人々に公開し、『万葉集』の研究における先端的研究情報センターとなっています。

【第２の機能●教育普及機能】『万葉集』に関する学習センター的性格も持っています。専門的研究を推進して学界の発展に貢献するばかりではなく、講演・学習講座・刊行物を通して、広く一般の人々の学習意欲にも十分に応えています。

【第３の機能●展示機能】 当館における研究や学習の成果を基盤とし、それらを具体化して展示し、『万葉集』を楽しく学び、知識の得られる場となる常設展示室と企画展示室を持っています。

【第４の機能●観光・娯楽機能】 １万㎡に及ぶ敷地は、約80％が屋外施設です。古代の官衙風の外観をもたせた平屋の建物を囲む「四季の庭」は、『万葉集』ゆかりの植物を主体にし、屋上自然庭園には、家持の「立山の賦」を刻んだ大きな歌碑が建ち、その歌にうたわれた立山連峰や、家持も見た奈呉の浦（富山湾）の眺望が楽しめます。

以上４つの大きな機能を存分に生かしながら、高岡市万葉歴史館はこれからも成長し続けようと思っています。

高岡市万葉歴史館論集　各2800円（税別）